千里远景，如在尺寸之间。

元曲山河

诗文化散文三部曲

李元洛 著

中国工人出版社

图书在版编目（CIP）数据

元曲山河 / 李元洛著. —北京：中国工人出版社，2022.10
ISBN 978-7-5008-7975-6

Ⅰ.①元… Ⅱ.①李… Ⅲ.①散文集－中国－当代 Ⅳ.①I267

中国版本图书馆CIP数据核字（2022）第181633号

元曲山河

出 版 人	董 宽
责 任 编 辑	宋 杨 李 骁
责 任 校 对	丁洋洋
责 任 印 制	黄 丽
出 版 发 行	中国工人出版社
地 址	北京市东城区鼓楼外大街45号 邮编：100120
网 址	http://www.wp-china.com
电 话	（010）62005043（总编室）
	（010）62005039（印制管理中心）
	（010）62379038（社科文艺分社）
发 行 热 线	（010）82029051 62383056
经 销	各地书店
印 刷	三河市东方印刷有限公司
开 本	880毫米×1230毫米 1/32
印 张	12.5
字 数	266千字
版 次	2023年2月第1版 2023年2月第1次印刷
定 价	88.00元

本书如有破损、缺页、装订错误，请与本社印制管理中心联系更换
版权所有 侵权必究

文脉诗心两缱绻
——漫谈李元洛诗文化散文三部曲（代序）

古 耜

西方文学家时常争论这样一个问题：诗和散文谁更占据文学的高端？英国大诗人柯立基认为：诗是将"最妥当的字句放在最妥当的地位"，散文只是"把字句放在最妥当的地位"。言外之意，诗比散文有着更高的语言要求。得过诺贝尔文学奖的俄裔美国诗人、散文家布罗茨基亦写道：在文人等级思想的内部，"诗歌占据着比散文高的地位，而诗人在原则上高于散文家。"(《诗人与散文》)英国散文家柯勒登·布洛克的观点正好相反，他觉得："散文是文明的成就……最好的散文能说的东西，诗说不出来，最好的散文办得到的事，诗办不到。"(《英国散文之病》)相比之下，中国作家和学人很少在文学样式的层面区分诗与散文之轩轾，而更喜欢探讨其不同的个性与优长，倡导诗文并举，各臻其妙。譬如，美学大家朱光潜指出："诗和散文各有妙境，诗固往往能产生散文所不能产生的风味，散文也往往可产生诗所不能产生的风味。"因而"诗有诗的题材，散文有散文的题材。"（《诗论·诗与散文》）台湾诗文大家余光中也不主张在诗和文之间做简单的扬此抑彼，而是情愿将它们一视同仁地称作"缪斯的左右手"，进而在散文集《记忆像铁轨一样长·自序》中坦言："散文不是我的诗余。散文与诗，是我的双目，任缺其一，世界就不成立体。"

曾经同流沙河一道，最早将余光中诗歌介绍到大陆的李元洛先生，亦乃泛舟诗海文潮的卓然大家，其高屋建瓴的古今诗学研究，苦心孤诣的散文艺术经营，还有间或捧出的诗词和楹联佳作，使得他对文学园林里的诗歌和散文，不仅拥有深入的理解，独特的体认以及与之相联系的精湛的鉴赏、解析与建构能力，而且于无形中引发了一种新奇高蹈的审美构想——把诗歌和散文之美由文体层面上升到文化高度，使二者互衬互补，相辅相成，形成双美合璧而又独领风骚的艺术气派。而作为这番艺术实验的成功实践，便是作家先后推出的分别以唐诗、宋词、元曲、清诗、绝句为审美对象的诗文化散文系列。其匠心卓荦和别开生面之处至少体现在以下几个方面：

第一，以丰沛深挚的主体情致同历史和现实对话。就语言形式而言，诗和散文具有显而易见的差异，不过这明显的差异中依然包含着深层的相通与相融：它们都属于靠近生命主体的文学样式，都把抒情言志作为自身的重要内容和根本使命。元洛先生深谙此中壶奥，他的诗文化散文始终浸透了诗文共有的强大的主体意识以及相应的艺术情致。在《寄李白》中，作家深情写道："在盛唐痛苦地走一回，留下了许多失意、屈辱与悲愤，在中国诗歌史中潇洒走一回，却坐定了最重要的黄金般的章节。你的诗，写出了历史上一位最不得意者最得意的浪漫情怀，没有你，盛唐气象将不可想象，中华民族文化将黯然减色……中国读书人也会顿感天地寂寞而绕室彷徨。"这当中有对传统文化及其璀璨标高的热情礼赞，也有对天才诗人在"家天下"里悲剧命运的严肃思考，还有对时代和文化复杂关系的清醒体认。这时，作家激越而多思的精神图谱跃然纸间。《卷起千堆雪》聚焦历史上的苏轼与黄州。其笔墨所至，激活了历史现场，唤醒了人物命运，不仅从文学创作和文化积累的层面，重申了苏轼的价值所在，更重要的是透过苏轼逆境和困境中的生存，着力张扬了一种为作家所由衷称赏的乐观旷达、自强不息的处世态度，于是，古人身上有了作家的心影。《与狼共舞》立足元代官场考察散曲创作，就中捕捉到的重要主题，便是"文章糊了盛钱囤，门庭改做迷魂阵，清廉贬入睡馄饨"（张可久），这是作家对那个时代世风庸劣、官场腐败的严厉鞭挞和无情批判，但又何尝不包括一种深深的当下情怀和普遍的人性忧患，从而使经典流传搅拌着历史回声？

第二，以意象和"语象"的珠联璧合开辟富有创意的艺术境界。意象是心意与物象即主观与客观的融合，是诗美构成的核心要素和基本手段，也是诗之所以为诗的突出特征和重要标志。散文自然也有意象，但更为常见的、构成其语言主干的却是童庆炳先生所命名的"语象"，即一种贯穿于散文叙事的微观细致的语言现象，它包括散文的描写、叙述、议论以及相应的全部修辞手段。由此可见，意象是含蓄、弹性的，而"语象"是精确的、绵密的，在通常情况下，属于诗的意象和属于散文的"语象"各有所司，也各有所长，而元洛先生的诗文化散文偏偏致力于意象和"语象"的结合，即调动"语象"的精确和绵密来阐发意象的含蓄和弹性，以此形成写实与写意相得益彰的叙事形态。其具体路径大致如下：

首先是立足设定的意象情境，引入作家特有的生活经验和生命体验，展开"亲到长安"式的书写。请看《月光奏鸣曲》。该文以"月光"为核心意象，先后捧出唐诗中的"春江花月""边塞月""山月"和"故乡月"。而同每一种月光邂逅，作家除了做必要的主题点染和知识介绍，都将自己生命中珍藏的相关记忆和诸般情境注入其中，展开身临其境的描述和阐发。这样一种努力，不但丰富了既定意象的内涵，而且很自然地强化了作品应有的现场感和带入感，从而减少了现代读者阅读古代诗歌作品时很难避免的生疏与隔膜。

作为一种艺术构思和表现手法，作家诗文化散文所选择的意象有时会承载较为繁复的历史信息或相对幽远的艺术密码，每当这时，作家采取的对应方略是：围绕锁定的意象，调动充盈的腹笥，展开圆通周遍的解读与阐释。其神思与健笔，时而"入乎其内",时而"出乎其外";时而"知人论世",时而"以意逆志";时而"八面受敌",时而"卒章显志";时而广征博引,时而现身说法。一时间作家与古诗的灵动对话,不仅发散出密集的诗学知识与审美经验,而且为散文文体的突围和鼎新,尤其是为知性散文究竟该如何发展,提供了重要借鉴。关于这点,我们细读《独钓寒江雪》《清秋泪》《春兰秋菊不同时》等篇章,应当会有体悟。

第三,以经过古代文化淘洗的诗性语言发掘和整合古诗之美。中国古典诗歌是在古代文化的语境中用古汉语写成的,这决定了从事诗文化散文创作的作家,除了要有足够的文学史修养,还必须具备出色的驾驭古代汉语的能力,因为只有这样,方可建立起古诗与今文的深层联系。拥有家学背景且长期与典籍相伴的元洛先生正好拥有此种优势。

阅读作家的诗文化散文不难发现,其字里行间分明回荡着一种当下散文久违的文言气息,即一种在古汉语中浸润已久,进而吸收并盘活了其营养的颖异超拔的叙述风度。其突出特点在于:烹词煮字典雅而不失鲜活;凝练而兼有丰腴;不仅辞采熠熠,而且声调琅琅。就整体叙事而言,则注重使用对称、排比、回环、反复等手段,强化句子的节奏,掌控句子的变化,进而凭借句式的调整、句群的搭配以及长短句的穿插起伏,形成诗歌与散文共同珍视的旋律感和音乐性,进而做到了以诗歌为散文添彩,同时以散文为诗歌加冕。显然这种颇有难度的语言追求,唤醒了汉语叙事在白话兴起后久湮不彰的表现力,使通篇作品有了张力和质感,韩昌黎诗曰:"字向纸上皆轩昂",元洛先生诗文化散文的语言境界庶几近之?!

综上所述,"诗文化散文三部曲"是诗与散文的交融,是文学与学术的联姻。可以说,在唐诗宋词元曲的接受史上,尚未见有以散文的方式来阐释和表述者,在现当代散文史上,以唐诗宋词元曲作为审美与创作对象而自成系列者,似乎也得未曾有。元洛先生的诗文化散文陆续成稿于新旧世纪之交的前后几年。当年这些作品在报刊陆续发表时,即收到良好反馈:先是学术界、评论界夸赞不绝,褒奖有加,一些选刊和选本则纷纷转载以示推重,继而一些出版单位青眼频频,竞相刊行,从而为文坛注入一派沉郁雅健之气。此后多年,作家对自己的呕心之作一直抱着对艺术负责也对自己负责的态度,进行着精益求精的提升润色,直到前不久以越发精湛亮丽的风貌再度奉献文坛。其中有关清诗和绝句的文字由沪上出版家捷足先登,付诸梨枣,而对应着中国文学史重要发展历程的《唐诗天地》《宋词世界》《元曲山河》皇皇三卷,则由中国工人出版社欣然接受并郑重推出,这无疑为喜爱诗文化散文的广大读者带来了阅读和欣赏的方便,同时也为学术界和评论界进一步研究和认识李元洛的诗文化散文,提供了更加完善和精美的版本。

我与元洛先生结缘于新世纪之初文坛之上的嘤鸣相召。此后二十余年,尽管天各一方,且缘悭一面,但心中共存的对文学的那份真情与深情，却使我们声波频频，雁笺不断，既切磋文本，亦臧否文事，彼此共情多多，相感甚欢。先生以长者的渊博和宽厚，赐我以华章，待我为挚友；我视先生，则为足堪仰止的师长，每每受益多多。值此三卷大书即将付梓之际，先生命我泚笔为文，弁于卷首，论资历才学我自知难堪此任，但想到多年的交往和友谊，似又不宜过谦。于是，不揣浅陋，写下以上文字，权且作为对元洛先生阳关三叠的由衷祝贺！

2022年12月匆匆于滨城

目 录

诗人的自画像	1
小漂泊与大漂泊	15
诗国神偷手	27
鸣冤诉屈的恨曲与悲歌	43
黄钟大吕	57
浩然正气	69
石破天惊	81
西北与东南	93
异数与奇迹	107
虚情与假意	119
财神爷与孔方兄	127
柴米油盐酱醋茶	137
与狼共舞	149

生存还是毁灭	163
臣妾与怨妇	181
末世文人的英雄情结	195
悲怆的豪放	211
丧钟为谁而鸣	225
翠袖佳人 白雪阳春	239
异性之情与同好之谊	251
花开三朵	275
春兰秋菊不同时	293
桃李东风蝴蝶梦	311
好花看到半开时	325
语言艺术的奇葩	337
美如缤纷的礼花	353
缪斯的点金术	365
后　记	381

诗人的自画像

一

美国的幽默作家罗杰斯就曾经说过:"要令人国破家亡,什么都比不上出版回忆录厉害。"这话虽然有些危言耸听,但也可见他对某些回忆录之颇有微词,以下所引的他的话可作进一步证明:"当你记下自己本来应该做的好事,而且删去自己真正做过的坏事——那,就叫回忆录了。"在今日众多的"自述"与"自传"中,有哪一篇可以企及陶渊明《五柳先生传》的清新脱俗?有哪一部可以比得上法国作家普鲁斯特《追忆似水年华》的深沉博大、文辞优美?又有哪一本可以望见法国启蒙运动三大领袖之一的卢梭披肝沥胆、灵魂自省的《忏悔录》的背影呢?有的人本来污点斑斑,硬伤累累,却还要自鸣得意,自我吹嘘,文过饰非,甚至对批评者谣诼报复,这不是要引领读者尤其是年轻的读者向往圣洁的天国,而是要使他们在弄虚作假的泥沼与世俗名利的欲海中迷失沉沦。

"自述"或"自传",我国古已有之。追本溯源,正式拥有发明权的应该是中国史学与历史文学的开山鼻祖司马迁。唐代刘知幾在《史通·序传》中认为，《史记》末篇有"太史公自序"，"自序"之名乃立。我以为，"自序"亦同"自叙"或"自述"，即叙述自己的生平行事的文章。芸芸众生都有表现自己的心理需求，何况是文人，更何况是文人中以抒情为主要职责的诗人。"帝高阳之苗裔兮，朕皇考曰伯庸。摄提贞于孟陬兮，惟庚寅吾以降"，屈原在《离骚》的开篇，即叙述了自己的家世与生年；魏晋南北朝时期，阮籍、嵇康等诗人那些题为"言志""述怀"的作品，也颇有自述的意味；"甫昔少年日，早充观国宾。读书破万卷，下笔如有神"，杜甫的《奉赠韦左丞丈二十二韵》就有许多自传的因素；"酒瓮琴书伴病身，熟谙时事乐于贫。宁为宇宙闲吟客，怕作乾坤窃禄人。诗旨未能忘救物，世情奈值不容真。平生肺腑无言处，白发吾唐一逸人"，晚唐杜荀鹤此诗即以"自叙"为题，其中的"宁为宇宙闲吟客，怕作乾坤窃禄人"，今日的芸芸众生，有多少人能够想到和做到呢？

时至元代，一方面是科举制度已经崩盘，元代统治者实行的又是民族歧视政策，一般的知识分子不是前程光明而是前途无"亮"，他们难免不平则鸣；另一方面，马上得天下的元蒙统治者的言论政策相当宽松，许多人又根本不识汉文，终其一朝基本上没有什么文字狱。例如元蒙皇帝的诏书，多有"怎生、奏啊、那般者"等蒙文直译体套语，至元三十一年，江南盐官县学教谕黄谦之书生积习难改，写了一副春联"宜人新年怎生叹，

诗人的自画像

百事大吉那般者"，被人检举告发，这种在明清时代被视为大逆不道必致灭族的犯上之罪，当时肇事者也只得了个"就地免职"的处分，吃饭的家伙还是安然无恙。因此，文人们虽然怨怨愤愤，但却不必战战兢兢，不必担心头顶上有一把什么斯摩达克斯之剑会随时轰然落下，所以他们能相当自由地不平而鸣，而直抒胸臆的"自述"之类，就是"鸣"的最直接最痛快的方式。于是，八百年之后，我们还可以坐直通快车，从时光隧道里直达元朝，和一些元曲家做面对面的灵魂的交流与对话。

二

如果以出场年代先后为序，第一位当然是大名鼎鼎的关汉卿。关汉卿是元代名副其实的卓然大家，被列为"元曲四大家"之首，即今日所谓之"首席"，元末熊自得《析津志》说他"博学能文，滑稽多智，蕴藉风流，为一时之冠"，可见他是一位集剧作家、导演、演员于一身的全才型大艺术家。

我现在已无法和关汉卿万人丛中一握手了。我当然不是时下的什么"追星族"，但如果能当面采访，自然会对他的作品有更直观的了解和更深入的理解，会零距离感受到他纵横的才气、白眼王侯的傲气，以及如火山般在他胸中燃烧奔突的不平之气。而现在，这一切都只能到他的作品中去追寻了，特别是他的代表作之一的《不伏老》。

《不伏老》是一阕自白与抗争的交响曲。第一支是全诗的序曲："攀出墙朵朵花，折临路枝枝柳。花攀红蕊嫩，柳折翠条柔，浪子风流。凭着我折柳攀花手，直煞得花残柳败休。半生来折柳攀花，一世里眠花卧柳。"时间词是"半生"与"一世"，关键词是"浪子风流"，而句句则不离"花"与"柳"二字，读到这里，读者可以说是未见其人先闻其声。

第二支〔梁州〕是全曲的展开："我是个普天下郎君领袖，盖世界浪子班头。愿朱颜不改常依旧，花中消遣，酒内忘忧。分茶，攧竹，打马，藏阄；通五音六律滑熟，甚闲愁到我心头？伴的是银筝女银台前理银筝笑倚银屏，伴的是玉天仙携玉手并玉肩同登玉楼，伴的是金钗客歌金缕捧金樽满泛金瓯。你道我老也，暂休。占排场风月功名首，更玲珑又别透。我是个锦阵花营都帅头，曾玩府游州。"此曲毫不虚饰地自夸自赞。以前每读李太白《与韩荆州书》和《上安州裴长史书》等文，他自称"虽长不满七尺而心雄万夫"，我总是为诗仙的豪气干云而击节叹赏，又为他的怀才不遇而扼腕叹息。关汉卿的〔梁州〕内涵与情调虽然与李白的诗不同，李白是想出仕而致君尧舜海内清一，关汉卿是无仕可出而"花中消遣，酒内忘忧"，但他们都是大才子且同命运，其悲剧奏的是基调相似的旋律。

第二支〔隔尾〕是过渡也是反衬："子弟每是个茅草冈、沙土窝初生的兔羔儿乍向围场上走，我是个经笼罩、受索网苍翎毛老野鸡蹅踏的阵马儿熟。经了些窝弓冷箭镴枪头，不曾落人后。

诗人的自画像 5

恰不道'人到中年万事休',我怎肯虚度了春秋?""月过十五光明少,人到中年万事休",应该是元时的俗语吧,元人杂剧和散曲中多有引用,元人无名氏《朱砂担》楔子:"急急光明似水流,等闲白了少年头。月过十五光明少,人到中年万事休。"尚仲贤《柳毅传书》第一折:"教子攻书志未酬,桑榆暮景且淹留。月过十五光明少,人到中年万事休。"关汉卿在《蝴蝶梦》的楔子中也曾经写道:"月过十五光明少,人到中年万事休。儿孙自有儿孙福,莫为儿孙作远忧。"他在自叙的《不伏老》中单引此句,可见此曲已是他人过中年的晚期作品,也更充分地显示了他不肯休也即不伏老的精神状态。

如同绵延起伏的群山即将捧出它峻拔的顶峰,好像奔流的江河在出海处要卷起洪波巨浪,《不伏老》全曲将终,也奏响了最精彩的尾声:"我是个蒸不烂、煮不熟、捶不扁、炒不爆、响当当一粒铜豌豆,恁子弟每谁教你钻入他锄不断、斫不下、解不开、顿不脱、慢腾腾千层锦套头?我玩的是梁园月,饮的是东京酒,赏的是洛阳花,攀的是章台柳。我也会围棋、会蹴鞠、会打围、会插科、会歌舞、会吹弹、会咽作、会吟诗、会双陆。你便是落了我牙、歪了我嘴、瘸了我腿、折了我手,天赐与我这几般儿歹症候,尚兀自不肯休。则除是阎王亲自唤,神鬼自来勾。三魂归地府,七魄丧冥幽。天哪,那其间才不向烟花路儿上走!"直抉肺腑,毫无粉饰。明代贾仲明《凌波仙》追挽关汉卿说:"珠玑语唾自然流,金玉词源即便有,玲珑肺腑天生就。风月情、忒惯熟，姓名香、四大神洲。驱梨园领袖，总编修师首，捻杂剧班头。"其实，关汉卿早就用自己的《不伏老》，为自己描绘了这样的自画像，也是用第一人称的方式，塑造了元代社会特有的市民化了的"书会才人"之形象。"尾声"的首句本为七字句，按常规应为"我是一粒铜豌豆"，而关汉卿加了十六个衬字，使之成为二十三个字的长句。这一铿锵澎湃、气冲牛斗而响遏行云的千古名句，表面玩世不恭，颇为"嬉皮"，内里表现的却是作者倔强的不屈从既定命运的性格，对黑暗现实的不满和反抗，在玩世的放浪不羁中，迸发的是意志的自由与生命的力量。《不伏老》啊，是苦难时代知识分子自侃自嘲的悲怆之歌，是艰难时世中杰出之士貌似放达实则苦痛的奏鸣曲！

三

可以和关汉卿一较长短的是乔吉。关汉卿一曲既罢，他便接踵而来引吭高歌。

乔吉乃山西太原人氏，无意功名，终生潦倒，放情山水，流落漂泊江湖四十余年，足迹遍及江南。大概是西湖山水可以给他这位失意者以心灵慰藉吧，他最后选择了杭州做他的终老之乡。其散曲通俗质朴与典雅工巧兼而有之，多愤世嫉俗之作，也善于描摹男女艳情，这既是多情文人的强项，也是元代多愁文人的别有怀抱。其散曲与张可久齐名，明清人视为元散曲两大家，合称"张乔"或"乔张"。特别值得一提的是，在戏剧创作理论上，他对于文章的内容与结构曾提出过一个十分精到的见解，至今仍为作家和学人乐此不疲地引用，这就是"凤头、猪腹、豹尾"之论，见于元代陶宗仪《南村辍耕录》："乔吉博学多能，以乐府称。尝云：'作乐府亦有法，曰凤头、猪腹、豹尾六字是也。'"故亦称"六字法"。不过，有的人引述这一名言，往往多不知这一重要的知识产权应归乔吉所有。

乔吉有多篇"自叙"与"自述"之作，以今日的文学理论语言，应属于所谓"表现自我"之列。中国文学的特质之一，就是长于言志抒情，重在表现自我，何况是乔吉这种多情多感多愁多病的诗人。他的〔双调·折桂令〕《自述》写道：

> 华阳巾鹤氅蹁跹，铁笛吹云，竹杖撑天。伴柳怪花妖，麟祥凤瑞，酒圣诗禅。不应举江湖状元，不思凡风月神仙。断简残编，翰墨云烟，香满山川。

羡仙慕道，流连于清高绝俗的音乐，徜徉于清幽绝胜的山水，寻花问柳，遨游江湖，除了在歌伎那里寻求精神的愉悦与安慰，就是和痛饮狂歌的酒徒、超然物外的诗人在一起。自诩为"江湖状元"是不应科举的，自鸣为"风月神仙"是不思世俗的，这既是对封建时代热衷于功名利禄的读书人的冷嘲热讽，也是乔吉的自我形象的传神写照。"翰墨云烟，香满山川"，他对自己有充分的自信。其人虽已殁，千载有余情，他的《金钱记》《扬州梦》等三种杂剧，他的二百多首小令、十一套套曲，不是流传到了今天吗？

俗云"可一而不可再"，但乔吉却一而再再而三地袒露自己的灵魂，如他的另一首〔正宫·绿么遍〕《自述》：

> 不占龙头选，不入名贤传。时时酒圣，处处诗禅。烟霞状元，江湖醉仙，笑谈便是编修院。留连，批风抹月四十年。

这是乔吉的晚期作品，近似于今日的"年终总结"或"生平简介"，有"批风抹月四十年"可证。乔吉在一首词牌为"满庭芳"的《渔父词》中，就曾自称"名休挂齿，身不属官"，正是如此这般的生涯的自我写照。"烟霞状元，江湖醉仙"，可以和前一首《自叙》中的"不应举江湖状元，不思凡风月神仙"互参，而他的诗酒自娱放浪不羁，也正是对传统士人生活方式与人生道路的否定，显示了他对蜗角虚名蝇头微利反其道而行之的精神力量。批风抹月四十年啊，有的人可能无一篇甚至一字传世，但他却留下了许多作品，让后人琅琅成诵而口颊生香！

钟嗣成为乔吉写的《凌波仙》吊词，说他"平生湖海少知音，几曲宫商大用心"，他的知音今日已数不在少，而他的曲子弦内与弦外之心意，我们今日也可以一一探寻领略。元代有位回族作家名阿里西瑛,隐居在江苏吴城(今吴县)东北隅,号其所居为"懒云窝",并有〔双调·殿前欢〕《懒云窝》三首,一时和之者众,贯云石、卫立中、吴西逸皆有和作,乔吉同声相应,竟然和了六首之多,其中之一是:"懒神仙,懒云窝中打坐几多年?梦魂不到青云殿,酒兴诗颠。轻便如宰相权,冷淡如名贤传,自在如彭泽县。苍天负我,我负苍天!"(〔双调·殿前欢〕《阿里西瑛号懒云窝自叙有作奉和》)。结尾何其沉痛,古往今来所有壮志未酬不能实现生命的应有价值者,真可以同声一哭!然而,苍天虽然有负于乔吉,乔吉毕竟未负于苍天,他的许多作品不是传唱至今日吗?对于一个作家而言,这就是时间这位真正权威的决审对他最大的褒奖与安慰了。

四

如同钟嵘的《诗品》之于诗歌创作,元代的杂剧家、散曲家复兼戏曲史学家钟嗣成,其《录鬼簿》二卷于元曲创作也具有不可磨灭之功。钟嗣成是否钟嵘的后代,这已经无可查考,但一前一后的二钟都同出一"钟",凡是姓钟的读书人都可以引以为荣。钟嗣成是大梁(今河南开封)人氏,他"屡试于有司而不遇""从吏则有司不能辟",终生潦倒,以布衣之身流寓杭州,与同时代的许多杂剧、散曲作家如曾瑞、周文质等人以及一些艺人广有交往。其《录鬼簿》著录难入正史的由金末至元末诸宫调、杂剧、散曲作家共152人，杂剧名目400余种，是最早也是最完备的元代戏曲史料之集成。《录鬼簿》有如一座档案馆，走进扉页建就的大门，今日的学人可以登堂入室翻阅他们所需的资料，与前人作隔世之谈；又好似一座回声谷，你刚刚来到谷口，就可以听到八百年前的人歌人哭和弦索锣鼓的协奏之声。

钟嗣成除了自己潜心创作，还立誓要为"门第卑微、职位不振、高才博识"而又"湮没无闻"之士树碑立传。他说："方今已亡名公才人，余相知者，为之作传，以〔凌波仙〕吊之。"他历时十年二易其稿，才完成这一巨著。因为和元曲家们同病相怜也同好相怜，他的巨著才使他们这些"不死之鬼"集体复活，成为不死之魂而光耀史册；而有元一代的曲家，应该集体倡议为他立一座铜像或纪念碑。钟嗣成之后的曲家周浩，就有一首〔双调·折桂令〕《题录鬼簿》："想贞元朝士无多，满目江山，日月如梭。上苑繁华，西湖富贵，总付高歌。麒麟冢衣冠坎坷，凤凰台人物蹉跎。生待如何？死待如何？纸上清名，万古难磨。"这可说是钟嗣成的他叙与他传，出自他人的手笔。而他的〔南吕·一枝花〕《自序丑斋》就是自叙与自传了。钟嗣成自号"丑斋"，而他这支曲子又专门往自己的脸上抹黑，故后人真以为他长相丑陋，不讨人喜欢，这未免过于胶柱鼓瑟，或者说不太懂得现代美学中的"以丑为美"的法则了。

唐代的柳宗元年方弱冠即中进士，诗文为天下翘楚，其智商当高出中人不少。然而，他贬永州十年，筑室于溪水"冉溪"

之旁，却命溪水之名为"愚溪"，他的"愚"与钟嗣成的"丑"，实际上是一种正话反说，比正言更为有力和动人。在当代，老舍是幽默大师，他所作《自传》如下："舒舍予，字老舍，现年四十岁，面黄无须。生于北平，二岁失怙，可谓无父；志学之年，帝王不存，可谓无君。无父无君，特别孝爱老母，布尔乔尼之仁未能一扫空也。幼读三百篇，不求甚解。继学师范，遂奠教书匠之基，及壮，糊口四方，教书为业。甚难发财，每购奖券，以得末彩为荣，示甘于寒贱也。二十七岁发奋著书，科学哲学无所懂，故写小说，博大家一笑没什么了不得。三十四岁结婚，今已有一男一女，均狡猾可喜。闲时喜养花，不得其法，每每有叶无花，亦不忍弃。书无所不读，全无所获，并不着急。教书做事均甚认真，往往吃亏，亦不后悔。如此而已，再活四十年，也许能有点出息。"可惜可叹的是，我们已无法看到老舍先生自传的下文。启功先生是当代的名学者书画家，我二十世纪五十年代就读于北京师范大学中文系时，忝列门墙，有幸听他讲授《红楼梦》，私心自喜；不幸看到他种种遭逢，为之叹息。劫后余生，他晚年曾有《自撰墓志铭》："中学生，副教授。博不精，专不透。名虽扬，实不够。高不成，低不就。瘫趋左，派曾右。面微圆，皮欠厚。妻已亡，并无后。丧犹新，病照旧。六十六，非不寿。八宝山，渐相凑。计平生，谥曰'陋'，身与名，一齐臭。"启功先生自称是"胡人后裔"，所作是"胡说"，但从上述自叙中，我们看到的难道不是含泪的笑和反语中的正言吗?

钟嗣成的〔南吕·一枝花〕《自序丑斋》,反言若正,将自己漫画化,应该是上述老舍与启功之作的先声。全套由九支曲组成,在序曲之后,作者穷形尽相地自曝己丑,他人"家丑不可外扬",丑斋适取其反,如〔梁州〕一曲:

> 子为外貌儿不中抬举,因此内才儿不得便宜。半生未得文章力,空自胸藏锦绣,口唾珠玑。争奈灰容土貌,缺齿重颏,更兼着细眼单眉,人中短髭鬓稀稀。哪里取陈平般冠玉精神,何晏般风流面皮?哪里取潘安般俊俏容仪?自知,就里,清晨倦把青鸾对,恨杀爷娘不争气。有一日黄榜招收丑陋的,准拟夺魁。

钟嗣成才华秀发,满腹经纶,但在那个黑铁时代,读书人已经被淘汰出局,文章如土欲何之?作为局外人的钟嗣成只能徒唤奈何,但他却故意把自己的怀才不遇归罪于容貌丑陋。不比不知道,一比吓一跳,他在自我嘲讽自我揶揄之后,还以历史上的诸多美男子与自己作美丑的强烈对照。不仅如此,他还由此"钟"而及于彼"钟",在〔隔尾〕一曲中将自己比喻为民间传说中相貌奇丑的钟馗,有如黑色幽默:

> 有时节软乌纱抓扎起钻天髻,乾皂靴出落着簌地衣,

诗人的自画像 13

向晚乘闲后门立。猛可地笑起,似一个甚的?恰便似现世钟馗唬不杀鬼。

言之不足,故重言之,在继之而下的〔哭皇天〕里,那真是可使天下读书人同声一哭了:

> 饶你有拿雾艺冲天计,诛龙局段打凤机,近来论世态,世态有高低。有钱的高贵,无钱的低微。哪里问风流子弟?折末颜如灌口,貌赛神仙,洞宾出世,宋玉重生,设答了镘的,梦撒了察丁。他睬你也不见得,枉自论黄数黑,谈是说非。

其实,通达与沉沦,相貌的妍媸与否并非决定的因素,作者对元代现实秉持批判的立场,一针见血地指出并非人貌而是由于世道:"有钱的高贵,无钱的低微。"

钟嗣成自写其丑,自鸣不幸,白眼王侯,傲视权贵,指斥社会之不公,抒发千载之孤愤,为自己树立了一座永不会坍塌的文字建成的纪念碑。

小漂泊与大漂泊

元人王实甫在《西厢记·长亭》一折中，借和张生别后的莺莺之口说道："早是离人伤感，况值那暮秋天气，好烦恼人也啊！"这一名句的"本金"，大约是从前代的词人柳永那里借支而来，他不过是将本生利而已。柳永在《雨霖铃》一词中曾经低咏："多情自古伤离别，更那堪冷落清秋节。"如果溯流而上，宋玉自伤并伤其前辈屈原的《九辩》，一开篇就以秋字先声夺人，秋气满纸，后世的引用率很高："悲哉秋之为气也！萧瑟兮草木摇落而变衰。僚慄兮若在远行；登山临水兮送将归。"后人遂由此认定宋玉为悲秋之祖，不过，我以为这一名号应该归于屈原而非他的学生宋玉，屈原早在《九章》中已经再三为悲秋定调了："乘鄂渚而反顾兮，欸秋冬之绪风。"（《涉江》）"悲秋风之动容兮，何回极之浮浮。"（《抽思》）"悲回风之摇蕙兮，心冤结而内伤。"（《悲回风》）屈原，是中国诗人之祖，后代的诗人当然应该向他供奉祭祀的香火，屈原也是悲秋之祖，如果推举宋玉，宋玉有知，不论是出于尊师抑或尊史，他都会敬谢不敏的。

悲秋，与秋日之肃杀和诗人之遭逢有关。汉字造字"六法"之一就是"会意"，古代中国人对秋日与忧愁的关系，不仅早有切肤之感，而且有入心之伤。所以创造的会意字"愁"，即为上"秋"而下"心"。从今日医学的角度看来，人之悲秋有其生理与病理的原因：秋天，特别是无边落木萧萧下的深秋，昼短夜长，日照不足，气温下降，百卉凋零，人的情绪易于消沉抑郁而不易振奋昂扬，这在现代医学上的专有名词是"季节性感情障碍症"。古人每多离别，而且因为交通闭塞与通信困难，更加别易会难，生离往往就是死别，所谓"明日隔山岳，世事两茫茫"，就一语道尽了此中情状。春夏分袂本就情何以堪了，如果是"秋风起天末，君子意如何"的秋日，那当然就更加目击而神伤，所以南宋末吴文英在他的《唐多令》词中要说："何处合成愁？离人心上秋。"真是心有灵犀妙悟，使得此语成为千古不锈也不朽的名句。

悲秋，除了显示特殊节候下众生的心境，也能曲折地表现时代的面貌、个人生命的坎坷；如果艺术的概括与表现十分成功，甚至能创造一种超越个人与时代的普遍性的永恒情境，引起不同时代读者深远的共鸣通感。马致远的名作〔天净沙〕《秋思》，就是这种具有普遍性情境因而通向永恒的作品：

枯藤老树昏鸦，小桥流水人家，古道西风瘦马。夕阳西下，断肠人在天涯！

这首小令的身世，虽不至于成谜，但也有些可疑。元初盛如梓的《庶斋老学丛谈》引有三首《天净沙》，均未道及作者姓名，前面的小序说"北方士友传沙漠小词三阕，颇能状其景"，如"平沙细草斑斑，曲溪流水潺潺，塞上清秋草寒。一声新雁，黄云红叶青山"，从所描绘的景物来看，所谓"沙漠"是指北方的塞上。而第一首则是上述之"枯藤老树昏鸦"，其中的"小桥"作"远山"，末句之"人在"作"人去"。和盛如梓一样，元明两代的散曲选本如《中原音韵》《乐府新声》《词林摘艳》等书，都未说明这一散曲作者之名，直至明代嘉靖年间蒋一葵的《尧山堂外纪》，才将此曲归于马致远名下，其中的"远山"作"小桥"，"人去"作"人在"。我想蒋一葵应该言必有据，但现在已不知他的魂魄云游何方，无从问询，反正当今世人已公认此曲版权为马致远所有。而且"在"比"去"有一种既成事实的临场感，"远山"易为"小桥"之后，宛然江南风景，和全诗的意境也更为协调。而我这个江南人读来，更不免因"狭隘的地方主义"而备感亲切。

马致远这首小令的佳胜，前人之述备矣。元代周德清《中原音韵·作词十法》说它是"秋思之祖"，清代刘熙载《艺概》说它是"景中雅语，纯是天籁，仿佛唐人绝句"，王国维在《宋元戏曲考》中言之不足，在《人间词话》中又重言之："寥寥数语，深得唐人绝句妙境。有元一代词家，皆不能办此也。"而时下不少论者，也竞称此曲为"游子秋思图"或"秋郊夕照浪游图"，并盛赞前三句十八个字中九个名词意象组合之妙。我不想

18　元曲山河

重复前人，我只拟略说它表层结构中所表现的"小漂泊"和深层结构中所表现的"大漂泊"。小漂泊与作者的生平遭际与心理状态有关，大漂泊则是由高明的艺术所创造的高远而具有普遍意义的人生境界，此曲正是超越了一般作品的实在层次与经验层次，而达到了杰出作品方能有幸登临的超验层次，并由此而叩开了不朽与永恒的黄金之门。

大都（今北京）人马致远，颇具学问与才华，和过去绝大多数的读书人一样，他早年热衷功名，希图建功立业，对新作中土之主的元蒙统治者抱有幻想而大唱赞歌。如他的多首《粉蝶儿》曲，不仅为在血泊恨海中建立起来的新朝涂脂抹粉，"万斯年，平天下，古燕雄地，日月光辉。喜氤氲一团和气""贤贤文武宰尧天，喜，喜！五谷丰登，万民乐业，四方宁治"，还对新皇至祝至祷："圣明皇帝，大元洪福与天齐。""祝吾皇万万年，镇家邦万万里。八方齐贺当今帝，稳坐龙盘兀金椅。"十足御用文人的声口，当今唱诗班的角色，如果马致远终其一生只是写了上述这些曲词，或者这些曲词成了其作品的主旋律，他就不可能成为"元曲四大家"之一而有许多名篇好句流传后世，被人美誉为有似李白之于唐诗苏轼之于宋词了。可幸而非不幸的是，什么都不缺只缺少文化的元蒙统治者，自以为马上得天下也可以马上治天下，压根儿看不起读书人，不但执行民族歧视政策，而且长期废止科举，断绝了读书人学而优则仕的传统前程，让他们过去的流金岁月变成了几乎颗粒无收的苦日子。汉人又兼读书人马致远的颂歌等于对牛弹琴，表错了情。他四处漂泊，无所依归，深深地咀嚼人生的无奈、苦涩与荒凉。期间应诏做了一段时间的江淮行省务官，即掌税收之官，郁郁不得志。他的《南吕·金字经》三首先后就曾说："絮飞飘白雪，鲊香荷叶风，且向江头作钓翁。穷，男儿未济中。风波梦，一场幻化中。""担头担明月，斧磨石上苔，且做樵夫隐去来。柴，买臣安在哉？空岩外，老了栋梁材！""夜来西风里，九天雕鹗飞，困煞中原一布衣。悲，故人知未知？登楼意，恨无上天梯。"怨恨悲愁，溢于言表，但境界还是未能在人生的实在层次与经验层次上提升。"世事饱谙多，二十年漂泊生涯，天公放我平生假。"（《大石调·青杏子》）五十岁以后，马致远终于远离官场，不再奔竞仕途，再也无意于什么官位，隐居于杭州郊外，啸傲于山水之间，吊影于苍茫天地。"断肠人在天涯"的这首《天净沙》，应是他五十岁以前的作品，辞根仆仆于道途，形影茕茕于秋日，敲金断玉的二十八个字，敲痛了他浪迹天涯的落寞凄凉，也断尽了天下读书人在那个艰难时世中的沧桑感与悲剧感，整个作品也如同涅槃的凤凰，向超验的永恒的境界飞升。

  人生有小漂泊也有大漂泊。小漂泊，是指个人的有限之身与有限之生，在短暂的生命历程中的四处流徙；大漂泊，则是芸芸众生在无尽的时间与无穷的空间中本质的生存状态。对时间与生命极为敏感的李白，早在《春夜宴诸从弟桃李园序》中就概乎言之了："夫天地者，万物之逆旅也；光阴者，百代之过客也。而浮生若梦，为欢几何？古人秉烛夜游，良有以也。"他对于人生悲剧的形而上的思考，真是一步到位、一语中的。电视荧屏上的广告词说：地球已有四十五亿年的历史，人只有短短的一生。不过，生活在地球上的古往今来的芸芸众生如此，而承载众生的小小地球何尝不也是这样？在茫茫广宇之中，地球何尝不是一位资深的来日尚称方长但毕竟也有其大限的漂泊者？名诗人余光中在《欢呼哈雷》一诗劈头就说："星际的远客，太空的浪子／一回头人间已经是七十六年后／半壁青穹是怎样的风景？／光年是长亭或是短亭？"何止地球，所有在太空中的星球，不也都是"浪子"——漂泊者吗？《天净沙》一曲所具有的超越眼前现实的宇宙感和超越自我经验的人类集体无意识，以及由此而获得的"无穷的意味"——可遇而难求的永恒意义和永恒价值，也许是作者自己所始料未及的。这，应该就是文学原理中所谓的"形象大于思想"，作者未必然，作品未必不然，读者更未必不然吧？真正优秀的杰出的作品，不会被时光之水淘汰，不会被时间之风尘封，作者的完成只是"半程完成"，而它的"继续完成"，则有赖于世世代代的读者来参与这一艺术再创造。正如歌德所说的"说不尽的莎士比亚"，又如西谚所云"有一千个读者就有一千个哈姆雷特"。我从马致远《天净沙》中所体悟的小漂泊与大漂泊，也即是如此。

当然，要吸引读者参与作品的"形象工程"，作品在艺术上就必须极为高明，而高明的重要标志，就在于观古今于须臾，抚四海于一瞬，具有巨大的艺术概括力量，留给读者以广阔的联想与想象的余地，即现代文学批评所谓的"召唤结构"与"审美期待"。我们不妨引用同类或相似的作品作一番简略的比较。金朝董解元《西厢记诸宫调》有一首《仙吕·赏花时》，全曲是：

> 落日平林噪晚鸦，风袖翩翩吹瘦马。一径入天涯，荒凉古岸，衰草带霜滑。瞥见个孤林端入画，篱落萧疏带浅沙。一个老大伯捕鱼虾，横桥流水，茅舍映荻花。

董解元是金代的才子，王实甫的先行，他所绘的秋日乡野图可说诗中有画，但景物描写似乎过于纷繁，而且客观冷静有余，主体精神的观照不足。马致远曲中的词句与意境虽然与之有些相同，从中可见文学创作的渊源关系，但后来居上，马致远之作却精练和清纯得多，境界之深远更非董作可以望其项背。

元曲四大家之一的白朴，生于1226年，早于马致远二三十年。他以〔越调·天净沙〕分别咏春夏秋冬四时景色，其《天净沙·秋》一曲如下：

> 孤村落日残霞，轻烟老树寒鸦。一点飞鸿影下，白草红叶黄花。

今人有意，逝者无言。我已无法去采访马致远，询问他的前辈白朴此作对他有什么影响,他怎样力争有出蓝之美。文学上的白手起家如痴人说梦。文学创作必须而且要善于继承前人的遗产,关键是不能株守遗产,坐吃山空,而是要将本作利,大展发展与创造的宏图。白朴之作,开篇点化了秦观《满庭芳》的"斜阳外,寒鸦数点,流水绕孤村"的妙句,整体也大致可观,但毕竟景大于情,主体精神的张扬远远不足,而且缺乏深远的寄托,这就难怪马致远要当仁不让而后来居上了。

桃李不言,下自成蹊。美丽的西子捧心,东施尚且要来效颦,何况是典范性的作品?马致远被人美称为"曲状元",曲状元的极品小令一出,当时想必效应轰动,以后也余震不绝,以至于同时代与后代的曲家,都按捺不住而纷纷拟作,下面略举数例:

嘤嘤落雁平沙,依依孤鹜残霞。隔水疏林几家?小舟如画,渔歌唱入芦花。

(元)张可久〔天净沙〕《秋思》

江弯远树残霞,淡烟荒草平沙,绿柳阴中系马。夕阳西下,山村水郭人家。

(元)吴西逸〔天净沙〕《闲题》

一行白雁清秋,数声渔笛蘋洲,几点黄昏断柳。夕阳时候,曝衣人在高楼。

(清)朱彝尊〔越调·天净沙〕

张可久是元代散曲大家,作品数量为元代散曲作家之冠,有"曲中李杜"之称。他的《双调·庆东原》共九篇,题下小注是"次马致远先辈韵",可见执隔代弟子之礼甚恭。他这首《天净沙》韵脚都和马致远之作相同,可见其亦步亦趋。吴西逸接踵而来,其曲虽清丽可诵,但马作天空地阔,吴作则不免捉襟见肘而境界逼仄。清人朱彝尊诗与王士禛齐名,词与陈维崧并美,而曲则是清代"骚雅派"的领袖,但他的《天净沙》在众多的仿作中,却只能说一蟹不如一蟹了。

马致远的〔天净沙〕《秋思》,写自己而超越了自己,写特定的时代而超越了特定的时代,由小漂泊而大漂泊,蕴含了对生命本体存在和对人类历史状况的整体感悟,创造了人生天地间的普遍性情境,从而进入了永恒的艺术殿堂,让世世代代的后人去焚香顶礼。美籍华人歌手费翔所唱的流行歌曲《故乡的云》,其中反复咏唱的"归来吧,归来哟,浪迹天涯的游子",不正是马致远之曲的遥远的回声吗?"飘飘何所似,天地一沙鸥",台湾名诗人洛夫由一路漂泊加拿大,他的三千行的大型诗作,就是以"漂木"为题,抒写他"近年一直在思考的'天涯美学'"和"自我二度流放的孤独经验",而其"天涯美学"的主要内容,则为个人与民族的"悲剧意识",以及超越时空的宇宙境界，而《漂木》全诗的主旨正是运命的无常、宿命的无奈、生命的无告。是啊，在茫茫的宇宙之中，有谁不是天涯沦落人呢？在我书案的玻璃板下，压有一张二十多年前寄自德国的明信片，上面分别有友人黄维梁和余光中的手迹，他们写的是：

元洛兄：

　　大函已转交光中先生。我们在汉堡相叙数天，天涯知己，难得而愉快。现在易北河，遥想湘水，感怀无已。

弟维梁
1986.6.26

　　今夕我们泛舟游于易北河上，时正夕阳西下，情何以堪，断肠人在天涯！

光中

他们鸿雁传书之时，两岸尚未开放，余光中仍是天涯犹有未归人。若干年后他写《母亲与外遇》一文，曾说"大陆是母亲，台湾是妻子，香港是情人，欧洲是外遇"，他当年外遇于德国的汉堡和易北河，欧洲美人应该是让他乐不思蜀了，但他却思蜀而不乐："断肠人在天涯！"如果不是小漂泊与大漂泊之感纷至沓来，交相叩击他的心弦，彼时彼地，马致远的名句怎么会越过八百年的岁月和数万里的空间，飞至他的心头与笔下？

诗国神偷手

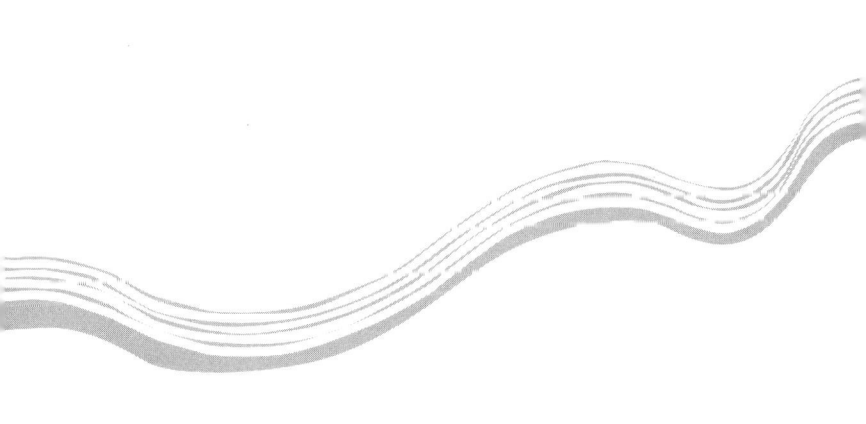

凡是读过金代董解元《西厢记诸宫调》和元朝王实甫《崔莺莺待月西厢记》的读者，都知道张生和崔莺莺的爱情故事发生在普救寺，也难免不对那一虽法相庄严却浪漫过风流旖旎的佛寺心向往之。但是，有多少人知道普救寺并非作家的虚构，而是实有其地呢？

在今山西省之西南，西南边远之永济县，永济县城所在地赵伊镇西南十里名曰峨眉原的土垣上，与潼关隔黄河而相望，一塔凌空，其旁巍峨着一座始建于齐末隋初的千年古刹，那就是名动古今的普救寺。寺前那条由长安迤逦而来，经蒲津关通往北京的古驿道，见证了千年来多少大大小小的人物、多少悲欢离合的故事、多少历史兴亡的沧桑。二十世纪八十年代中期的一天，对普救寺进行修复的工程人员在清理钟楼基址时，一块金代的石碣照花了他们的眼睛，也如一盏聚光灯照明了金元文学史的有关章节，那就是金代蒲州副使王仲通所作的一首七律，题为《普救寺莺莺故居》：

东风门巷日悠哉，翠袂云裾挽不回。

无据塞鸿沉信息，为谁江燕自归来？

花飞山院愁红雨，春老西厢缫绿苔。

我恐返魂窥宋玉，墙头乱眼窃怜才。

此诗写于金世宗完颜雍大定元年（1161年）至大定十三年（1173年）之间，何以为证？因为在王仲通诗之后，诗碣上有一段个别字迹已被岁月磨净的跋，那是一位名叫王文蔚的官员所撰，开跋就说"美色动人者甚多，然身后为名流所记者鲜矣"，而当年苏轼记徐州关盼盼，大定年间王仲通游普救寺以吊崔莺莺，大约是因为苏、王均乃"风流才翰，有以相惜"。王仲通之真迹为好事者收藏，三十年后访得，"恐其字迹漶灭，故命工刻石"，时间是"泰和甲子冬至前三日"，即1204年，亦即金章宗完颜景泰和四年。这块记录了王仲通诗、王文蔚跋而由院僧"兴德立石，吴光远刊"的诗碣，本来立于寺内，不知何时淹埋于地下而不见天日，直到几百年后又重新出土，为莺莺的故事作无声的石证、有情的实证。有一年我从江南远去普救寺，手抚石碣，王仲通的诗句似乎仍有余温，但逝去的遥远岁月啊已经冰凉。

如果你也有缘远访山西的普救寺，不是像一般的游客那样只知在菩萨之前许愿烧香，而是想去重温近千年前已凉的时光，于月明之夜在墙下看张生怎样跳过墙来，听西厢边花影里莺莺心中怎么涌动"待月西厢下，迎风户半开。拂墙花影动，疑是

诗国神偷手　29

玉人来"的诗句,那么舌灿莲花的导游就会一一为你指点旧迹遗踪,好像他或她当年都曾亲闻亲睹,今天只是为你提供见证人的证明词。是的,在那个礼教森严男女授受不亲的时代,张生与莺莺的大胆之举是属于卫道士们斥责的"偷情"或"偷香窃玉"的了。但是,今日的那些男女导游和众多游客,包括接触过王实甫的《西厢记》的读者,是否知道写张生和崔莺莺偷情的作家也曾经偷窃,不过,不是"偷人"而是"偷人之文"呢?

偷者,窃也;窃者,不告而取也。一般而言,"偷"当然不是一个光彩的褒义之词,不论是窃钩而诛的小偷还是窃国而侯的大盗,尽管所偷之物大小不同、轻重有异,而结果也有天地之别,但同为不齿于人的"偷"则一。但是,在文学创作中,除了明火执仗或鸡鸣狗盗般的原封不动地抄袭,人人得起而攻之,有所传承师法更有所发展创造,却是值得肯定和赞许的。有的人甚至对此名之为"偷",但这真正是"美其名曰",因为这种偷已经不是恶名与骂名,而是美名与嘉名了。

我且引中外名家的名言为证。艾略特,是二十世纪之初英美现代派诗宗与诗论家,他在《传统与个人才能》一文中说:"要鉴别诗人的高下,看他如何借用别人的材料,是极为可靠的一个方法。不成熟的诗人会模仿;成熟的诗人会偷盗。拙劣的诗人会把所得的材料弄得面目全非;出色的诗人则会加以改良,至少是推陈出新。出色的诗人会把赃物熔铸为完满而独特的诗情,与被掠者的作品完全不同;拙劣的诗人却会把赃物拼凑为杂乱无章的东西。"香港岭南学院翻译系教授、诗人兼散文家黄国彬曾经说过：在西方，莎士比亚偷蒙丹纳，庞德偷普罗旺斯诗人和中国唐代诗人，艾略特自己也偷但丁，偷英国玄学派诗人，偷伊丽莎白时代的剧作家。（见作者《从近偷、远偷到不偷》一文）西方如此，那么中国呢？南宋"江西诗派"的开山祖师黄庭坚在《答洪驹父书》中说："古之能为文章者，真能陶冶万物，虽取古人之陈言入于翰墨，如灵丹一粒，点铁成金也。"释惠洪在《冷斋夜话》中，又记叙了黄庭坚提出的"换骨夺胎"法："不易其意而造其语，谓之换骨法，窥其意而形容之，谓之夺胎法。"总之，"点铁成金"是采用古人之语言而出新，"换骨夺胎"是采用古人的诗意而新创，这其间的"采用"就是"偷"的同义语，或者说是另一种不太刺激的说法。其实，无独有偶而中外同心的是，唐代诗僧皎然的《诗式》竟然不仅提出"偷"论，而且还标举"偷语""偷意"和"偷势"的"三偷"之说，并分别举例予以说明，比艾略特的高见之问世至少早了千年。此外，南宋的严羽在《沧浪诗话》中也曾提出"熟参"之说，"禅道惟在妙悟，诗道亦在妙悟"，要"熟参"前人前代的作品而达到"妙悟"的境界。由此可见，"偷"并非纯粹"你的就是我的"，将他人的东西据为己有，而是既要继承更要自出新意地发展和创造。王实甫的《西厢记》将董解元的《西厢记诸宫调》改写为戏曲，成为我国古典戏剧的杰作，那么，他究竟是怎样向前人的作品伸出"第三只手"的呢？

诗国神偷手

张生和崔莺莺的故事源远流长，像一条风光绮丽的河流，最早的源头见于唐诗人元稹的传奇小说《莺莺传》（又名《会真记》）。《莺莺传》中的负心汉张生即是元稹，而被张生在普救寺始乱终弃的莺莺，即是崔鹏之女，元稹名"双文"的远房表妹。元稹在应试及第之后，抛弃了原来热恋的门庭已经衰落的远房表妹，与高干尚书仆射韦夏卿的女儿韦丛结婚，这场政治婚姻后来终于帮助他爬上了宰相的高位。出于风流文人自我炫耀绯闻的习性，也出于为自己背信弃义的行径开脱的用心，元稹以自己的真实经历为依据，假托张生其人而写成了《莺莺传》。因为这一故事实有其人，而且缠绵悱恻，所以就成了当时与后代诗人的一个热门话题与诗题。白居易、李绅、杜牧都有与《莺莺传》有关的作品，元稹的诗人朋友杨巨源也有《崔娘诗》一诗："清润潘郎玉不如，中庭蕙草雪消初。风流才子多春思，肠断萧娘一纸书。"对元稹有所批评，对莺莺颇为同情。

时至宋代，"待月西厢"就成了文学创作中常用的典故与题材，北宋词人秦观与毛滂的《调笑转踏》、赵令畤的《商调蝶恋花鼓子词十二首》，都曾经反复歌咏过张生与莺莺的罗曼史。"解元"，是金代对读书人的通称，金代有一位姓"董"的解元，他依据前人之作与民间传说，创作了《西厢记诸宫调》，对《莺莺传》进行了根本性的改造，不仅丰富了情节，更重要的是否定了原作中将莺莺视为"尤物"与"妖孽"的诬蔑之辞，将原作中张生是"善补过者"的主题，脱胎换骨为反封建的主题。基址依旧，门面却是新的，董解元不是"整旧如旧"地维修古物，而是整旧如新地创造新天，读者虽知他渊源有自，但观赏到的却是面貌一新的门庭。王实甫的《西厢记》更是后来居上，他深入蒲州"调查研究"，并实地考察了普救寺及其周边地理环境，广泛搜集了创作的资料与素材。《西厢记诸宫调》只是用多种宫调的曲子联套说唱的唱词，故又称《弦索西厢》或《西厢挡弹词》，而王实甫之作则是五本廿一折的大型杂剧，不仅是艺术形式的发展和变化，而且较前者故事更为曲折，人物形象更为丰满，语言更为诗化，反封建的张扬个性的主题也更为提升，成了中国古代一部家弦户诵的爱情经典，西方大约只有莎士比亚的《罗密欧与朱丽叶》可以和它媲美，但后者却晚出了三百多年。

王实甫的《西厢记》一出，即风靡一时，而且喧传后世，不仅其中的"愿天下有情人都成了眷属"与"千种相思向谁说"二语，成了芬芳在世世代代有情人心头的名言警句，前人将高明《琵琶记》中的"是前生注定事莫错过姻缘"，以及汤显祖《牡丹亭》中的"一生爱好是天然"，与它们分别构成对联，成为"集戏曲词语联"。早在元末明初，戏曲家贾仲明为王实甫作的《凌波仙》吊词，就称它是"新杂剧，旧传奇，天下夺魁"之作。而明初朱权在《太和正音谱》中，也称赞"王实甫之词如花间美人，铺叙委婉，深得骚人之趣。极有佳句，若玉环之出浴华清，绿珠之采莲洛浦"。清初的才子金圣叹虽手眼俱高，也赞叹它"乃是天地妙文"而详加批点。而在《红楼梦》中，曹雪

诗国神偷手　33

芹也通过贾宝玉之口对林黛玉说:"真是好文章,你要看了,连饭也不想吃哩。"果真有废寝而忘餐的功效吗?见所未见的林黛玉"接来书瞧,从头看去,越看越爱,不顿饭时,已看了好几出了,只觉词句警人,余音满口。一面看,只管出神,心内还默默记诵",如此投入与痴迷,可见林黛玉固然是绝妙的好读者,《西厢记》更当是绝妙的好文章。

《西厢记》被称为北曲的压卷之作,清丽优美的语言更是其"注册商标",而最精彩的则是第四本第三折,即通常被称作"长亭送别"的一折。在这一折中,叙事与抒情就像两条溪水汇合成一道河流,百折千回而回肠荡气,而萧索之景与别离之情融汇在一起,通过诗化的语言结成美满的姻缘。因此,清代的戏剧理论家焦循的《剧说》,盛誉此折为"绝调",而金圣叹在《批点西厢记》中,将此折之首的曲子《正宫·端正好》特为拈出,赞之为"绝妙好辞",而对收尾则连连称道为"妙句、神句"与"奇句、妙句"。然而,妙则妙矣、神则神矣,却原来其来有自。

莺莺之母老夫人门第观念森严,她不接受"白衣女婿",在张生与莺莺如胶似漆只待举行完婚大典而正名时,她却横生枝节,逼迫张生去京城应试,并且约法三章:考中才能回来完婚,如若不能,"休来见我",这真是"忽然一阵无情棒,打得鸳鸯各一方"。在"长亭送别"这一折中,莺莺甫上场唱的即是:

> 今日送张生上朝取应,早是离人多感,况值那暮秋天气,好烦恼人也啊!

王实甫为莺莺写的这句自白,切合时令与人物的性格与心情,已自是动人情肠了,不过,它却是"远偷"与"近偷"的两结合:

> 悲哉,秋之为气也,萧瑟兮草木摇落而变衰。憭慄兮若在远行,登山临水兮送将归。
>
> ——宋玉《九辩》

> 黯然销魂者,惟别而已矣。
>
> ——江淹《别赋》

> 多情自古伤离别,更那堪冷落清秋节。
>
> ——柳永《雨霖铃》

中国人的悲秋,除了屈原对秋日悲凉的咏叹是最早的起调之外,大约就是上述三位共同完成了"悲秋"的形象工程。莺莺的咏叹,仿佛是触景生情,脱口而出,其实包含了深远的文化意蕴,其源有自,如同面对已出山的小溪,令人遥想那未出山时的山泉。

诗国神偷手　35

莺莺在"悲欢离合一杯酒，南北东西四马蹄"的道白之后，那为金圣叹所激赏的"绝妙好辞"，就吐气如兰出自她的樱桃小口了：

> 碧云天，黄花地，西风紧，北雁南飞。晓来谁染霜林醉？总是离人泪！

假若张生赴考不中，他就绝不能回来完婚，若一举高中，却也可能另就于高门望族，总之，既是初恋热恋，难舍难分，又系前景未明，前途未卜，何况分别时恰逢离人最为触景伤情的秋日？此曲虽仅为六句，却宛如精金美玉，光华耀目，又好像春花初展，溢彩流香。然而，此曲虽出自王实甫的锦心绣口，但也源于他的"远偷"与"近偷"，我们不妨以时间为线索，按迹寻踪，前去"破案"：

> 秋风起兮白云飞，草木黄落兮雁南归。
> ——汉武帝《秋风辞》

> 菊花开，菊花残，寒雁高飞人未还。
> ——李煜《长相思》

> 碧云天，黄叶地。秋色连波，波上寒烟翠。山映斜阳

天接水，芳草无情，更在斜阳外。

黯乡魂，追旅思。夜夜除非，好梦留人睡。明月高楼休独倚，酒入愁肠，化作相思泪。

——范仲淹《苏幕遮》

莫道男儿心如铁，君不见满川红叶，尽是离人眼中血。蓑草萋萋一径通，丹枫索索满树红。平生踪迹无定着，如断蓬。听塞鸿哑哑飞过断云层。

——董解元《弦索西厢·送别》

金圣叹说《正宫·端正好》一曲，"恰借范文正公'穷塞主'语作起"，王实甫的"碧云天，黄花地"确实不告而取自范仲淹之作，连借条也没有开具一张。其实，岂止是开头两句，其结句"总是离人泪"不也是形迹可疑吗？如果将汉武帝的《秋风辞》和李煜的《长相思》也列为王实甫的作案对象，王实甫也许会拒不承认，那么，董解元有"红叶"与"眼中血"之喻，王实甫有"霜林醉"与"离人泪"之比，其间的蛛丝马迹，班班可考，人证物证俱在，王实甫还能不从实招来吗？

千里搭凉棚，没有不散的筵席。终于到了酒阑人散的时分，"长亭送别"这一折，在张生与莺莺别后，是一曲言有尽而意无穷的尾声：

四围山色中,一鞭残照里。将遍人间烦恼填胸臆,量这般大小车儿如何载得起!

且不说"四围山色中,一鞭残照里"的"近偷"吧,与王实甫同时但稍长于他的马致远,在写"潇湘八景"之一的《寿阳曲·山市晴岚》里,就有"四围山一鞭残照里,锦屏风又添铺翠"了,只说随后写愁情之深,状愁情之重,那一番金圣叹叹为奇妙之句的好言语,又是从何而来的呢?它当然是属于才子王实甫的创造,但江山易改,本性难移,饱读诗书的王实甫,也仍然是有偷窃行为的"犯罪嫌疑人",我且举出有关的人证物证:

问君能有几多愁?恰似一江春水向东流!
——李煜《虞美人》

春去也,飞红万点愁如海。
——秦观《千秋岁》

试问闲愁都几许?一川烟草,满城飞絮,梅子黄时雨。
——贺铸《青玉案》

无情汴水自东流,只载一船离恨向西州。
——苏轼《虞美人》

亭亭画舸系寒潭,只待行人酒半酣。
不管烟波与风雨,载将离恨过江南。

——张耒《绝句》

闻说双溪春尚好,也拟泛轻舟。只恐双溪舴艋舟,载不动,许多愁!

——李清照《武陵春》

如果王实甫说前三者都和他没有关系,他不曾偷窥更没有光临他们的门户,那么,苏轼、张耒与李清照之财宝呢?他们都是以比喻写离愁与别恨,一个说"只载",一个说"载将",一个说"载不动",王实甫虽然将"船""舸""舟"改成了"大小车儿",但它们同为运载工具则一,只有水运与陆行之差异。而且"如何载得起"之"载",则和前三人之"载"如出一辙,如同作案者虽是窃财高手,但却无法妙手空空,总难免在现场留下半截履痕、一枚手印,让案情终于真相大白。

俗语有道是:木无本必枯,水无源必竭。雅语有云:积学以储宝,厚积而薄发。王实甫毕竟是诗国的神偷手,他继承和借鉴前人,却运用之妙,在乎一心,有自己独立的发现和创造,而绝不仅仅是前人简单的重复和机械的模仿,只有有所传承而又别开天地的再创造,才能获得生生不已的生命力,好像翻波涌浪的长流水，流唱的是日新又新的永恒之歌。王实甫的《西厢记》整体上自有渊源，但又远远超越了前人而自立门户，就从以上所引的片断引文而言，也是因为既集诸家之长而又匠心独运，才成为至坚至美的完器。绝美的艺术完器难免使观摩者心猿意马，想入非非，忍不住想要据为己有。和王实甫同时代的元曲大家关汉卿，他的《崔张十六事》就是以《普天乐》曲牌写西厢记的故事，多达十六首，曲中多引王实甫的原词，近似于诗词创作中人以另类视之的"集句"或"檃栝"，其中第十二首的《张生赴选》一曲即是"长亭送别"："碧云天，黄花地，西风紧，北雁南飞。恨相见难，又早别离易。久已后虽然成佳配，奈时间怎不悲啼。我则厮守得一时片刻，早松了金钏，减了香肌。"王实甫写了长长的一折，关汉卿则是短短的一曲，因为"偷"走时携带不便，引人注目，他只好缩龙成寸而方便偷偷置于怀袖之中。

"天下文章一大抄"这一俗语，固然绝对和片面，它否定了文学的独创性和大量存在的千古传唱的独创性作品。然而，如果换一种眼光，从继承与借鉴的角度来看，任何人都不可能胸无点墨而无中生有地成为一个有成就的作家，它还是不无道理的。从"天下文章一大抄"似可衍生"天下文章一大偷"。在中国古典诗歌发展史上，后人偷前人之词、之意、之势者不胜枚举，包括李白、杜甫这样的顶尖高手、绝代大家。李白《日出入行》之"草不谢荣于春风，木不怨落于秋天……吾将囊括大块，浩然与溟涬同科"就是通篇借用庄周之意。他素来白眼向人，但对南朝的谢朓总是投以青眼，谢朓的《玉阶怨》是"夕殿下珠帘，流萤飞复息。长夜缝罗衣，思君此何极"，李白的同题之作是"玉阶生白露，夜久侵罗袜。却下水晶帘，玲珑望秋月"，李白的诗有出蓝之美，但他不正是远偷谢朓而开辟了新的天地吗？杜甫《月夜》的"今夜鄜州月，闺中只独看"，就是从南朝谢庄《月赋》的"隔千里兮共明月"中化出，庾信《奉和赵王隐士诗》有"野鸟繁弦转，山花焰火燃"之句，杜甫《绝句二首》之一中的"江碧鸟逾白，山青花欲燃"，也正是借本生利而别张新帜。

古典诗歌如此，新诗不也是这样吗？"一水护田将绿绕，两山排闼送青来"，这是王安石《题湖阴先生壁》中的胜语，而二十世纪七十年代台湾诗人洛夫有家归未得，在香港落马洲从望远镜中眺望故国山河，其《边界望乡》一诗中，就有"当距离调整到令人心跳的程度／一座远山迎面飞来／把我撞成了／严重的内伤"的妙句。我在八十年代伊始，于《名作欣赏》撰文评介余光中的《乡愁》，将这一佳作最早介绍给祖国大陆的读者，如今此诗已进入中学语文课本，风传赤县神州。这首诗余光中蕴蓄既久，在台北市厦门街寓所落笔二十分钟即大功告成，它以"乡愁"为抒情中心，以"小时候""长大后""后来啊""而现在"这些表时间的词贯串全篇，在构思上是不是也曾受到南宋词人蒋捷《虞美人》词的"少年听雨""壮年听雨""而今听

诗国神偷手　41

雨"的影响呢？我曾问过余光中，他却笑而不答心自闲。余光中七十八岁时在四川成都草堂朝拜诗圣，其新作《草堂祭杜甫》的结句是："比你，我晚了一千多年／比你，却老了整整二十岁／请示我神谕吧，诗圣／在你无所不化的洪炉里／我怎能炼一丸新丹？"有哪一位高手，会承认自己和颇为不雅的"偷"有过暧昧关系呢？如果说"洪炉炼丹"，即学富五车而驱遣如意，博览群书而潜移默化，或者说前人的经典已经融化在今人的血液中，成为一种"上偷不偷"的潜意识，想必普遍都能接受这种说法吧。

鸣冤诉屈的恨曲与悲歌

一

古往今来，世界就像一个万象纷呈而永不落幕的舞台，不知演出过多少悲欢离合的故事，故事中的人物又不知演绎过多少喜怒哀乐的情感。而在"悲事"与"衷情"之中，最摇人心旌而使人一洒同情之泪的，则莫过于身蒙奇冤大屈而又难以昭雪的了。

中国汉字的构字原则，有所谓象形、指事、会意、假借、形声、转注"六书"。而汉字中的"冤"字，应该是由"象形"之法所构成的吧，如果传说中的"仓颉造字"情况属实，那么，"冤"字就应该是他老先生别有会心的创造。意为冤枉的"冤"字，由两部分构成，其上的"冖"，是一个常用的具有象征意义的形符，表示覆盖、笼罩之意；其下则是任人宰割、肉味鲜美的"兔"，除了被剥皮食肉，善良无助的兔还能有什么美好的前途呢？且不要说芸芸众生中的小人物了，厄运来时，他们就如任人践踏的蝼蚁草芥；即使是叱咤风云的英雄、不可一世的豪杰，鱼游浅水遭虾戏，虎落平阳被犬欺，一旦沦为笼中待宰之兔，也只有长叹悠悠苍天彼何人哉而徒唤奈何。"撼山易，撼岳家军难"，岳飞，该是我们民族英雄中的英雄了，连南下而牧马的剽悍的金兵都对之闻风丧胆，但这位比山更难撼动的英雄人物却屈死在风波亭上，轰然倒下时胸中翻江倒海的是天日何时昭昭的冤情；明末的袁崇焕，可说是抗御外侮的豪杰中的豪杰了，他抗拒上司弃城入关的命令而死守关外的孤城宁远（今辽宁兴城），攻城的努尔哈赤负伤败退旋即身亡，这是明朝对后金作战所取得的第一场胜利，随后袁崇焕收复锦州等失地，予围攻锦州的皇太极以重创，史称"宁锦大捷"。然而，多疑的崇祯皇帝却自毁长城，内听权臣的诬陷之言，外惑强敌的反间之计，竟然将袁崇焕凌迟处死，传首九边。袁崇焕临刑受戮之时，他心中燃烧的该是较肌肤之痛更惨烈的悲愤吧。

汉语中与"冤"相应的词语颇多，为冤枉、冤屈、冤情、冤魂、冤仇、冤祟、冤狱、含冤负屈、冤沉海底、鸣冤叫屈、沉冤莫白等，不一而足。颠之倒之，又有衔冤、鸣冤、申冤、雪冤、不白之冤、覆盆之冤、千古奇冤等，不胜枚举。元代，是中国历史上一个十分黑暗的时代，是一个民族压迫深重的时代，是一个以强凌弱的时代，是一个芸芸众生特别是汉人、南人沦为弱势群体的时代，有良知的敢怒也敢言的文人终于发出了不平之鸣，他们在戏剧和散曲中歌颂过去的英雄，咏唱复仇的故事，抒写时代和人民的剧痛沉哀。其中，以"冤"为题目中的关键词的，就有关汉卿的剧作《窦娥冤》，有姚守中的〔中吕·粉蝶儿〕

《牛诉冤》，曾瑞的〔般涉调·哨遍〕《羊诉冤》，刘时中的〔双调·新水令〕《代马诉冤》。在前代的唐诗宋词中，写到"冤"的如杜牧《闻开江相国宋下世》的"位极乾坤三事贵，谤兴华夏一夫冤"，如李商隐《哭刘蕡》的"上帝深宫闭九阍，巫咸不下问衔冤"等，都没有像元曲这样集中而强烈，这样为一个普通的弱女子而击鼓，为马牛羊实际上是为处于社会最底层的升斗小民而鸣冤。

二

还是在二十世纪五十年代后期的大学时代，同年级的同学们集体编写《中国戏曲文学史》，我才得以初次诵读关汉卿的《窦娥冤》，虽然其时少不更事，也未能更多地亲历人间的种种不平与冤屈，但是，善良悲苦而倔强刚烈的窦娥却如同不速之客，远从元代前来闯进我的心房，伴随了我的半生岁月。

关汉卿是绝不亚于莎士比亚的伟大的戏剧家。莎士比亚在他的剧本《哈姆雷特》中曾经说过："弱者，你的名字是女人！"此语一出，风传至今。对于过去的历史，希腊神话有所谓黄金时代、白银时代、青铜时代、黑铁时代之说，元代，就是一个强权加暴力的"黑铁时代"。窦娥，就是黑铁时代的一位弱者，她受到无赖恶棍张驴儿的陷害，又不忍心看衙役对抚养她成人的无辜的蔡婆婆用刑，只得屈打成招，承认自己毒死了张驴儿之父。楚州知府桃杌的为官之道是"我做官人胜别人，告状来的要金银"，他收受张驴儿的贿赂，判窦娥处斩。据《元史》记载，大德七年（1320年）一次就查出贪官污吏一万八千四百七十三人，而元代官员总数为二万六千人，约占三分之二，官场黑暗如漆，关汉卿笔下的桃杌不过是其中之一而已。法场问斩时，窦娥满腔的悲愤化为血泪交迸的呐喊：

〔正宫·端正好〕没来由犯王法，不提防遭刑宪，叫声屈动地惊天！顷刻间游魂先赴森罗殿，怎不将天地也生埋怨。

〔滚绣球〕有日月朝暮悬，有鬼神掌著生死权。天地也只合把清浊分辨，可怎生糊突了盗跖颜渊。为善的受贫穷更命短，造恶的享富贵又寿延。天地也做得个怕硬欺软，却原来也这般顺水推船。地也，你不分好歹何为地？天也，你错勘贤愚枉做天！哎，只落得两泪涟涟。

在生命的最后一息，熟铁在命运的铁砧上也锤炼成了精钢，弱女子变成了女强人，她质问最高权威的天地鬼神，就是对整个封建统治的控诉和整个封建秩序的否定，这是血的呼声，泪的呐喊，是从柔弱的胸膛里迸发的雷声。在血与泪的哭诉与控诉之后，窦娥在刑场与婆婆诀别，以三支曲发出了三重毒誓，即：血不溅地、六月飞雪和大旱三年。"我不要半星热血红尘洒，都只在八尺旗枪素练悬""若果有一腔怨气喷如火,定要感的六出冰花滚似绵""做什么三年不肯甘霖降?也只为东海曾经孝妇冤"。按照常理常情,这些誓愿绝无实现的可能,但因为窦娥之冤感天动地,绝无可能的誓愿却一一变成了现实。

每读窦娥的三誓,我总是不免想到汉乐府的爱情诗《上邪》:

上邪!我欲与君相知,长命无绝衰!山无陵,江水为竭,冬雷震震,夏雨雪,天地合,乃敢与君绝!

这是热恋者向其情人表忠心的誓词,他或她不是一般性地重复什么海枯石烂地久天长的陈腔滥调,而是层层递进地列举许多绝不可能发生之事以反衬情爱之坚贞,其中就有与"六月雪"相同的"夏雨雪"。然而,《上邪》是爱的绝唱,《窦娥冤》是冤之悲歌;《上邪》是含泪的笑,《窦娥冤》是呕血的哭;它们是烈火与严冰,是南极与北极,是九天之上与地狱之下。"夏雨雪"与"六月雪"誓愿指归不一而誓词相同,关汉卿啊,他谱写窦娥指天誓日的恨曲之时,是否想到过汉魏六朝那位多情种子的誓词呢?

三

"鸱鸮鸱鸮,既取我子,无毁我室。恩斯勤斯,鬻子之闵斯。……予羽谯谯，予尾翛翛，予室翘翘，风雨所漂摇，予维音哓哓。"时至今日，只要你翻开比汉乐府更古老的《诗经》，那被猫头鹰夺其爱子而又在凄风苦雨侵袭下悲苦无告的鸟儿的哀鸣之声，便会穿过两千多年的岁月，从《豳风·鸱鸮》篇中隐隐传来。这是《诗经》中一首新颖独特而具有强烈悲剧感的作品，许多研究者称之为"禽言诗"，钱钟书在《宋诗选注》中则称其为"鸟言诗"。上引此诗的首尾两节，译成今日的白话就是："猫头鹰啊猫头鹰，你已抓走我的娃，不要再毁我的家，日以继夜多辛劳，为养孩子苦又乏。……我的羽毛已干焦，我的尾巴像枯草，我的巢窝危又高，雨打风吹晃又摇，我只得哀哭又长嚎！"这首鸟儿的悲歌，歌咏的是初民在天灾人祸夹攻中的苦难与悲哀。它是否引起过生活在苦难时代的元曲家的强烈共鸣呢？我已经无法去拜访关汉卿、姚守中、曾瑞和刘时中诸位先生，并请他们写出甘苦寸心知的创作谈了，但他们的有关作品，我想一定远绍了《鸱鸮》篇的一脉心香。

马与牛羊的影踪，早在《诗经》中已经出现。"陟彼崔嵬，我马虺隤""陟彼高冈，我马玄黄""陟彼砠矣，我马瘏矣"，《国风·卷耳》篇中所写的，就是思妇想象中的马病人疲的情景；"君子于役，不知其期。曷至哉？鸡栖于埘。日之夕矣，羊牛下来。君子于役，如之何勿思！"这是《王风·君子于役》的首章，日落西山牛羊走下山坡的时分，在家的妻子更加思念服役在外的丈夫，不知他何时才能归来。在我们民族上述最古老资深的民歌中，牛羊只是先民生活中的伴侣与配角，作者还没有赋予它们独立的更深的寓意，历史还在等待。

直到唐代诗人刘叉那里，才出现了代言体的《代牛言》之诗："渴饮颍川水，饥喘吴门月。黄金如可种，我力终不歇。"如果刘叉之作是他喻，喻辛苦劳作的黎民百姓，宋代抗金名将宗泽的《病牛》，则是借病牛以自况："耕犁千亩实千箱，力尽筋疲谁复伤？但得众生皆得饱，不辞羸病卧残阳。"悠悠斾旌，萧萧马鸣，至于常常与牛连类而及的马，在古典诗歌中更是振鬣长鸣，其奔腾的四蹄踏遍了中国诗歌的历史。在唐诗人中，杜甫与李贺是写马最多最精彩的了，杜甫除"乘尔亦已久，天寒关塞深。尘中老尽力，岁晚病伤心。毛骨岂殊众？驯良犹至今。物微意不浅，感动一沉吟"的《病马》之外，还有一首"东郊瘦马使我伤，骨骼硉兀如堵墙。绊之欲动转欹侧，此岂有意仍腾骧。……天寒远放雁为伴，日暮不收乌啄疮。谁家且养愿终惠，更试明年春草长"的《瘦马行》，老杜一生坎坷不遇，写此诗正是因营救房琯而由左拾遗贬华州司功参军之时，他表面上似乎是写一匹良马的始用终弃，实际上是自伤身世，李清照读此诗后，有"少陵也是可怜人，更待明年试春草"之断句流传至今。因此，杜甫以上之诗和他以前所写的"胡马大宛名，锋棱瘦骨成"的《房兵曹胡马》不同，也与"斯须九重真龙出，一洗万古凡马空"的《丹青引赠曹将军霸》有异。李贺现存诗约二百四十首，他的本命年是马年，又兼沉沦下僚多愁多病而时乖运蹇，像天宇上一闪而过的彗星。"此马非凡马，房星是本星。向前敲瘦骨，犹自带铜声。"他写到马的诗有六十首之多，其中就有大型组诗《马诗二十三首》，上引乃组诗之二。他咏马的英风胜概，正是寄托了自己横行万里的梦想，而他组诗中的"饥卧骨查牙，粗毛刺破花。鬣焦朱色落，发断锯长麻"（其四）和"飂叔去匆匆，如今不豢龙。夜来霜压栈，骏骨折西风"（其五），寄寓的不正是自己艰难困苦怀才不遇的悲哀吗？如果说，上述的元曲家曾远去《诗经》这中国诗歌的江河之源，捧饮源头的清清雪水，那么，唐宋时代的诗歌已是江声浩荡，那浩荡的江声一定鼓舞激扬过他们的创作灵感，那些咏牛写马的优秀篇章如同绚丽的浪花，肯定照花过他们临江而望的眼睛。

生于1250年前后的姚守中，我的出生之地河南洛阳就是他的故乡。他虽然是元代高官、散曲作家姚燧之侄，但也只做过小小的"平山路吏"。他所作杂剧均已不传，所作散曲也仅存〔中吕·粉蝶儿〕《牛诉冤》一套。今日许多作家纷纷以作品高产自诩，但产量高并不等于质量高，更不等于可以传世，堆山积海之作，究竟有多少能禁得起时间这位冷面杀手的淘汰？多数作家的作品如旋开旋谢的昙花，甫一问世即告消亡，姚守中虽然只此一篇，别无分什，但仅存的却是不朽的硕果，在中国散曲史上留下了自己的大作与大名，他也可以聊以自慰了。

〔中吕·粉蝶儿〕《牛诉冤》套曲，共由十六支曲子组成，以牛自云的"衔冤负屈"贯串全篇，叙写了牛劳碌的一生以及最后

被宰割的悲剧结局,且听全套的尾声:

〔六〕筋儿铺了弓,皮儿鞔做鼓,骨头儿卖与钗环铺。黑角儿做就乌犀带,花蹄儿开成玳瑁梳。无一件抛残物,好材儿卖与了靴匠,碎皮儿回与田夫。

〔尾〕我元阳寿未终,死得真个屈苦。告你个阎罗王正直无私曲,诉不尽平生受过苦!

这一套曲题为"牛诉冤",实际上是言在此而意在彼,曲家是为自己,更是为挣扎在那个黑暗时代中的下层群众包括落魄知识分子和穷苦农民,倾诉他们无可告诉也无处申雪的冤屈。

接踵而来的是曾瑞。这位籍贯北京移居杭州的作家,终身不仕。他比姚守中幸运多了,还有一出杂剧十七套套数和九十五首小令传世,不过他最杰出的作品还要数〔般涉调·哨遍〕《羊诉冤》。有如共同铸造一座千古不磨的散曲的宝鼎,在姚守中铸成一足之后,他的《羊诉冤》一曲铸成另一足。全套共由七支曲子组成,它赞美了羊善良温和的本性与诸多优长及贡献,是"享天地济民饥,据云山水陆无敌。尽之矣",任何山珍海味都无法与之比并。然而,羊族的命运却是极其悲惨的,作者抒写了它们从北方被驱赶到南方的种种不幸遭遇,以及最后被宰杀的情景,为古典诗词中所仅见,如同现代电影中的特写镜头:

〔耍孩儿〕从黑河边赶我到东吴内，我也则望前程万里。想道是物离乡贵有些峥嵘，撞着个主人公少东没西。无料喂把肠胃都抛做粪，无水饮将脂膏尽化做尿，便似养虎豹牢监系。从朝至暮，坐守行随。

〔一煞〕把我蹄指甲要舒做晃窗，头上角要锯做解锥，瞅着颔下须紧要栓挝笔。待生拵我毛裔铺毡袜，待活剥我监儿石罩皮。眼见的难回避，多应早晚，不保朝夕。

〔二〕火里赤磨了快刀，忙古歹烧下热水。若客都来抵九千鸿门会。先许下神鬼彫了前膊，再请下相知揣了后腿，围我在垓心内。便休想一刀两段，必然是万剐凌迟。

封建时代有许多酷刑，"凌迟"即其中最为残酷的一种，又名"剐刑"。此刑始于五代，至元朝被正式列入国家刑罚。曾瑞细微地描绘了羊之被剐的惨状，表现的是善良无告的草芥小民的悲惨命运。蒙古贵族在征灭金朝的过程中，曾大量掳掠中原人民为奴，"驱口"，就是金元之际被俘的汉人的特殊称谓，后来忽必烈听从了汉臣的建议，在进攻南宋的过程中禁止继续掳掠百姓为奴，但派遣与驻戍在南方的军将官员们，便从北方带去众多的驱口供其奴役。曾瑞由北之南，目击身经，他自然有许多第一现场的体验。曲中写到"从黑河赴到东吴内"，其中"黑河"泛指北方，"东吴"泛指江南，写的正是驱口们当年被遣南行的基本路线。全曲不仅具有同情底层大众的普遍意义，而且意有特

鸣冤诉屈的恨曲与悲歌

指，让后世的读者看到的是一幅半奴隶半封建制度下的社会生活图景。对此我无以名之，借用法国大文学家雨果的著名小说之名，就是"悲惨世界"。

鼎足而三。在关汉卿的杂剧《窦娥冤》之外，继姚守中的《牛诉冤》和曾瑞的《羊诉冤》之后，刘时中以他的〔双调·新水令〕《代马诉冤》，完成了元散曲的"三冤工程"。刘时中何许人也？如今我们只知道他是洪都（今江西南昌）人，元天历至顺时在世，落魄潦倒，生平不详。他还有两个重要作品，即〔正宫·端正好〕《上高监司》（前套）和《上高监司》（后套）。"高监司"，即当时担任江南行御史台侍御史的高防，他以宣抚使的身份负责江西的救灾工作，是反映民生疾苦为民请命而一时被传颂的清官，刘时中写《上高监司二首》给他，一开篇就是"众生灵遭魔障，正值时岁饥荒"，全曲反映的是大旱之年民不聊生的悲苦情景，揭露的是奸商、富户和权势在握者骄奢淫逸的本性，以及他们趁火打劫敲骨吸髓的丑恶行径，郑振铎在《中国俗文学史》中称之为"元代散曲里的白氏《新乐府》"。刘时中能写出这种表现重大社会问题的作品，在姚守中与曾瑞之后，有所继承更有所发展地写出《代马诉冤》，就绝不是偶然的了。血管里如果只有冷血，笔管里会有奔进的热血吗？

唐代的韩愈在《杂说》中有一番论千里马的名言，"世有伯乐，然后有千里马。千里马常有，而伯乐不常有。故虽有名马，祇辱于奴隶人之手，骈死于槽枥之间，不以千里称也"。韩愈所写的是"不识人才"的问题,然而,刘时中之作以此开篇领起:"世无伯乐怨他谁?干送了挽盐车骐骥。空怀伏枥心,徒负化龙威。索甚伤悲,用之行舍之弃。"刘时中在此已更进一步,写的是"扼杀人才"的问题;犹如登山,刘时中在韩愈止步的地方继续攀登,他就有了新的高度,比如开掘,刘时中在韩愈开挖的矿床上继续拓进,他就有了新的深度。他表现的不是个别而是普遍,不是偶然而是规律,不是应该如此的正常而是不该如此的反常:

〔雁儿落〕谁知我汗血功,谁想我垂缰义,谁怜我千里才,谁识我千钧力?

〔得胜令〕谁念我当日跳檀溪,救先主出重围?谁念我单刀会随着关羽?谁念我美良川扶持敬德?若论着今日,索输与这驴群队!果必有征敌,这驴每怎用的?

〔甜水令〕为这等乍富儿曹,无知小辈,一概地把人欺。一地里快蹄轻踮,乱走胡奔,紧先行不识尊卑。

"驴群队"与"驴每",喻指的就是那些成事无能的庸人和谄媚有术的小人,他们往往受到赏识重用,窃据要津而春风得意;"骏马"则喻指贤者能人,他们往往"埋没在蓬蒿,失陷在污泥",甚至还被"刑法凌迟",不得善终。之所以黄钟毁弃而瓦釜雷鸣,就是那些"逞雄心屠夫"和"咽馋涎豪客""贪微

鸣冤诉屈的恨曲与悲歌　55

利""思佳味"所造成,也就是贪官污吏横行、政治黑暗腐败的结果。

  姚守中、曾瑞和刘时中,他们突破了元曲多写个人失意与隐逸之情的藩篱,将一支正义的健笔伸向社会现实的广阔天地,伸向世上疮痍民间疾苦,而这种看似写动物实为写人的拟人寓意的"代言体"写法,在元散曲中也可以说是空谷足音。牛的哀调、羊的怨曲、马的悲歌,在关汉卿的《窦娥冤》之后,他们三人的联唱,至今仍令我们心弦震颤,仍让我们怆然回望。

黄钟大吕

张养浩,元代曲坛的黄钟大吕。八百年后我在江南侧耳倾听,那铿锵、那沉雄、那激越,仍然从遥远的北方深远的岁月里穿山越水传来。

黄钟,我国古代音乐二律中六种阳律的第一律,音调最为洪亮;大吕,六种阴律的第四律,其音调也属于"洪亮级"。"黄钟大吕",后来就用于形容音乐或文辞的庄严与正大,华妙与高扬;而"黄钟毁弃",则喻指有才德的人或优秀的作品被忽视甚至弃置。与之相反的是"瓦釜","瓦釜雷鸣"是说泥制的锅或瓦器被敲得很响,喻指无才无德之人身居高位或平庸低劣的作品风行一时。从古至今,如恒河沙数的作品都如同"瓦釜",而"黄钟大吕"之声却难以多得与多闻。元代的曲家中,张养浩作品的数量仅次于张可久与乔吉而位居第三,但作家地位的高下并非以作品数量的多寡为转移,最终还是以质量定胜负。二十一世纪之初,我远赴元代去倾听众多曲家举行的歌唱会,让我眼睛一亮的是张养浩的出场,让我耳鼓也一震的,是他的组曲〔中吕·山坡羊〕黄钟大吕般的歌声。

在元曲家的大合唱中,张养浩是在开幕之后众星闪耀丝竹已酣之时登场的。在他出场之前，元好问、关汉卿、马致远和白朴等人都已做过精彩的演出了。他的作品，多是五十岁辞官归隐之后所作，或寄情山林而咏唱隐居之乐，或回首生平而咏叹官场之险，其中当然不乏佳篇秀句，但他的乐章的华彩乐段，毕竟还是演奏于他的晚年，更准确地说，是在他的最后一息。他点燃而高照的，是他的生命最绚美的红烛；他引吭而高歌的，是他的黄钟大吕般的绝唱。

在元代的汉族文人中，山东济南的张养浩是一个异数。由于得到好心的识人者的举荐，他年轻时即步入仕途，后来成了一般汉人难以企及的高官，更成了举世混浊而我独清的难得的清官。因为常常直言进谏而屡屡遭到排挤与打击，历经宦海浮沉，看透官场险恶，他在五十岁时即元至治元年（1321年）就辞官归里，日听泉声，夜邀明月，优游于远离红尘浊世的山林之间。流水十年间，朝廷七次征召，这于一般热衷官场的古今"瘾君子"们是求之不得的机会，但他却每次都力辞不就。元文宗天历二年（1329年），"关中大旱，饥民相食"，因张养浩廉洁奉公而颇具才干，加之养尊处优的官员们都不愿去干那费力不讨好的苦差，朝廷特拜他为"陕西行台中丞"，负责救灾工作。他虽然年已六旬，这回却毫不迟疑地登车就道，将家财全部散发给家乡的穷苦百姓，在四个月的救灾中真是"鞠躬尽瘁，死而后已"，终因积劳成疾而死于任所，用今天的语言就是"因公殉职"。他的自然生命虽过早地结束了，但他的创作生命却挥洒成壮丽的晚霞,那晚霞永远也不会消逝,辉耀于历史的天空,辉耀于我们的眼前,至今仍可以引发我们许多深远的联想,那就是他以〔中吕·山坡羊〕为曲牌所写成的七首力作精品。

这是系列性的怀古伤时的组曲。以怀古为题材和主题的作品,前代已汗牛充栋,其中不乏独具慧眼的佳作,如杜牧与王安石等人的颇具史识史见之篇。然而,前人也有不少作品落入程式化的老套,即多为或抒写感时伤世的个人之情,悲叹时光易逝,或嗟叹一朝一姓的兴亡,惋惜盛景不再。就像遵循一条生产流水线而出产的产品,缺乏独特的令人耳目一新的思想与艺术的魅力,又像平地蜿蜒起伏的丘陵,没有一览众山的让人眼界大开的视野与高度。张养浩这一组写于西行途中的怀古之作,将深刻的批判性,邃远的历史感与强烈的现实感结合起来,别开天地。在他此作之前,元散曲的题材多半囿于作家的个人小天地,是他,才开拓了俯视古今关心民生疾苦的社会大世界。且让我们欣赏霞光之壮美与山岳之嶙峋吧:

悲风成阵,荒烟埋恨,碑铭残缺应难认。知他是汉朝君,晋朝臣?把风云庆会消磨尽,都做北邙山下尘。便是君,也唤不应;便是臣,也唤不应!

——《北邙山怀古》

从东汉以至唐朝末年，洛阳是许多朝代的首都或陪都，为许多封建帝王与达官贵人风云际会之地。洛阳之北黄河之南的北邙山，西起渑池，东至郑州，长达四百里，也是他们曲终人散后的殊途同归之所，至今山上还留有千坟万墓。前人写北邙山，少不了触景生情，对景生哀，从晋人张载《七哀诗》的"北邙何垒垒，高陵有四五。借问谁家坟，皆云汉世主"，到唐代沈佺期《邙山》的"北邙山上列坟茔，万古千秋对洛城，城中日夕歌钟起，山上唯闻松柏声"，都是同一曲调的前后反复，令人的耳鼓颇感疲劳，及至张养浩登临一唱，才唱出了新的境界和天地。"把风云庆会消磨尽"，想当年，那些封建帝王皇亲国戚有谁不是权欲熏天、聚敛无度而挥霍成性？结果无一例外地"都做了北邙山下尘"，都逃不脱自然的铁律，万人之上的君、一人之下的臣，都早已长瞑不视，千呼不应。张养浩没有一般性地伤逝，而是矛头直指封建社会权力中心的"君"与"臣"，其胆识绝非流俗可比。马可·奥勒利乌斯是公元前二世纪的罗马皇帝，但他又是哲学家，所以他在《沉思集》中才会一语惊人："死，使马其顿的亚历山大王和他的赶驴人平起平坐。"

至高的君臣们的生死如此，那个人的的功名又当如何呢？请听：

> 天津桥上，凭栏遥望，春陵王气都凋丧，树苍苍，水茫茫，云台不见中兴将，千古转头归灭亡。功，也不久长，

名，也不久长！

——《洛阳怀古》

洛阳乃历史名城，九朝故都。东周、东汉、曹魏、西晋、隋炀帝、武则天等先后于此建立王城。但曾几何时，那些为封建王朝的建立而叱咤风云的英雄和为一统天下之私而用尽心机的帝王，都"千古转头归灭亡"，无论是"功"抑或是"名"。即使赫赫奕奕、轰轰烈烈，都无法千秋万世，都未能万寿无疆。天津桥，故址在隋唐皇城正南的洛水之上，今日洛阳旧城西南，现在只有几个残留在水中的石墩，在测量也在挽留流走的千年岁月，其侧则是新建的现代化的公路大桥。有一年我远赴洛阳，特地去寻觅天津桥的旧址，伫立于新桥之上俯眺旧桥的遗痕，我当然想起曾咏叹此桥的张养浩。为一家之天下而勠力，替一姓之王朝而卖命，其功名虽显赫一时，转眼却灰飞烟灭，而张养浩拯民于水火之中的事功，他开创散曲新天地的名声，却一直传扬到今天。为一己或一姓之私的不长久，为百姓效力甚至效命则不能说不久长吧？一时的功名如此，那一朝一代的输赢又当怎样呢？请看：

骊山四顾，阿房一炬，当时奢侈今何处？只见草萧疏，水萦纡，至今遗恨迷烟树。列国周齐秦汉楚。赢，都变做了土；输，都变做了土！

——《骊山怀古》

秦始皇一统天下，征发宇内民夫七十万人，穷二十年之功，于骊山下修筑自己的陵墓。不仅此也，他还在渭水之南，今日西安西郊的阿房村、古陈村附近，修建他的安乐窝阿房宫。一千五百年后张养浩前来，只见当年的雄图霸业飞阁重楼均已荡然无存，交给了一片荒凉，只有山河依旧。然而，岂止是二世而亡的暴秦如此，列朝列代谁能例外？张养浩由小及大，由点至面，由具体而概括，认为封建统治者之间的争夺与厮杀，无论胜利或失败，到头来最终都是一抔黄土！人文精神的关怀中有所谓"终极关怀"，而批判精神中也应该有"终极批判"吧，那就是从永恒的时空的立场，以超越一切的大历史的眼光，从终极的意义上所做的批判。张养浩此作就是如此。它是一剂清凉散，也是一记警世钟，更是一把锋利无情的解剖刀，锋芒所至，天地无言。

　　勘破生死，藐视功名，否定输赢，张养浩以振衣千仞的宏大气魄，以直指鹄的的批判精神，以形而上的高屋建瓴的思考，表现了他对人间生死、功名利禄乃至历史兴亡的大彻大悟。然而，更可珍贵的是，他念念不能忘情的、他一切思考的出发点与归宿处，却是心灵中而非口头上的受苦的百姓、蒙难的苍生：

　　　　峰峦如聚，波涛如怒，山河表里潼关路。望西都，意踌躇，伤心秦汉经行处，宫阙万间都做了土。兴，百姓苦！

亡，百姓苦！

——《潼关怀古》

位于陕西省潼关县的潼关，始建于东汉，古称桃林塞。潼关扼秦、晋、豫三省要冲，雄踞山腰，下临黄河，是由洛阳赴长安的要道，被称为"三秦锁钥""四镇咽喉"，历来为兵家必争之地，有史可考的重大战事在此就上演过三十余次。历代写潼关之诗多矣，早出而最有名的是杜甫的《潼关吏》，"艰难奋长戟，万古用一夫。请嘱关防将，慎勿学哥舒"。他着眼的是哥舒翰出战安史叛军而失败的故事，告诫新的守将不要轻敌；晚出而最有名的是谭嗣同的少作《潼关》："终古高云簇此城，秋风吹散马蹄声。河流大野犹嫌束，山入潼关不解平。"他作此诗时年纪远未弱冠，借壮美的山河抒发自己的胜概豪情，如同黎明的号角始吹、雄鹰的劲翅乍展，还来不及低头俯察世上疮痍、民间疾苦，何况绝句一般也很难接纳巨大而沉重的历史容量。在写潼关的诗词曲的联赛中，张养浩一举夺得的是当之无愧的冠冕。这，不仅是"峰峦如聚，波涛如怒，山河表里潼关路"的对潼关形胜的抒写，情景交融而形神毕现，不仅是"望西都，意踌躇，伤心秦汉经行处，宫阙万间都做了土"的怆然怀古，时空阔大而寄寓深长，更是由于伤今的出人意表而寄托深远。他不仅仅是叹息历朝历代的先后消逝，也不仅仅是由物及己地抒写个人的感伤，而是出于民本思想的情系苍生、怀萦百姓，发前人之所未发："兴，百姓苦！亡，百姓苦！"这是力透三札的笔墨，是穿透青史的洞见，是振聋发聩的暮鼓晨钟，是中国古代诗史上并无第二人的直抒胸臆真知灼见，全曲的境界正是由此离平地而飞升，古今许多诗人作家因此而只能遥望张养浩高大的背影！

纵观中国封建社会的历史，且不说春秋战国的纷争杀伐，自秦始皇以来的改朝换代，无非是成功或失败的帝王们为了"家天下"的你争我夺，闹哄哄你方唱罢我登场，受苦受难的从来就是广大的黎民百姓。张养浩的感慨既是历史的，也是现实的，既针砭历史的盛衰兴亡，也是对残暴的元蒙统治者意在言外的讽刺与鞭挞。且让我们翻阅历史如同回放血泪斑斑的黑白片吧：

如果往后倒带，不必为时太远，且看安史之乱中各路人马的镜头。"（安）禄山步骑散漫，人莫知其数，所过残灭"（《通鉴》），这是意图夺取天下的叛军；回纥助唐平乱，进入洛阳以后，"肆行杀掠，死者万计，火累旬不灭"（《通鉴》），这是异族的所谓援军；"朔方、神策军亦以东京、郑、汴、汝州皆为贼境，所过掳掠，三月乃已。比屋荡尽，士民皆衣纸"（《通鉴》），这是所谓的王师。安史之乱前后持续八年。据载，安史之乱前天宝十四载，全国户数为八百九十一万四千七百零九，人口为五千二百九十一万九千三百零九，乱后只余一百九十三万三千一百三十四户、六百九十九万零三百八十六口。终唐之世，人口虽有所增加，但最多之时也未能达到战前户口的一半，这是何其令后世的我们触目惊心而不敢置信，但

黄钟大吕　65

青史班班可考，当年百姓水深火热之苦于斯可想。

崛起于漠北的元蒙统治者呢？由于原始与野蛮，他们嗜杀成性，给中外百姓带来的苦难可谓空前绝后。正如十三世纪波斯史学家志费尼在论述成吉思汗及其子孙的著作《世界征服者史》中所浩叹的："天，我们活在残暴的年代，倘若我们在梦中看见他们，我们要给吓坏。百姓处在水深火热之中，死者倒值得释怀。"我们不妨并非"秋后"而是"元后"算账，略引几笔血迹并未风干的账目：

蒙古铁骑在南下攻宋途中，"其城一破，不问老幼、妍丑、贫富、顺逆，皆诛之，略不少恕"（《蒙鞑备录》），真是在屠杀面前人人平等；"两河山东数千里，人民杀戮几尽，金帛子女、牛羊马畜皆席卷而去，屋庐焚毁，城郭丘墟矣"（《建炎以来朝野杂记》）。泰和七年（1207年），金朝有七百六十八万多户，人口四千五百八十一万，蒙古灭金后，金朝原来版籍只有八十七万多户，人口只余十分之一。伐金后继之伐宋，大规模的"三光"式的杀戮虽略有收敛，但仍争地以战，杀人盈野，争城以战，杀人盈城，抛给汉人百姓的仍是如上所述挂一漏万的"血泪账"。

百姓之苦，中外皆然。从1218年秋蒙古大军由成吉思汗亲自统率誓师开始，元蒙统治者先后曾有三次西征。成吉思汗美其名曰他的西征是"上天之罚"，译成欧洲文字，就变成了"上帝之鞭"。他率蒙古铁骑驰骋万里，灭国四十，许多百万人口级的城市都夷为废墟，真是王钺一挥，伏尸万里，鞭锋所及，生灵涂炭。

本是同根生，相煎何太急？统治集团的内斗相残无分中外。成吉思汗原名铁木真，他在统一蒙古诸部的内部斗争中，就曾有以铁镬七十只烹煮俘虏的记载。内战如此，何况外战？花剌子模国的大部分国土为古波斯地（即今日之伊朗），成吉思汗借故兴兵讨伐，攻陷撒马尔汗城，杀兵卒三万；攻克玉龙杰赤城，纵火将全城夷为平地，并将全城壮丁杀死，妇孺则一律罚为奴婢。蒙兵五万平均每人杀二十四人，共屠平民一百二十万，真是一场天地失色的浩劫。其爱孙木阿秃干在攻打巴曼时中箭身亡，及巴曼陷落，成吉思汗下达屠城的"必杀令"，全城生灵在刀光剑影中无一幸免。一代天骄如此，其子孙无不磨牙吮血，杀人如麻。例如成吉思汗之子窝阔台1236年第二次西征，攻入莫斯科后杀人之数以割耳为记，每杀一人，即割一耳，共二十七万只。攻陷匈牙利的布达佩斯，逢男即杀，逢女即辱，逢财即劫，逢屋即焚。1257年蒙哥可汗即位后，命其弟旭烈兀第三次西征，攻陷回教国王哈里发之都城报达，屠城七日，将军民八十万人全部杀死。至于忽必烈称帝灭宋之后，变蒙古式的可汗而为中国式的皇帝，对百姓政治的高压、经济的盘剥，加上民族的歧视，更甚于前代列朝。

成吉思汗曾与人议论人生之乐，他的快乐原则是："人生最快乐的事是战胜敌人，追逐他们，抢夺他们所有东西，看他们的亲爱的人以泪洗面,骑他们的马,臂挟他们的妻女。"〔(法)雷纳·格鲁塞《蒙古帝国史》〕成吉思汗的妻子前后多达五百人,正是上述自白的注脚之一。由此可见,封建统治者的享乐纵欲以及他们的家天下的兴亡,无一不是建立在百姓的血泊泪海之上。

张养浩创作的小小的小令,道破的是大大的真相与真理。成吉思汗的埋骨之地当时就已如谜,至今无从寻觅,八百年后,张养浩的墓却仍然完好无损地保存在他的家乡山东济南的张公坟村,墓碑虽仅三尺,却矗立于天地之间,而他的永远传扬于诗史和青史中的黄钟大吕啊,仍然让我们一听惊心、一见倾心、一读铭心!

浩然正气

浩然之气，是天地间最可珍贵的正大刚直的精神，美丽如虹霓，坚贞如钻石，巍然如山岳，壮阔如大海，多么难能可贵而又令人向往！

"我善养吾浩然之气"，这是《孟子·公孙丑》中的名言，孟子原文的"善"字是孟子对学生公孙丑问老师有何长处的回答，传扬当时而泽被后世。例如盛唐时代田园诗派的代表人物孟夫子，就以"浩然"为其名字。而宋末的民族英雄文天祥，在他感天地而泣鬼神的《正气歌》序言里，就曾叙说他被囚于元大都燕京的土牢里已整整两年，其间"水气""土气""日气""火气""米气""人气""秽气"七气交攻，他以孱弱之躯俯仰其中而岿然不动，原因"是殆有养致然"。文天祥说："然尔亦安知所养何哉？孟子曰：'我善养吾浩然之气。'彼气有七，吾气有一，以一敌七，吾何患焉！况浩然者，乃天地之正气也，作《正气歌》一首。"在《正气歌》甫一开始，他便引吭而高歌："天地有正气，杂然赋流形，下则为河岳，上则为日星，于人曰浩然，沛乎塞苍冥！"这种至大至刚的充塞于天地之间的正气，也勃然于元代官员兼曲家张养浩的胸臆。

山东济南人氏张养浩，其字"希孟"，"希"有企望、仰慕之意，"孟"当然就是先贤孟子了，而其名"养浩"则正是上引孟子箴言的缩略。张养浩的祖父为"武略将军"，但后来门庭式微，父亲张郁以经商维持全家的生计，十六岁尚未成年就承担全部家政。张养浩生于这种社会地位濒于底层的家庭，自幼即熟知稼穑艰难、民生疾苦，加之齐鲁大地是儒家的故乡，其父也让他自幼即学习孔孟儒业，以期再振门庭、重扬家声。儒家思想的精华——"民为贵，社稷次之，君为轻"的"民本"观念，"穷则独善其身，达则兼善天下"的"济世"理想，像照耀夜行人的明灯，指引他发奋攻读，在漫漫长夜中踽踽独行。

张养浩品学出众，山东按察使焦遂荐为东平学正，后又经官拜平章政事又兼散曲作家的不忽木大力举荐。在元代，在大多数汉族读书人不是沉沦于下僚就是埋没于草野的景况中，张养浩居然脱颖而出：武宗时拜监察御史；仁宗时官至礼部尚书，相当于今日国务院的一个重要部门的部长；英宗至治初，又参议中书省事，可谓居庙堂之高，为当时读书人中的另类与异数。由儒家精华所哺育又身体力行的他，给自己的定位则是"入则与天子争是非，出则与大臣辩可否"。然而，理想的光明和现实的黑暗，现实与历史合拍的是一部黑白片。张养浩任监察御史时也曾上万言书，列举并针砭十大时弊，为百姓鼓与呼。他之所以没有因此而遭灭顶之灾，是因为及早逃离朝廷，改名换姓而高飞远引。后来换了新皇，他才恢复原来的名姓，但直言敢谏

浩然正气　71

的积习难改，又上书英宗谏元夕内廷张灯靡费民财，导致龙颜大怒，差一点遭到笞杖流放。"黄金带缠着忧患，紫罗襦裹着祸端"，官场险恶，宦海风波，伴君如伴虎，五十岁劫后余生的他终于辞官回到家乡历城（今日之济南），将自己的晚年交给大明湖上的清风、千佛山间的明月。"四围山，会波楼上倚阑干。大明湖铺翠描金间，华鹊中间，爱江心六月寒。荷花绽，十里香风散。被沙头啼鸟，唤醒这梦里微官。"（〔双调·殿前欢〕《登会波楼》）他登上济南城北的会波楼，远离朝廷那凶险之地，心旷神怡，此乐何极。当代蒙古族歌手腾格尔高唱"我的家，我的天堂"，当年的张养浩真要将自己的家乡当成天堂而终老了，如果没有远方苦难苍生的血泪呼唤，如果没有他民胞物与心灵的迅速回应。

泰定二年到致和元年的四年之中，北方少雨。元文宗天历二年（1329）更是一个重灾之年。自然灾害遍及全国各地，其时举国只有数千万人口，但仅陕西一地饥民就达一百二十万人。高高在上的元文宗依旧歌舞升平，贵族们依旧寻欢作乐，官僚们依旧花天酒地。远在济南的张养浩已届花甲之年，但却仍然关怀国事，忧虑民瘼。在他退隐后的近十年岁月里，朝廷先后七次以吏部尚书、太子詹事丞兼经筵说书、淮东廉访使、翰林学士等官职征聘他进京，如他的《南吕·西番经》所说："屈指归来后，山中八九年，七见征书下日边。"一般人见此高官厚禄，早就迫不及待地三跪九叩谢主隆恩了，今日官场的瘾君子买官者流，更会兴奋得如同中了时下各种彩票的头彩。但张养浩却不为所动。天历二年,"关中大旱,饥民相食"。这个烂摊子,那些尸位素餐的朝中大员无心收拾也无能收拾。元文宗特拜张养浩为陕西行台中丞,负责赈济灾民的工作。张养浩虽年已花甲,还有八旬的老母在堂,但他这次却毫不推辞,义无反顾,"既闻命,即散其家之所有与乡里贫乏者,登车就道,遇饿者则赈之,死者则葬之。……闻民间有杀子以奉母者,为之大恸,出私钱以济之"。张养浩"到官四月,未尝家居,止宿公署。夜则祷于天,昼则出赈饥民,终日无少息。每一念至,即抚膺痛哭,遂得病不起,卒年六十。关中之人,哀之如失父母(《元史·本传》)"。如此公心勤政,仁心爱民,鞠躬尽瘁,死而后已。

张养浩当年的种种美誉义行,我们今日已经不能亲睹与亲炙了。但幸而他既是官员,又是一位真正的优秀的作家,他当时所写的一些作品,记录了他的行谊,闪耀着他的人格美的光辉。我们今日每一展卷,仍然可以感触到他急剧的心跳,听到他心潮的澎湃:

路逢饿殍须亲问,道遇流民必细询,满城都道好官人。还自哂,只落的白发满头新。

——〔中吕·喜春来〕

乡村良善全性命,廛市凶顽破胆心,满城都道好官人。

浩然正气 73

还自哂，未戮乱朝臣。

——〔中吕·喜春来〕

元代，是中国历史上帝王只知寻欢作乐而又盛产贪官污吏的时代。《元史·食货志》就曾经记载："赈粜粮多为豪强嗜利之徒用计巧取，弗能周及贫民。"官员与地方豪强及奸商相互勾结，上下其手，从中克扣贪污。张养浩不仅深入民间抚贫慰苦，而且以霹雳手段，打击官场与商场发国难财的蠹吏奸商。他自云："满城都道好官人。"既是自慰，也系他嘲，其中实在包含了无穷的感慨。不仅如此，张养浩更洞见人祸甚于天灾，乱臣贼子是纲纪败坏国家危殆的根源。"还自哂，未戮乱朝臣"，横眉冷对千夫指，在那样一个奸佞当道的艰难时世里，张养浩，是高天一声正义的雷霆，是人间一把未能完全出鞘的利剑。

在元代，张养浩可以说是一位乱世完人。他晚年的视死如归、高风懿范，使他成为那个浊世的"当代英雄"。对作恶的奸佞小人，他有雷霆般的刚烈；对苦难中的百姓，他却有春风般的温存。他在《牧民忠告》卷上《民病如己病》中说："民之有讼，如己有讼；民之流亡，如己流亡；民在缧绁，如己在缧绁；民陷水火，如己陷水火。凡民疾苦，皆如己疾苦也，虽欲因仍，可得乎？"万象焦枯，饿殍枕藉，张养浩目击神伤，中心如捣。他在华山和任所祷告上天降雨时，曾写有一诗，题为《哀流民操》：

> 哀哉流民！为鬼非鬼，为人非人！
> 哀哉流民！男子无缊袍，女子无完裙。
> 哀哉流民！剥树食其皮，掘草食其根。
> 哀哉流民！昼行绝烟火，夜宿依星辰。
> 哀哉流民！父不子厥子，子不亲厥亲。
> 哀哉流民！言辞不忍听，号哭不忍闻。
> 哀哉流民！朝不敢保夕，暮不敢保晨。
> 哀哉流民！死者已满路，生者与鬼邻。
> 哀哉流民！一女易斗粟，一儿钱数文。
> 哀哉流民！甚至不得将，割爱委路尘。
> 哀哉流民！何时天雨粟，使汝俱生存。
> 哀哉流民！

满目疮痍，长歌当哭，此真所谓直面惨淡的人生，正视淋漓的鲜血。张养浩祈祷上天降下米麦以拯救世上苍生，米麦没有降下，但却"天忽阴翳，一日二雨""大雨如注，水三尺乃止"。当好雨忽来"禾黍自生"而"秦人大喜"之际，真正与百姓同呼吸共命运的张养浩也喜不自禁，他先作《〔双调〕得胜令·四月一日喜雨》：

万象欲焦枯，一雨足沾濡。天地回生意，风云起壮图。农夫，舞破蓑衣绿；和余，欢喜的无是处！

"和余"，即是"余和"之意；"无是处"、即俗语所说的"不知如何是好"。张养浩此类曲作的风格是本色率真，他的欢欣雀跃之情在此曲中也溢于言表，其感情遥通杜甫《春夜喜雨》的"好雨知时节，当春乃发生。随风潜入夜，润物细无声"，但却比杜甫之作深切和激越。言之不足，故重言之，张养浩心潮难平，他将心头的潮水继续倾泻在他的套曲〔南吕·一枝花〕里：

用尽我为民为国心，祈下些值金值玉雨。数年空盼望，一旦遂沾濡。唤省焦枯，喜万象春如故，恨流民尚在途。留不住都弃业抛家，当不的也离乡背土。

〔梁州〕恨不得把野草翻腾做菽粟，澄河沙都变化做金珠。直使千门万户家豪富，我也枉不了受天禄。眼觑着灾伤教我没是处，只落的雪满头颅。

〔尾声〕青天多谢相扶助，赤子从今罢叹吁。只愿的三日霖霪不停住，便下当街上似五湖，都淹了九衢，犹自洗不尽从前受过的苦！

在封建时代的文人意识中，"忠民"与"报国"、"为民"与

"忠君"是不可分割的，屈原的爱国与忠君固然难以分开，杜甫的"穷年忧黎元，叹息肠内热"和"致君尧舜上，再使风俗淳"，也像一枚硬币的两面，连范仲淹这样极具"民本"思想的人，也说"居庙堂之高，则忧其民；处江湖之远，则忧其君"。然而，张养浩似乎与时俱进而超越了前贤，他开篇就说"用尽我为民为国心"，根本就没有提到"君"，"民"在他的心目中显然是至高无上的。结句"犹自洗不尽从前受过的苦"，表现的是子民之心的剧痛沉哀。百姓所受之苦岂是一场大雨所可洗尽？他们所受的苦仅仅是来自天灾吗？全曲不仅首尾呼应，而且和他写于同一时期的名作《山坡羊·潼关怀古》的"兴，百姓苦；亡，百姓苦"一脉相承，是同一条河流所掀起的洪波巨浪。这洪波巨浪的高度与力度，不仅同时代无人可及，即使是杜甫的《茅屋为秋风所破歌》和白居易的《新制绫袄成感而有咏》，恐怕也要逊让三分，因为他们由一己而推及众生虽然也弥足珍贵，但张养浩毕竟是亲临并深入救灾第一线而以身殉职，其深哀与真喜似乎更为亲切和深广。

元散曲中的许多作品都是寄情风月，啸傲林泉。张养浩隐退后的许多作品也是如此。其中虽也不乏优秀之作，如同春兰秋菊、冬梅夏荷，可以给人们多样的美的艺术享受。然而，那些直面人生、批判现实、反映民生疾苦、抒写作者崇高胸怀浩然正气的作品，却有如暗夜的灯光、黎明的号角、大江的巨浪、巍峨的山岳。它们促人警醒，令人沉思，也让历史和文学史将其大写在显著的位置，任凭时间去枉自风吹雨打。对于张养浩，写过"报道先生归也，杏花春雨江南"名句的元诗人虞集，曾作"十年七聘不还朝，起为饥民夜驾轺。嘉树百年谁忍伐，生刍一束讵能召。西州华屋交游少，北海清尊意气消。欲写济南名士传，泉声山影晚萧萧"以吊，有如祭奠的花圈。明人严旻题其墓碑曰："风绰高致，节全始终。名留天地，齐鲁一人。"许多帝王将相的陵寝在时间的风雨中均已荡然无存，张养浩的墓园，至今仍保存完好于他的家乡济南市历城区张公村。其人如此，其作品不也是这样吗？

唐诗人徐凝《和夜题玉泉寺》诗说："岁岁云山玉泉寺，年年车马洛阳尘。风清月冷水边宿，诗好官高能几人？"从古及今，官位甚高而作品并非回避当下现实、无关民生痛痒的官样文章者，又能有多少？极端的例子可以举乾隆皇帝爱新觉罗·弘历，他不仅是万人之上而且是万官之上，一生作诗四万一千八百首，几近于《全唐诗》的总数，为中国古往今来写诗最多的人，但他的所谓诗有哪一首不辱没"诗"的美名而且能被人传诵？张养浩算是少有的例外。他平生为民请命，晚年为道义献身，绝笔之作表现的是民情民意民心民怨，磅礴着天地间至大至刚的浩然之气。他所服膺的孟子有言："得志，与民由之；不得志，独行其道。富贵不能淫，贫贱不能移，威武不能屈，此之谓大丈夫。"他在自己所撰的《风宪忠告·全节第十》中加以发挥："不荡于富贵，不蹙于贫贱，不摇于威武，道之所在，死生以之。"张养浩，言行如一，不愧为浊世中的真君子、乱世中的大丈夫，文林中的杰出诗人。读其诗文而想见其人，我们能不发思古之幽情而生抚今之感慨并虽不能至而心向往之吗？

石破天惊

"石破天惊"这一成语,既是形容乐曲演奏之声激越高昂,其势惊天动地,也用于比喻诗文的不同凡响,奇异动人。它的身世追本溯源,该是出自中唐的李贺之手,"女娲炼石补天处,石破天惊逗秋雨"。李贺在《李凭箜篌引》中描状李凭弹奏箜篌的这一名句,凡是读书人爱诗人应是尽人皆知的了,台湾名诗人洛夫在《与李贺共饮》一诗的开篇,也有道是"石破/天惊/秋雨吓得骤然凝在半空"。我读元代睢景臣的《高祖还乡》,看到的是中国古典文学中令我目眩神摇的一道异彩,听到的就是雷霆乍震石破天惊叫我又惊又喜的一声巨响。

中国,既是一个有着五千年悠久历史的文明古国,也曾是一个老大的封建帝国。其封建地域之广、封建时间之长、封建体制之盘根错节、封建意识形态之系统完备,世界上任何其他国家都无法望其项背。远在春秋战国时代,《孟子·尽心下》曾说过"民为贵,社稷次之,君为轻",庄子在《人间世》《应帝王》等篇章中,也曾批评过君侯们以"一国之民,以养身目鼻口"的穷奢极欲,以及"窃钩者诛,窃国者侯"的荒诞悖谬,但它们却均如黑暗王国的一闪电光,未能照亮君贵民轻的如磐黑夜;相反，对帝王歌功颂德的大合唱，却响彻了中国正统历史和御用文学的始终。早在两千多年前的《诗经·小雅·北山》中，其时虽还处于奴隶社会，实行的是奴隶主国家土地所有制，就已经有"溥天之下，莫非王土；率土之滨，莫非王臣"的颂歌了。而《诗经·豳风·七月》写农奴们一年四季的辛苦劳作，结果是"曰杀羔羊，跻彼公堂。称彼兕觥，万寿无疆"，一年将尽之时，农奴们还要举杯祝福贵族领主们万寿无疆。"万寿无疆"的祝祷之声，在秦始皇之后就成了封建帝王的专用颂辞，与"万岁万岁万万岁"的"山呼万岁"一起，穿过漫漫岁月，绵绵不绝。

在中国文学包括中国诗歌的领域里，"颂圣"即使不是主旋律也是重要的旋律。伟大的诗人屈原，抒写了中国文人诗歌辉煌的第一章，他的爱国主义精神和忧国忧民的怀抱，如北斗之光，至今仍令后人追怀与仰望，但他也不能完全背离时代给他规定的运行轨道，他不能不"忠君"，不能不对君王致以赞美之辞，即使是怨愤与批评，也仍然要注意分寸。"闺中既以邃远兮，哲王又不寤"，本来是一个昏君，他还不得不称之为聪明的君王。孟浩然隐逸山林，"红颜弃轩冕，白首卧松云"的他，虽然有发牢骚的"不才明主弃，多病故人疏"之句，但他绝不敢言辞过分出格，对当时皇上还是要敬称为"明主"。"我本楚狂人，凤歌笑孔丘"，傲岸不谐如李白，应该是最具有独立人格和自由意志的了，但当唐玄宗召见其时漫游于安徽南陵的他，他也喜不自禁地高唱："仰天大笑出门去，我辈岂是蓬蒿人！"于长安供奉

石破天惊　83

翰林三年，作为侍从之臣，他写了赞美君王及其宠妃的《清平调》三章，诗虽写得清韵飞扬，但却是最高统治者所需要的旋律。在封建君主集权制度之下，绝大多数文人都成为也不能不成为帝王的顺民和奴仆，文人仅有的自由意志本来就气若游丝，君主专制的龙卷风更是将它吹刮得一干二净；文人的独立人格本来就柔弱如草，在君王圣明臣罪当诛的如磐重压之下，当然也只能凋萎枯败。中国古代文人中最具有叛逆性格的李白尚且如此，何况他人？

直到元代，才有杂剧作家睢景臣横眉而且横笔而出，为封建帝王画了一幅穷形尽相鞭辟入里的讽刺画。睢景臣何许人也？现在已无详细的人事档案可查，只知他字景贤，一说他名舜臣，字嘉贤，扬州人氏，与张可久、乔吉同时，元成宗大德七年（1303年）到杭州，与后来著有《录鬼簿》的钟嗣成相识并相善。他心性聪慧，酷嗜音律，所著杂剧《屈原投江》《千里投人》《莺莺牡丹记》三种，今均佚而不存，幸而其散曲《高祖还乡》不仅名重当时，而且流传后世乃至于今日。一位作家，他的作品如果堪称优秀或杰出，传诵后世当然多多益善，让后代的读者可以一饱诵读的口福和欣赏的眼福。从《高祖还乡》推断，睢景臣当然是元曲家中的佼佼者，我们虽因为今日读不到他更多的作品而深感遗憾，但只要有了《高祖还乡》这颗绝世之珠，珠光就不仅可以照亮我们的眼睛，也可以照亮元代文学史的有关篇幅和元曲的所有选本了。有哪一种元曲选本，可以像蘅塘退士孙洙《唐诗三百首》敢于遗漏李贺一样，敢于对《高祖还乡》这一稀世之珍视而不见不予收录呢？

公元前202年，在持续四年的楚汉战争以刘邦的胜利结束之后，刘邦即帝位于汜水之阳（今山东曹县附近），国号曰"汉"，史称"前汉"或"西汉"。刘邦作为汉朝的开国皇帝，最初定都于洛阳，旋即迁往关中的长安。项羽当年进入关中称王之后，曾说"富贵不归故乡，如衣绣夜行"，他当时立足未稳而急于回乡光宗耀祖，既失时又失策，时人就讥为"沐猴而冠"。老谋深算的刘邦则不同，据司马迁的《史记·高祖本纪》记载，刘邦在即位后的第八年（公元前195年），趁平定淮南王黥布之乱，才回到故乡沛县（今江苏丰县）。刘邦威风凛凛，大摆排场，教沛中儿童一百二十人组成大型合唱队，唱他最志得意满的《大风歌》："大风起兮云飞扬，威加海内兮归故乡，安得猛士兮守四方！"当然还要笼络人心，置酒沛宫，设宴款待"父老子弟"，"道故旧为笑乐"，并且免其赋税。睢景臣的《般涉调·高祖还乡》，就是参照司马迁提供的脚本，根据民间的历史传说，并联系元代的社会现实，做了一番视角全新面目也全新的创造。

从睢景臣的友人钟嗣成《录鬼簿》的记载可见，元曲家们曾一度将"高祖还乡"作为热门题材，兴起过一阵同题创作热。白朴、张国宾都写过杂剧《高祖还乡》，扬州也有不少作家，与睢景臣同时创作《高祖还乡》套曲，但其他人的作品没有只言片语能穿过苍茫的岁月流传至今，只有睢景臣之作经过历史长河的反复淘洗依然完好无损，这，应该是时间公平鉴定、历史公正评审和后代公平选择的结果吧。钟嗣成说"淮阳诸公俱作《高祖还乡》套数，惟公作〔哨遍〕制作新奇，皆出其下"；胡适也说它"是一篇很妙的滑稽文学……在中国文学中，别开一生面"；而郑振铎《插图本中国文学史》则认为它"确是一篇奇作"。这一套曲用〔般涉调〕中八支曲子构成，第一支为"哨遍"，第二支为"耍孩儿"，第三支至第七支为"煞曲"，第八支为"尾声"。前人之述备矣，且让我逐支简要评点，邀读者诸君同来奇文共欣赏：

> 社长排门告示：但有的差使无推故，这差使不寻俗。一壁厢纳草也根，一边又要差夫，索应付。又言是车驾，都说是銮舆，今日还乡故。王乡老执定瓦台盘，赵忙郎抱着酒葫芦。新刷来的头巾，恰糨来的绸衫，畅好是妆么大户。

（谚云：官吏来时，惊天动地。此风在今日之"检查""验收""视察"之中尚有余烈，何况是封建时代？更何况是帝王衣锦还乡？）

> 〔耍孩儿〕瞎王留引定伙乔男女，胡踢蹬吹笛擂鼓。见一彪人马到庄门。匹头里几面旗舒：一面旗白胡阑套住个迎霜兔；一面旗红曲连打着个毕月乌；一面旗鸡学舞；一面

旗狗生双翅；一面旗蛇缠葫芦。

（未见其人，先闻其乐，先见其旗。原本是帝王及其臣下苦心营造的显示皇家威风的旗帜，设计引经据典，外形冠冕堂皇，但从无知乡民的眼中看来，却是并不足贵的凡俗之物，如此反讽，轻蔑之情毕现。）

〔五煞〕红漆了叉，银铮了斧，甜瓜苦瓜黄金镀。明晃晃马蹬枪尖上挑，白雪雪鹅毛扇上铺。这几个乔人物，拿着些不曾见的器仗，穿着些大作怪衣服。

（描状仪仗队。本是威仪赫赫的画戟、斧钺、金瓜锤、朝天镫、羽毛宫扇等，却一一成了乡民眼中的寻常事物，作者明知故写，读者忍俊不禁。）

〔四煞〕辕条上都是马，套顶上不见驴，黄罗伞柄天生曲。车前八个天曹判，车后若干递送夫。更几个多娇女，一般穿着，一样妆梳。

（写车驾及车驾前后的侍卫、宦官与宫女。犹如戏台上跑龙套的都已出场，主要人物就要登台亮相了。）

石破天惊　87

〔三煞〕那大汉下的车，众人施礼数，那大汉觑得人如无物。众乡老展脚舒腰拜，那大汉挪身着手扶。猛可里抬头觑，觑多时认得，险气破我胸脯。

（威加海内的帝王降格成了"那大汉"，而乡民得识庐山真面目后突然义愤填膺，全曲至此陡起波澜而峰回路转。）

〔二煞〕你须身姓刘，你妻须姓吕，把你两家儿根脚从头数。你本身做亭长，耽几盏酒。你丈人教村学，读几卷书。曾在俺庄东住，也曾与我喂牛切草，拽垻扶锄。

（秦时十里一亭，设亭长一人，全部下属为亭卒两名，一管开闭扫除，一管逐捕盗贼。刘邦发迹前曾任"泗水亭长"这一芝麻官。如此寻根究底，就剥落了皇帝的新衣。）

〔一煞〕春采了桑，冬借了俺粟，零支了米麦无重数。换田契强秤了麻三秤，还酒债偷量了豆几斛。有甚胡突处？明标着册历，现放着文书。

（这就是现代语言中所谓的"揭老底"。刘邦出生农家，父兄耕种，但他却不爱劳动，贪杯好色，欠债、勒索、明争、暗偷，无所不用其极，是地方上的无赖，应属于公安部门查办的

"黑社会"中人,《史记》中有案可查。乡民历数其种种不堪,可谓褫其华衮,还其真面。)

〔尾声〕少我的钱,差发内旋拨还。欠我的粟,税粮中私准除。只道刘三,谁肯把你揪捽住,白甚么改了姓、更了名,唤做汉高祖?

(《史记》说刘邦字"季",因为他尚有两个哥哥,他排行最小,本来连名字都"缺席",当了皇帝之后才取名为"邦"。"汉高祖"则是刘邦死后的谥号。乡民直呼"刘三",并说只要还清钱粮宿债,谁会抓住你不放,何必改名换姓叫什么"汉高祖"?幽默戏谑,作者的憎恶鄙视之情溢于言表,而且于收束之处点醒了题目。)

睢景臣的《高祖还乡》,表现了作家直面现实的良知与勇气,其中暗寓了对元蒙统治者的嘲讽。"社",正是元统治者控制农村所设立的基层组织,"社长",则相当于现在的村长或乡长。"排门告示",也是元代农村出告示的方法,即于农村各家门首立一粉壁,告令科敛,均书其上。曲中所描绘的内外仪仗情形,也完全符合元代的卤簿制度。"上都",即"开平",是元世祖忽必烈登基前的驻居之地,"大都","燕京",乃元朝建都之地,元代历朝皇帝照例每年春天去上都,秋来还大都,其中不无衣锦还乡之意。元代的文网虽然比较松弛,但这是与

石破天惊 89

明清相较而言,《元史·刑法志》仍赫然记载"诸妄撰词曲诬人以犯上恶言者,处死""诸乱制词曲为讥议者,流",也是够触目惊心的。但是,睢景臣既出于被压迫民族的愤怒,也出于知识分子集体无出路的怨恨,更由于他本人刚直的秉性,他终于嬉笑怒骂皆成文章,创作了中国文学史上仅此一曲的《高祖还乡》。

但是,《高祖还乡》又不仅仅是对刘邦的冷嘲热讽和对元代统治者的指桑骂槐,其价值更在于对封建帝王丑恶本质的揭露与鞭挞、对整个帝制的嘲讽与批判。英国十七世纪哲学家布朗曾有一个颇为不雅的比喻:"国王是政体的勃起。"在中国历史上,秦王朝建立了大一统的中央集权制的基本模式,嬴政以"秦始皇"为名,钦定中国第一个"王权至上"的皇帝从他开始,汉承秦制,确立与巩固了中华帝制与绝对君权。两千多年来,以暴易暴,绵延不绝,共产生了六百六十一个在位时间长短不一的帝王,构成了中国封建社会政治史中一条粗重的黑线。封建与帝制,可谓中国的"症结"之源、"问题"之根。明末清初的思想家黄宗羲早在《原君》中就曾经说过:"然则为天下之大害者,君而已矣。"清代初期的思想家唐甄在《潜书》中也曾一针见血:"自秦以来,一切帝王皆贼也。"

在中国诗歌乃至整个中国古典文学中,《高祖还乡》是一个异数,一员另类,一蓬胆大包天的讽刺的火焰,一支刺向封建时代至高无上的权威——帝王的犀利的投枪,一声极为超前即使今日也仍可以振聋发聩的呐喊。作者睢景臣只存套曲三套，但仅此一曲，即已奠定了他在中国文学史上的地位，证明作家的作品是以青铜般的质量而非泡沫般的数量取胜。临风展卷，追昔抚今，我要向他这位具有独立人格与批判精神的作家致敬，虽然我看到的只是他走入历史深处的遥远的背影。

西北与东南

那是一个异族入侵并入主中原的时代，那是一个北方少数民族的草原文化与中原汉族的农耕文化相碰撞的时代，那是一个各民族的文化互相激荡又彼此融合的时代。作为以汉族为主体的朝代，盛唐与隆宋都未能将少数民族作家推向历史的前台，进入文学的史册；那么，当蒙古人和色目人在狂飙突进的大漠风中闪亮登场，而素来以主人自居，舍我其谁的汉人退居次席与边缘的时候，少数民族的作家呼风唤雨于诗坛与曲坛，展现出中国诗坛上一种全新的风景，那就是绝非偶然的了。

在金元散曲作家的方阵中，今日有姓名可考的约二百一十二人，其中少数民族作家约三十人，薛昂夫，就是这一支奇军异旅中突出的一位。那个时代已经随风而逝了，但那个时代的聚光灯投射在他身上的光芒，至今并没有黯淡和消退。

马昂夫是元代西域畏兀儿族（今日维吾尔族）文学家，因为生卒年不详，事迹无载，作品多有散失，所以对于后来人他就像云雾中的山，只知道那是一座不可等闲视之的高山，但山的履历、海拔与蕴藏却若明若暗，只在群山之中而云深不知处。我大学时代的老校长、历史学家陈垣先生，早在二十世纪二十年代就撰写过有关文章,对马昂夫的事迹稽隐索微,为后人开辟了一条可以探明更多真相的道路。但我当时只知国家最高领导人尊称陈先生为"国宝",只见他慈眉善目,长髯覆胸,一派大儒风范,至今都未能找到他的有关大文拜读。时至今日,我们已知的是薛昂夫字超吾,超吾是蒙古人名的译音,字九皋,昂夫则为华俗之字。他汉姓为马,故又称马昂夫。他的先世为蒙古人,名薛赤兀儿,属蒙古豁里剌思部族,是一个不大的部落。昂夫之祖受封不在天苍苍野茫茫的漠北,而在走马西来不见天的西域,故他的民族为回鹘(维吾尔族)。西州回鹘,元蒙时称畏兀儿或高昌国。薛昂夫就是生于此间,后来随父辈而入居中原。赵孟頫《薛昂夫诗叙》称"昂夫,西戎贵种",并且说他"服旃裘,食湩酪,居逐水草,驰骋猎射,饱肉勇决",其风俗固然也。可见先世为蒙古族入居西域而为回鹘的昂夫,本来就是一位体魄雄健的赳赳武夫,他奔腾驰骋的马蹄,丈量的是大戈壁的空旷与沉寂,而他的弓弦响处,翻落的则是地上奔突的狐兔和天上翱翔的鹰隼。

然而,这样一位本来应该纵横沙场的勇者,却成了一位啸傲文场的儒士。这,固然因为高昌国虽为蒙古之臣属,但其文化水准较高,昂夫的祖辈于武功之外对于文事也比较重视,和那些只识弯弓射大雕者与目不识丁的暴发户大不相同。薛昂夫耳濡目染,对于华夏文明十分倾倒;同时,汉文化毕竟源远流长,具有极大的亲和力与同化力,如同一条浩浩荡荡的大江,来自西部边陲的薛昂夫如同一泓溪河，本就有意来归，入居中原后更是听从大江的召唤，远道而来汇入巨流之中。他三管齐下，工诗词曲，诗集已不存，仅存诗两首，词也仅存三首，但从另一诗词名家萨都剌题赠给他的作品中，我们仍可以想象薛昂夫的音容笑貌和风流文采。

薛昂夫晚年任江南太平路总管时，友人萨都剌在南京和薛昂夫相聚并唱和，有唱和之诗二首，其一是《和马昂夫登楼有感》："倚遍栏杆忆往年，南朝民物已萧然。空余故国山如画，依旧长江浪拍天。市井笙歌今渐少，御街灯火夜相连。青青门外秦淮柳，几度飞花送客船。"其二为《和马昂夫赏心亭怀古》："景阳宫井绿芜深，空有杨花暗御林。一自朝云归寺里，几回明月到楼心。陈台露冷蛩声苦，楚水波寒雁影沉。白发词臣多慷慨，长歌当酒向谁斟？"可惜《九皋诗集》已经失传，他所写的引得萨都剌唱和的作品我们已经不可再睹，但从萨都剌之作看来，这些出生漠北或西域的少数民族诗人，他们咏叹的情调和方式以及对汉族历史的凭吊与追怀，和汉族诗人似乎已无二致。汉文化就如同一座巨大的高温熔炉，任你是什么外来的精钢好铁，到此中都会被一一熔化。萨都剌后来从苏州任上回金陵，时年七十有七，他怀念时在衢州太平路总管任上的薛昂夫，又作《寄马昂夫总管》一诗，以示怀想之情与相惜之意：

衢州太守文章伯，酒渴时敲玉井冰。

径造竹床忘是客，横拖藜杖去寻僧。

人传绝句工唐体，自恐生前是薛能。

日暮江东怀李白，凤凰台上几回登？

萨都剌，这位存词虽仅十五首但却是元代最富才力的词家，这位写过《满江红·金陵怀古》（六代繁华，春去也，更无消息）和《百字令》（石头城上，望天低吴楚，眼空无物）之传世名篇的词坛射雕手，他的抒情也完全汉族化、中原化了，而且他说马昂夫的绝句颇有唐人之风，并说昂夫也恐怕自己是唐代的薛能的后身，这样，就有如千年园林的主人虽已不在了，但却留下了门上的锁钥，让我们得以开启那虽设而常关的园门，进而一窥其内的亭台池阁之胜。

唐代传名至今的薛姓诗人近四十位，薛昂夫虽然汉姓为薛，但为什么要引在唐诗人中并不出类拔萃的薛能作前身？我想，恐怕主要是目空一切的昂夫与目高于顶的薛能，在自负与自大上有共同点即共同的语言吧。

在元代，蒙古人地位最高，色目人次之。薛昂夫出生西域，先世为元朝开国重臣，祖辈父辈俱封覃国公，他以贵胄子弟入都，初为内侍，后来雄州作守。这种祖先为蒙古族后来地位仅次于蒙古族的维吾尔族的家世，可谓功臣后裔，贵族世家，加之本族以少胜多而入主中原，薛昂夫顾盼自雄的气概，就远非那些今非昔比夹着尾巴做人的汉人和南人可比。何况薛昂夫与生俱来就有一种天将降大任于斯人也的良好自我感觉，他个性鲜明、见解独特而行为逾常，不仅自命千古一人终日吟哦不倦，而且恐怕斯文断绝，遍历百郡，祷天祀天，寻找能传承自己的诗歌创作薪火的接班人。时人以"坡仙""大苏翁"比况他，他的游览西湖之曲，也将自己与苏东坡相提并论：

> 秋，洞箫歌，问当年赤壁乐如何？比西湖画舫争些个？一样烟波，有吟人景便多。四海诗名播，千载谁酬和？知他是东坡让我，我让东坡？
>
> ——〔双调·殿前欢〕《秋》

如此自况，接班人当然也就"一将难求"，上穷碧落下黄泉，两处茫茫皆不见。而他自己呢，就远去唐朝承续薛能的香火。

薛能的成就不大，虽然明人胡震亨于《唐音癸签》中说他"借异色为景，寄别兴写情，尽废前规，另辟我径"，但毕竟连三流诗人的座次也难以排上。然而，他"日赋一诗"，劳动态度与敬业精神堪评先进工作者，而他的自大与自负却可谓超一流，完全可以跻身"自恋狂"的行列。他在《寄符郎中》一诗中说："我身若在开元日，争遣名为李翰林。"将自己与李白并提，不知符郎中读后是否会笑出声来。诗人郑谷在《读故许昌薛尚书诗集》的自注中，就记叙了薛能诋诃李白的"李白终无取，陶潜固不刊"之言。不仅如此，他的《海棠诗序》说："蜀海棠有闻而诗无闻，杜工部子美于斯有之矣，得非兴象不出。殁而有怀，天之厚余，获此遗遇，谨不敢让。"《荔枝诗》自序说："杜工部老居两蜀，不赋是诗，岂有意而不及欤？白尚书曾有是作，兴旨卑泥，与无诗同。予遂为之题，不愧不负，将来作者其以荔枝首唱，愚其庶几。"他写了几首《柳枝词》，竟于诗末自注道："刘（禹锡）、白（居易）二尚书继为苏州刺史，皆赋杨柳枝词，世多传唱，虽有才语，但文字太僻，宫商不高。"他的自我鉴定与自我表扬之辞则是："纤腰舞尽春杨柳，未有侬家一首诗。"不过，薛昂夫倒不一定会认同薛能的一些具体观点，前引的萨都剌的诗，就说过"日暮江东怀李白，凤凰台上几回登"，但薛能的豪情胜概和对诗创作的一往情深，他却愿意引为同调。

薛昂夫自幼读华夏之经典，习华族之文明，生活习俗与思想观念自是相当汉化，他的诗词人称"新艳飘逸，如龙驹奋迅，有并驱八骏一日千里之想"。但可惜大都已不传，无从得知他之睥睨八方雄视百代，是否真正有许多杰出的作品为后盾；但他的散曲确实可称大家，风格疏宕豪放，与马致远近似，故人称"二马"，现尚存小令六十五首，套数三套。在薛昂夫的琴弦上，弹奏的主要是叹世抒情、流连风景和怀古讽今的三重奏。流连风景的不必多说了，古代有哪一位诗人不礼赞天造地设的自然之美呢？薛昂夫虽具有强烈的民族自豪感和过人的创作自信心，但

西北与东南　99

他作为一个诗人，对时间与生命当然分外敏感，对那种天地永恒而生命有限的无法解脱的普遍性矛盾，他也无法破空而飞升，他的叹世之曲，常常将生命之苦短与众生对功名金钱之无餍追求作尖锐的对照，因此更能直抵人心直抉生命的本质而更具悲剧感：

凌歊台畔黄山铺，是三千歌舞亡家处。望夫山下乌江渡，是八千子弟思乡去。江东日暮云，渭北春天树，青山太白坟如故。

——〔正宫·塞鸿秋〕《凌歊台怀古》

功名万里忙如燕，斯文一脉微如线，光阴寸隙流如电，风霜两鬓白如练。尽道便休官，林下何曾见？至今寂寞彭泽县。

——〔正宫·塞鸿秋〕

销金锅在，涌金门外，饯金船少欠西湖债。列金钗，捧金台，黄金难买青春再。范蠡也曾金铸来，金，安在哉？人，安在哉？

——〔中吕·山坡羊〕《咏金叹世》

惊人学业，掀天势业，是英雄隽败残杯炙。凳堪嗟，雪难遮。晚来揽镜中肠热，问著老夫无话说。东，沉醉也；

西，沉醉也。

——〔中吕·山坡羊〕《述怀》

〔正宫·塞鸿秋〕《凌歊台怀古》所写的"凌歊台"，在安徽省当涂县之西的黄山，为南朝宋高祖刘裕三千歌舞的离宫，隔江西望便是项羽兵败自刎的乌江渡，而当涂青山之麓，还有风流文采的诗仙李白的坟茔。薛昂夫其时任太平路总管，治所即在当涂。他以强烈的盛衰对比，从富贵如帝王、功业如霸主、声名如诗仙三个方面，咏叹当涂的古迹。没有任何直白的说明，也没有任何理性的评论，但全曲却从具体的历史陈迹引发出生命的永恒悲哀，如同人虽立足于眼前的平地，思绪的羽翼却向高远的境界飞升。第二首〔正宫·塞鸿秋〕则以博喻的手法，从"忙如燕""微如线""流如电""白如练"几个方面，写世俗之人为名利而东奔西忙，惶惶不可终日，他们平日高倡的"隐居"与"独善"，只是言行不一的表面文章，而实际上是逐利追名，如蝇嗜血。在作者的心目中，陶渊明才是真正心口如一的真隐士，是品味人生大寂寞的千古一人。〔中吕·山坡羊〕《咏金叹世》的主题，当然可以视为作者对时人追逐物欲与金钱之风的批判，短短一曲中就出现了八个"金"字，可谓反之复之，但它的副主题则是对人生短暂而岁月如流的深长感喟。金元之交的诗人元好问《无题》诗有句说："人间只道黄金贵，不问天公买少年？"薛昂夫化用其语而借历史人物加以引申："黄金难买青春再。范

西北与东南　101

蠡也曾铸金来，金，安在哉？人，安在哉？"全曲因此超越了就事论事的经验层次，而提升到超验层次的人生哲学的高度。由历史而现实、由他人而自己的〔中吕·山坡羊〕《述怀》一曲，大约是薛昂夫的暮年之作，即使是像他这样出身贵胄而且始终未沉沦下僚的人物，回首生平之时，也不免有英雄失路壮志难酬之感，由此可见元代是一个何等众人皆醉天下皆浊的时代，也由此可见在茫茫大块之中，短短的生命与长长的时间拔河必然落败的永恒性的悲哀。

"峨眉天下秀，剑阁天下雄，夔门天下险，青城天下幽"，这是蜀地的俗谚口碑，自然界的山川尚且有它们各自鲜明的特色与个性，何况是本不应千人一面的作家，更何况是不同民族的作家。薛昂夫虽然景慕并浸淫于汉族文明，但其民族席天幕地逐水草而居的生活方式，金戈铁马所向无敌的征伐生涯，培养了其民族剽悍勇决的性格特征，并积淀成为一种集体无意识。薛昂夫虽然已相当程度地汉化，但其民族的果决豪放的性格、幽默风趣的习性，以及有异于汉族文人传统观念的另类思维，却不可能一化了之。这种民族的个性的特色，在他所偏爱的〔朝天曲〕中得到了充分的表现。〔朝天曲〕这种曲牌，每句二到四个字，一、二句与九、十句都只有两个字，多用衬字，语短声促，宜于表现戏谑的情感、讽刺的锋芒。薛昂夫的〔中吕·朝天曲〕组曲共有二十二首，评论了二十位历史人物，包括皇帝、后妃、将相、诸侯、谋士、隐士、神仙、道士、诗人、圣人、孝子、奸臣、叛将等。如此范畴如此内涵的组曲，在元代不作第二人想，例如：

> 沛公，《大风》，也得文章用。却教猛士叹良弓，多了游云梦。驾驭英雄，能擒能纵，无人出彀中。后宫，外宗，险把炎刘併。

> 董卓，巨饕，为恶天须报。二脐然出万民膏。谁把逃亡照？谋位藏金，贪心无道，谁知没下梢！好教，火烧，难买棺材料。

对于刘邦，作者除了肯定他的"大风起兮云飞扬，威加海内兮归故乡，安得猛士兮守四方"的《大风歌》之外，对他的玩弄权术、屠戮功臣、心狠手辣，无不予以批判。这种批判，也可视为对整个封建社会帝王的批判，后代的集封建帝王之大成者，他们所效法的先进典型最早不就是有开创之功的刘邦吗？汉代的董卓，不仅是专横的野心家，还是残暴的杀人狂，封建时代邪恶势力的典型，司徒王允设诱董卓部将吕布杀之，暴尸于市，百姓在其腹脐燃灯以泄愤恨，其部将收骨灰下葬，狂风骤雨震坍其墓，飘其棺椁，可谓死无葬身之地。薛昂夫对帝王与奸臣的批判，表现了他的善恶观与正义感，与中国传统的看法类似，但在其他篇章里，他对一些人物的评价大都和汉人传统的观点相左，嘲讽与批评，似乎成了他手中所持的"双刃剑"：

> 卞和，抱璞，只合荆山坐。三朝不遇待如何？两足先遭祸。传国争符，伤身行货。谁教献与他！切磋，琢磨，何似偷敲破？

> 杜甫，自苦，踏雪寻梅去。吟肩高耸冻来驴，迷却前村路。暖阁红炉，党家门户，玉纤捧绿醑。假如，便俗，也胜穷酸处。

> 丙吉，执宰，燮理阴阳气。有司不问尔相推，人命关天地。牛喘非时，何须留意？原来养得肥。早知，好吃，杀了供堂食。

> 老莱，戏采，七十年将迈。堂前取水作婴孩，犹欲双亲爱。东倒西歪，佯啼颠拜，虽然称孝哉！上阶，下阶，跌杀休相赖！

在古代流传的才士不遇的悲剧中，卞和献璞是为人所乐道的了。楚人卞和在楚山即今日湖北的荆山发现一块璞玉，先后献给了楚厉王和楚武王，被不识货而专横的暴君砍掉左右足。如果不是文王剖石得玉而命名为"和氏之璧",卞和已无足可砍,只怕就会砍头了。后来此玉被秦王得到而刻为国玺,成为权力的象征,为王为霸的野心家们为此而征战不休。薛昂夫不仅鞭挞了统治者的不识贤愚,扼杀人才,也批评了卞和献璞非人的愚行,于自己则是自取其辱,于社会则助长征伐,一反他以前的作品所持的完全肯定卞和的态度。写杜甫之曲也是如此,在一反传统的戏谑调侃之中,我们可以看到作者同情的眼泪。宰相燮理阴阳,出自儒家经典《尚书·周官》,汉宣帝时的丞相丙吉出巡,有人群殴而死伤于道,他却不闻不问,而见一条牛被人赶得喘气,却问长问短。此事在《汉书》他的本传中得到高度赞扬,成为关心农事的"丙吉问牛"的典故。薛昂夫反其道而行之,对丙吉冷嘲热讽,原来宰相在政事堂供食,名为"堂食",丙吉关心牛况,原来是可以供他的口腹之欲,大快朵颐!"人命关天地",薛昂夫表现的正是以人为本的民本思想,他认为不顾百姓之死活但问牛喘之非时,是本末倒置、轻重不分,用俗语来形容就是捡了芝麻,丢了西瓜。"孝",是中国传统的人伦之一,本身值得提倡,但应该顺乎人情,不应扭曲人性,有如"愚忠"一样"愚孝"。"老莱娱亲"的故事,最早见于《艺文类聚》卷十二所引西汉刘向所著之《列女传》,说的是老莱子的七十老翁穿花衣,学婴啼,七颠八倒以娱双亲,此举历代备受称赞,与薛昂夫同时代的郭居敬还将其编入《二十四孝》,后人还绘图刊行,但薛昂夫却拒绝加入唱赞美诗的合唱团,而另具只眼另出

西北与东南

机杼，他嘲讽"老莱娱亲"的做作虚伪不近人情，真是让读者一新耳目，如同看厌了大同小异彼此相似的丘陵，忽然奇峰异岭撑起了一方新的天日当然自是另一番观感。

中国文学的繁荣，往往离不开异质文化和传统文化的交会与碰撞。在唐诗宋词的文学高峰之后，元曲如造山运动般平地升起，横看成岭侧成峰，其原因当然是多样的，但北方游牧文化对华夏农耕文化的冲击碰撞，以及二者的融合与互补，也是重要因素之一。正是异质文化如大漠雄风吹刮于中原的舞台之上，在富有弹性与张力的中华文明的大背景之前，薛昂夫有如一颗彗星从大西北的天幕升起，落于东南，它划过元朝的天空，也划过中国文学史的篇页，留下独异的名字和轨迹，闪耀着不会与时俱逝的永恒的光芒。

异数与奇迹

"无论是东南风还是西北风,都是我的歌我的歌……"每当我的耳边或是心中响起流行歌曲《黄土高坡》中的乐句,我总是不免要想到元代曲家贯云石的歌声。

元代,是一个天崩地坼的时代,是一个少数民族入主中原南面而王的时代,也是一个多民族的文化激烈碰撞而重新组合的时代,只有这样的时代,才空前地将一些少数民族作家推向诗坛的前台,让他们伫立在强烈的聚光灯下,不仅同时代的人熟悉他们的歌哭啸傲,后世的读者隔着时空的茫茫烟云,也仍然可以一一指认他们的身影。贯云石,就是其中杰出的一位。

本名小云石海涯的贯云石,维吾尔族人,因父名贯只哥,云石遂以"贯"为姓,而且汉民族百家姓中本有"贯"姓,由此也可见云石对汉民族文化的认同。不过,他的祖父对汉人却不是以文化相交而是以刀兵相见。贯云石的祖父阿里海涯原是西域(今新疆)维吾尔族农民,因为维吾尔族最早归附蒙古,阿里海涯"参军"之后跟随成吉思汗东征西讨,灭南宋时他还是为王前驱的一员大将,所以元代建国之后,他和儿子都成了封疆大吏。贯云石出身显贵,又系将门之后,少年时代即膂力过人,精于骑射，二十出头即承父荫，曾任两淮万户达鲁花赤（正三品），又曾镇守湖南的永州，为掌印的实权人物，后来他弃武从文，在北方拜著名学者姚燧为师。仁宗皇庆二年（1313年）拜为翰林侍读学士，中奉大夫，知制诰同修国史，官秩为从二品，年方二十七岁，故当时即有"小翰林"之美誉。然而，两三年后，居庙堂之高的他，即以病为由退处江湖之远，隐居于杭州一带，三十九岁即去世，可谓英才早逝。

身为西北的少数民族，贯云石本来只长于沙场驰骋，会挽雕弓如满月，但沙场的弓弩手却一变为曲坛的射雕手，除了其他种种原因之外，还和他的兴趣与天赋密不可分。他的主攻方向本应是官宦仕途，他却弃之如敝屣而主攻文学创作。他的天分从如下美谈即可见一斑：有一年春节，贯云石赴友人之宴，有客说如此盛会不可没有新曲以佐兴，素闻云石先生才学过人，请即席赋新曲一首，言下大有李白《春夜宴诸从弟桃李园序》中所说之"不有佳作，何申雅怀"之意。贯云石欣然应允，敬请赐题。来客本想测试云石之才究竟如何，便不但限定曲名为《清江引》，而且必须将"金、木、水、火、土"五字贯于句首。早在战国时代，中国思想家即以"金、木、水、火、土"这五种生活中常见的物质，来解释万事万物的起源与多样，故称"五行"。客人的上述要求本来已颇为苛刻了，他还要求每句之中必有一个"春"字，因为宴会时恰逢新春伊始。按上述种种条件作曲，对于汉族作家就已非易事了，何况是对一位少年弓马直到年长才折

异数与奇迹　109

节读书的少数民族作家？但这却难不倒贯云石，如同重重险滩不能阻遏奔遄的急流，贯云石略一沉吟，一曲《清江引·立春》便诞生于他的笔下，好像河床中浪花四溅：

  金钗影摇春燕斜，木杪生春叶。水塘春始波，火候春初热。土牛儿载将春到也。

  如果出题者的条件是"规矩"，那么，贯云石之作便不但中规中矩，而且一气呵成。如果当场还从客人中推举评委，请他们当场亮分，评委们都会打出满分或接近满分吧。

  书中自有千钟粟，书中自有黄金屋，古代读书人对于名位的追求几乎是与生俱来的，人人都想从那羊肠小道攀爬到官位的顶点，至少也要在级次分明的为官作宦的梯级上占有相应的位置。一旦占有一席之地，一般人都不会抽身而退或全身而退。在滔滔的激流中幡然勇退谈何容易？尤其是对一个所谓"根正苗红"的贵胄子弟？然而，贯云石刚到弱冠之年，就将自己的职位让给了弟弟忽都海涯。一度被迫复出后官拜翰林侍读学士，常常可以亲近"龙颜"这一最高权力核心，更加青云直上飞黄腾达指日可待，这在他人做梦都会笑出声来，但他却于次年即称疾辞官，退隐江南，优游于山水林泉之间，"卖药于钱塘市中，诡姓名，易服色，人无有识之者"（《元史·本传》）。如同后来钱惟善《酸斋学士挽辞》中所说："万里壮游遗剑履，十年高卧老乾坤。"这固然是贯云石深受佛道思想影响而个性疏放所致，同时也有其家庭变故的原因，让他对官场有切肤之痛和知临深渊之感。贯云石喜欢用《清江引》写作小令，今存二十一首，多写"隐逸"与"惜别"两大主题，如下述之〔双调·清江引〕：

弃微名去来心快哉！一笑白云外。知音三五人，痛饮何妨碍？醉袍袖舞嫌天地窄。

竞功名有如车下坡，惊险谁参破？昨日玉堂臣，今日遭残祸。争如我避风波走在安乐窝？

避风波走入安乐窝，就里乾坤大。醒了醉还醒，卧了重还卧。似这般得清闲的谁似我？

贯云石正当华年，其际遇较之同族作家薛昂夫更为得意，但他却对权力的角逐与官场的险恶有极为清醒的认识，主要原因在于曾经祸起肘腋。云石之祖父阿里海涯是元朝赫赫有名的开国功臣，官至光禄大夫、湖广行省左丞相，云石之父贯只哥官至湖广、江西省平章政事，可谓烈火烹油，鲜花着锦。然而，在统治阶级内部的权力倾轧与残酷砍杀中，"昔日玉堂臣，今日遭残祸"，阿里海涯却一朝仰药自尽，这对于贯云石的强烈刺激，绝不亚于后来曹雪芹的获罪抄家对于那位绝代才人的沉重

异数与奇迹　111

打击。他"参破"了此中上焉者尚可保存自家性命下焉者死无葬身之地的"凶险",自然要无官一身轻,退隐于林泉这一"安乐窝"了。北宋的理学家邵雍隐于苏门山(今河南辉县),名所居为"安乐窝",其题安乐窝诗的名句是:"美酒饮教微醉后,好花看到半开时。"后来他迁居于洛阳桥南,仍用此偏爱之名,表现的是其过犹不及的中庸之道或称中和哲学。《宋史·邵雍传》说:"雍岁时耕稼,仅给衣食,名其居曰'安乐窝'。"由于邵雍的首创,"安乐窝"一词就流传后世,成了一个特有所指的名词俗语,到了元代,也被贯云石嫁接到自己的曲中。

宋代的临安今日的杭州,历来有"销金锅"之称,就是说那里的柔山软水,使人流连忘返而挥金如土,令人心神沉醉而壮志消磨。贯云石将其作为自己的安乐窝,那也真正是最佳选择了,何况他来自大漠风尘日色昏的西部边陲,他的故乡何曾有过如此三秋桂子十里荷花的景色?相传几个文人同游虎跑泉,有人提议以"泉"字作韵吟诗,一人长吟"泉泉泉"却一时语塞,没有下文,贯云石正好路过旁听,便立即为其续成一诗:"泉泉泉,乱迸珍珠个个圆。玉斧斫开顽石髓,金钩搭出老龙涎。"可谓妙想天成,形神毕现。贯云石流连西湖的山水,有〔中吕·粉蝶儿〕《西湖游赏》长篇散曲细写分描西湖的景色。他是北人而游南国,故能创造性地将南曲与北曲合为一曲,即南北合套,既豪放又婉约,被誉为咏西湖散曲中的名篇。张可久是写西湖的专家,明人李开先认为他的〔南吕·一枝花〕《湖上晚归》是咏西湖之"古今绝唱",而有人则推许贯云石的这一作品可以和张可久之作媲美。此外,他还以〔正宫·小梁州〕的曲牌分咏西湖的春夏秋冬:

春

春风花草满园香,马系在垂杨。桃红柳绿映池塘,堪游赏,沙暖睡鸳鸯。〔幺〕宜晴宜雨宜阴旸,比西施淡抹浓妆。玉女弹,佳人唱,湖山堂上,直吃醉何妨。

夏

画船撑入柳阴凉,一派笙簧。采莲人和采莲腔,声嘹亮,惊起宿鸳鸯。〔幺〕佳人才子游船上,醉醺醺笑饮琼浆。归棹晚,湖光荡,一钩新月,十里芰荷香。

秋

芙蓉映水菊花黄,满目秋光。枯荷叶底鹭鸶藏,金风荡,飘动桂枝香。〔幺〕雷峰塔畔登高望,见钱塘一派长江。湖水清,江潮漾,天边斜月,新雁两三行。

冬

彤云密布锁高峰,凛冽寒风。银河片片洒长空,梅梢冻,雪压路难通。〔幺〕六桥顷刻如银洞,粉妆成九里寒松。酒满斟,笙歌送,玉船银棹,人在水晶宫。

在中国古典诗歌中,歌咏四时景色的诗作不知多少,如果

异数与奇迹

以"春夏秋冬"为题，分门别类地编纂专题诗集，对于爱诗的饕餮之徒，那将会是一种特殊的精神的盛宴。贯云石上述诗作，分写西湖的四时景物与游赏之兴，虽非石破天惊之作，但他能抓住不同季候的景物特征分别抒情，情景浓至，意境优美，不能亲历其地、亲观其景的读者，一曲在手，也能自得其乐地做一番纸上的神游。

与贯云石不同时代的散曲作家徐再思，因喜食甘饴，故有"甜斋"之号，但贯云石之自称"酸斋"，却不知所由何来。大约是"酸甜苦辣"连用而成为一个熟语。"酸甜乐府"之说最早见于明代蒋一葵的《尧山堂外纪》，今人任讷（别署半塘）便将他们一线相牵，将他和徐再思的散曲撮合在一起，称为《酸甜乐府》。"三尺亭亭古太阿，舞风斫尽一川波。长桥有影蛟龙惧，流水无情日夜磨。两岸带烟生杀气，五更弹雨和渔歌。秋来只恐西风恶，剉就锋芒恨转多"，除了一些散曲，贯云石的七律《蒲剑》似乎也隐约曲折地表现了政局的险恶、人生的悲欢，以及一股抑郁不平之气。但是，他还有许多甜蜜蜜的作品，这就是那些抒写女性形象、爱情主题的散曲，那些柔美与柔媚的作品，数量占贯云石现存作品的一半有余。"试想英雄垂暮日，温柔不住住何乡"？他原本不但是玉堂学士，而且是浊世佳公子，在大都就曾结识了不少歌伎伶妇，远隐江南，这位将门之子重臣之裔，因身家之痛看透了政治斗争的肮脏、权力争逐的险恶，作为一个旧时代的男性作家，他当然就要到温柔乡中去寻求精神的寄托与慰藉了。在这一方面，有他的《赠伶妇》《赠曹绣莲》为证，如他的〔蟾宫曲·双调〕《赠曹绣莲》：

> 薰风吹醒横塘，一派波光，掩映红妆。娇态盈盈，春风冉冉，翠盖昂昂。一任游人竞赏，尽教鸥鹭埋藏。世态炎凉，只恐秋高，冷落空房。

曹绣莲这位底层人物，其里籍、生平均不详，如果不是贯云石有赠她之曲，当然就会沉埋在历史的风尘之中，后人也无从知晓她的大姓芳名了。写景亦是写人，咏人亦兼绘景，贯云石没有居高临下，没有逢场作戏，他的字里行间表现的是对所咏对象的赞美与怜惜，尤其是"世态炎凉"一语，其中恐怕也有贯云石自己的身世之感吧。

贯云石有关爱情的篇什，有如南国的此物最相思的红豆，芳菲满眼，我这里只能采撷两颗，其他的让读者浮想联翩而自行寻索吧：

> 若还与他相见时，道个真传示：不是不修书，不是无才思，绕清江买不得天样纸！
>
> ——〔双调·清江引〕《惜别》

> 挨着靠着云窗同坐，偎着抱着月枕双歌，听着数着愁

异数与奇迹　　115

着怕着早四更过。四更过情未足,情未足夜如梭。天哪,更闰一更儿妨什么!

——〔中吕·红绣鞋〕

爱情,是中外文学传统的母题,生活之树常青,爱情与人类同在。古今的爱情诗多矣,如果没有新的感受新的发现新的表现,就不能引发读者的任何新鲜感,还不如免开尊口,因此,爱情题材也是诗人才能的一块重要的试金石。如果诗人想捡这一块烫手的山芋,或是想到这一领域来一显身手,他就非有并出色地表现出新意不可,否则被罚出场外、宣告出局就是必然的结果。《惜别》一曲前两句直叙,却如飞来之石,令人心生悬想,那"真传示"究竟如何?中间两句忽作顿挫,否定了并非不写书信也并非没有才思,而是没有天样大的纸张可以援笔一抒心中积愫。清江,乃清江浦,在江苏省清江市北淮河与东运河交汇之处,以造纸闻名。古人相分两地达意传情的唯一的手段就是写信,而今曲中的主人公并非没有才情,也非不想写信,从文气而言有如"盘马弯弓,引而不发",逼出结尾最精彩的一句:绕清江买不得天样纸!如同绘画中的异彩,音乐中的重锤,武技中的绝杀,百米跑最后的有力的冲刺,此句正是全曲的"曲眼",其新颖的构思与奇绝的想象,使全曲熠熠生辉。而〔中吕·红绣鞋〕呢?却别是一番风情,没有扭扭捏捏,没有酸酸涩涩,没有搔首弄姿,没有欲迎还拒,而是颇具维吾尔民族的直爽之风、北方原野的蒜酪之味。"挨""靠""偎""抱"四个动词写尽恋人之间的旖旎风光,即使是当代的过来人,有谁又不是感同身受呢?而"听""数""愁""怕"四个动词表现恋人之间难舍难分的心理活动,时至今日,许多人不是同样体验过的吗?悠悠苍天,至于此极,曲中人在呼天抢地之后,竟然忽发"闰一更"的痴想,要改变客观存在的物理时间以适应主观的心理需要。面对如此无理而妙的奇想、如此真挚热烈的痴情,只怕天公都于心不忍而要修订他的时间运行表了。

贯云石曾自号"芦花道人",因为他早年游山东梁山泊时,十分喜欢一位渔翁的"芦花被",这位渔翁不敬财神敬诗神,竟然要贯云石写一首诗互换。感谢这位名姓不传的渔翁,让我们今日可以读到贯云石的《芦花被诗》,那是一首题材独特寄寓深长的七律上品:"采得芦花不浣尘,翠蓑聊复藉为茵。西风刮梦秋无际,夜月生香雪满身。毛骨已随天地老,声名不让古今贫。青绫莫为鸳鸯妒,欸乃声中别有春。"贯云石虽不一定是以诗始,却确实是以诗终,他的《绝世诗》是:"洞花幽草结良缘,被我瞒他四十年。今日不留生死相,海天秋月一般圆。"这,真是这位浊世佳公子参透生命看透生死的悟道之言,这就难怪另一位名家张可久"有"动于衷,要为他谱一曲〔南吕·骂玉郎过感皇恩采茶歌〕了:

君王曾赐琼林宴,三斗始朝天,文章懒入编修院。红锦笺，白芷篇，黄柑传。

学会神仙，参透诗禅。厌尘嚣，绝名利，近林泉。天台洞口，地肺山前。学炼丹，同货墨，共谈玄。

兴飘然，酒家眠。洞花溪鸟结姻缘，被我瞒他四十年，海天秋月一般圆。

在本书中，我已另作一文写薛昂夫及其曲作。贯云石与薛昂夫，元代维吾尔族曲家中的双璧，众多元曲作家中的异数，汉族文人为主体的古典诗歌史上的奇迹。而出身显贵高居上层的贯云石视富贵如浮云，弃荣华如敝屣，古往今来有多少人能够做到？真可谓是异数中的异数，奇迹中的奇迹！

虚情与假意

民谚有云，"宁吃鲜桃一口，不吃烂杏一筐"，赞美的是与腐烂倒胃有天壤之别的新鲜感。曹雪芹在《红楼梦》中也曾说过"字字看来都是血，十年辛苦不寻常"，除了说明创作的艰难之外，恐怕也是自诩自己的作品不同凡俗吧。在男女之情方面，无原则的滥情式的喜新厌旧，有违社会所规范认定的普遍道德；但在艺术欣赏领域，"喜新厌旧"则是众生所皆具有的审美心理。汉语中提到审美与被审美，有"百看不厌"一词，即反复阅读仍不会产生所谓审美疲劳。百看而不厌的山水或作品，那是神或人的传世杰作，是高度的独创性与完美的艺术性结成的良缘，熔铸的佳境，值得世世代代的人去神游或身游。而一般的堪称"耐读"或"耐看"的作品呢？创造性，则也是它们所必具的身份证和通行证。

在唐诗宋词如繁花怒放难以为继之后，元曲一枝别开固然有多种原因，但它一枝而独秀，却是因为有自己独具的色彩与芬芳，为唐诗宋词所不可替代或取代。正如中国的四大名花——山东菏泽的牡丹花、福建漳州的水仙花、浙江杭州的菊花、云南的山茶花，它们各具特色而不可混同。牡丹花以贵名世，水仙花以洁著称，菊花以傲惊俗，而山茶花则以艳勾魂摄魄。又如中国传统所标举的四大美人——西施、王昭君、貂蝉和杨贵妃：西施浣纱，游鱼忘了游水而沉入水底；昭君和亲途中弹琵琶而抒幽怨，大雁忘了飞翔而坠落于地；貂蝉于花园拜月，月亮自愧不如而躲入云层；杨贵妃赏花，含羞草竟自惭形秽而卷起叶子。于是，"沉鱼落雁、闭月羞花"就成了她们各自的代名词，成了不可互易之美的千古标记。擅一时之场也擅一时之秀的元曲也是如此，在唐诗宋词之外，它们展示了新的风景，开辟了新的天地，提供了新的形象，标举了新的风格。而对非诚信的"说谎者"形象的刻画与讽刺，就是唐诗宋词绝未曾见的景观之一，可以强烈地刺激和兴奋我们的眼睛。

说谎，大约是人类普遍的心理病症。所以，在中国，《诗经·小雅·巧言》篇中早就说过"巧言如簧，颜之厚矣"；而西方的《旧约》也不容置疑地说："人都是说谎的！"元代无名氏的〔商调·梧叶儿〕《嘲谎人》，对具有说谎这一恶习的人予以冷嘲和热讽，应该是这一类人物在文学作品中第一次亮相示众：

> 东村里鸡生凤，南庄上马变牛，六月里裹皮裘。瓦垄上宜栽树，阴沟里好驾舟。瓮来大肉馒头，俺家的茄子大如斗！

此公吹牛撒谎，信口雌黄，就是以绝对肯定之言，说子虚乌有之事，将绝无可能之虚无，夸成眼前现在之实况。全曲一句一事，如果一言以蔽之，就是"无中生有"。"天方"，是中国古籍中对阿拉伯的汉译名，这位十四世纪中国元代说谎者，真是可以与阿拉伯民间故事《天方夜谭》（一译《一千零一夜》）媲美。鸡能生凤吗？马会变牛吗？酷暑中可穿皮袭？瓦脊上能够栽树？阴沟中能够驾舟？馒头做得能有瓮大？茄子可以长得奇大如斗？曲中主人公的形象似为村夫——至少此曲取材于农村生活。

"诚信"，是中华民族文化传统中的重要传统，也是中华民族传统美德中的重要美德。中国古代的贤人智者，无一不强调"诚信"的可贵，孔子从正面说"言必信，行必果"，墨子从反面说"言不信者，行不果"，而荀子则认为"君子养心莫善于诚"。不仅中国如此，碧眼黄髯们同样看重"诚信"，法国作家大仲马有言："一两重的忠诚等于一吨重的聪明。"而德国的席勒也曾经说过："即使当你衣衫褴褛之时，也一定要记住穿上诚信的背心。"不过，人生天地之间，一生没有说过任何谎言的圣人，恐怕是从未有过或尚未出生的吧。

说谎，不论是有知或无知，不论是有意或无意，其目的与效果都是欺骗。两军对阵，明修栈道，暗度陈仓，两人比武，如同旧小说所写的"卖一个破绽"，都是以此造成对方的判断失误而遭败绩。以上所说是"兵家之战"，虽然另当别论，不在本文褒贬之列，但示以假象，意在欺骗，这一点与说谎别无二致。古希腊《伊索寓言》中有一则极有名的"狼来了"的故事，那位牧羊人言而无信不知其可也,最后狼真的来了却已无人相信,他也终于葬身狼腹,自食其果,正如诗人雪莱在《人权宣言》中所说:"谎言是自己会毒死自己的蝎子。"此所谓谎言终害己。当然,说谎者的目的绝不是损己而是欺骗以致损害别人,古希腊荷马《奥德修记》中的半人半妖状的海妖,栖身于意大利西南的一座海岛,其迷人的歌声引诱航海者坠海而亡,后世遂称蛊惑人心的甜言蜜语为"海妖之歌"。由此可见,对于说谎者,中外文学都曾以各自的作品为他们画像存照。

可一而可再,除了无名氏的〔商调·梧叶儿〕《嘲谎人》之外,元曲中还有一篇异曲而同工但别具幽默感的作品,即高安道的〔般涉调·哨遍〕《皮匠说谎》,开篇是:

> 十载寒窗诚意,书生皆想登科记。奈时运未亨通,混尘罨日日衔杯,厮伴着青云益友,谈笑忘机,出语无俗气。偶题起老成靴脚,人人道好,个个称奇。若要做四缝磕瓜头,除是南街小王皮。快做能裁,着脚中穿,在城第一。

隋唐时以乌皮六合靴为朝靴,宋代沿用。元代的读书人本来基本上与科举"拜拜"了,但有位士人偏要去本城第一名匠南街小王皮那里去订购"老成靴脚"即"朝靴",这大约是这位士人想寻求心理的安慰与补偿,也是作者对人心与世道的一种反讽吧。接着,这位士人将自己的要求反复叮嘱明白,切切之情,

虚情与假意

见于言表，就像今日考量订购来之不易的住房的顾客一样，更精彩的是士人与皮匠之间的对话：

〔六煞〕丁宁说了一回，分明听了半日，交付与价钞先伶俐。"从前名誉休多说，今后生活便得知，限三日穿新的！""您休说谎，俺不催逼。"

身为买主的这位士子到底是个读书人，他不但预付了订金，而且颇有君子风度地说：只要你不说谎，按质按时完成，我不会前来催逼的。而这个皮匠也大言炎炎，信誓旦旦：我以前的名气和名誉就不必多说了，那可是金字招牌，你看我的手艺就知道靴子做得有多好，保证你三天之内就有新鞋穿。然而，令人意想不到的是，区区一双靴子，却引发了许多曲折与麻烦，这个鞋匠说的是水里点得灯、灯上跑得马，但做的却又是一套。对他的无故拖延，节外生枝，作者做了穷形尽相的令人哭笑无从的描写：

〔五煞〕人言他有信行，谁知道不老实，许多时划地无消息。量底样九遍家掀皮尺，寻裁刀数遭家取磨石。做尽荒獐势，走的筋舒力尽，瞧的眼运头低。

〔四煞〕几番煨胶锅借檀头，数遍粘主根买桦皮，喷了水埋在糠槽内。今朝取了明朝取，早又催来晚又催。怕越了靴行例,见天阴道胶水解散,恰天晴说皮糙燋蟿。

〔三煞〕走的来不发心,燋的方见次第,计数儿算有三千个誓。迷奚着谎眼先赔笑,执闭着顽心更道易。巴的今日,罗街拽巷,唱叫扬疾。

〔二煞〕好一场恶一场,哭不得笑不得,软厮禁硬厮拼都不济。调脱空对众攀今古,念条款依然说是非。难回避,骷髅卦几番自说,猫狗砌数遍亲题。

〔一煞〕又不是凤麒麟钩绊着缝,又不是鹿衔花窟嵌着刺,又不是倒钩针背衬上加些功绩,又不是三垂云银线分花样,又不是一抹圈金沿宝里。每日闲淘气,子索行监坐守,谁敢东走西移。

总而言之,统而言之,这个皮匠有些不是东西。作者于此虽然不免夸张,因为一双鞋子毕竟只是区区之物,并非什么浩大的工程,但作者之意还是在通过皮匠说谎时种种推脱之辞,以及偷奸耍滑的诸般伎俩,刻画了一个不守信用的说谎人的典型形象。这一形象是元代小市民生意人生活的一种反映,因为元代城市社会生活的特点之一,就是商品经济繁荣和商业意识浓厚,趋利之风劲吹。同时,这一人物也为中国文学多彩多姿的形象画廊,增添了一个新的不可或缺的"另类"。这首散曲如此,在元杂剧中还有一些揭露谴责为富不仁的奸商之作,如无名氏《施仁义刘弘嫁婢》,无名氏《朱砂担滴水浮沤记》,郑廷玉的《看钱奴买冤家债主》，其中的开典当铺的王秀才和损人利己的守财奴贾仁，都是我国古典讽刺喜剧史上的"这一个"，皮匠小王皮与他们相较，真是未免小巫见大巫了。

还是回到故事的中心"朝靴"上来吧，经过大半年的折腾，这双朝靴终于大功告成：

〔尾〕初言定正月终，调发到十月一。新靴子投至能够完备，归兀剌先磨了半截底。

皮匠本来预约正月做成，竟然捉弄顾客到十月之初。新靴子虽然终于完工交货，但那位士子的旧鞋之底也磨去一半了，可见浪费了多少好时光，白跑了多少冤枉路，遭受了多少窝囊气。如此以自嘲收束，妙语真能解颐。后世的读者读曲至此，难道不会哑然失笑而浮想联翩吗？

《孟子·公孙丑》有云："天作孽，犹可违；自作孽，不可活。"在中国，古老的箴言中有所谓"以人为镜"与"以史为镜"之说，无非是让后人从前人与历史中吸取教训，获取箴规。然而，我还想说的是也可以"以诗为镜"。我在文物展览会上见过古代的铜镜，虽然镜面早已斑驳，但仍可依稀照出人影与物像。元人的上述两曲虽然年代已经湮远，但它的鉴照作用并未也永远不会消失，我们今日仍然可以鉴往思今。

财神爷与孔方兄

有贝之"财"虽然是金钱与物资的总称，但汉字中的"财"本来就是造字六法中的"会意"字，由人手持原始的货币组合而成，主要不是指财物而是指金钱。

金钱，本来无知无觉，属于无辜而有功之辈。当代美国作家泰德·克罗福德著有《金钱传》一书，在山泉水清，他认为金钱起源于人类谋生存的一种神圣之心和对群体式团结的向往，"其本来含义是牺牲、贡献和分享"，他为金钱追本溯源，还的是金钱的清白之身。两千多年前诗经的《大雅·民劳》篇早就说过了："民亦劳止，汔可小康。"先民呼吁的，是黎民百姓都能过上"均富"的小康生活。无论是个人的贫穷困苦，或是众生的贫富不均，都是可怕的灾难。金钱，应该如及时之雨，普惠天下苍生，使他们取之有道，储之无虞，用之在德，丰衣足食，利行而安居。只有如此，金钱才是泽世的甘霖、可爱的宝贝、快乐的天使。

金钱是无辜的，"有辜"的是人，特别是那些极具占有之欲与贪婪之心的取之无道的不义之人。"钱之为体，有乾坤之象，内则其方，外则其圆""亲爱如兄，字曰孔方"，旧时铜钱中有方孔，故人昵称为"孔方兄"。西晋鲁褒所作《钱神论》首先为这一名称注册，而宋代诗人黄庭坚在《戏呈孔毅父》一诗中，也有"管城子无食肉相，孔方兄有绝交书"的名句。有个成语叫"世风不古"，其实古之世风也常常并不怎么美妙，鲁褒在《钱神论》中就指出当时"风纪颓败，为官从政莫不以钱为凭"，而钱的秘效奇能则是"无德而尊，无势而热，排金门而入紫闼。钱之所在，危可使安，死可使活；钱之所去，贵可使贱，生可使杀"，而且"忿诤辩讼，非钱不胜；孤弱幽滞，非钱不拔；怨仇嫌恨，非钱不解；令闻谈笑，非钱不发"。鲁褒之后，唐玄宗时的张说写过一篇奇文《钱本草》，他认为钱"味甘、性热、有毒"，要以德义礼仁信智来聚积和使用金钱，否则就会"污贤达，畏清廉""召神灵，通鬼气"。然而，时至元代，金钱更几乎成了整个社会唯一的通行证，芸芸众生唯一的主打歌。

按照草原游戏规则勃兴壮大而且从马上得天下的元蒙统治者，一本草原共产大部落的遗风，国无定制，制无定法，除了历朝历代普遍皆然的内部你残我杀争权夺利之外，他们只知横征暴敛，穷奢极欲，胡吃海喝，"国朝大事，曰蒐伐，曰搜狩，曰宴饮，三者而已"。元人王恽在《秋涧先生大全集》中就曾经这样说过。头脑尚称清醒的名臣耶律楚材，曾提着酒具劝诫皇帝不能整天狂喝滥饮，他的比喻是：石头都叫水滴石穿，何况血肉之躯？元蒙这帮统治者却同时是现实快乐主义者，他们耽于逸乐，追逐眼前的官能享受，就必须以金钱为后盾，于是便一改

财神爷与孔方兄　129

以前汉民族的重农轻商,而着力发展经济,商业经济发达起来,如同藤上牵瓜,餐饮业与娱乐业也同步繁荣。国家与个人追逐的都是财富,金钱就变成了使整个社会昏天黑地的沙尘暴,于是,元曲中与"钱"有关的作品便屡见不鲜:

> 这等人何足人间挂齿牙!他前世里奢华,那一片贪财心浸命煞。则他油锅内见钱也去挝。富了他这一辈人,穷了那数百家!
>
> ——郑廷玉〔仙吕·天下乐〕《看钱奴》

郑廷玉所撰杂剧《看钱奴买冤家债主》,是我国古典喜剧史上的杰作,其主人公贪财奴贾仁,绝对可以和法国大作家巴尔扎克笔下的钱奴"葛朗台"媲美。上引之曲出自该剧的第一折。"富了他这一辈子,穷了那数百家",作者所指斥的,乃是贫富不均社会不公的历史。

马致远的〔仙吕·寄生草〕虽是从另一个角度落笔,但也万变不离其"钱":

> 这壁拦住了贤路,那壁又挡住仕途。如今越聪明越受聪明苦,越痴呆越享了痴呆福,越糊涂越有了糊涂富。则这有钱的陶令不休官,无钱的子张学干禄。

此曲出自《荐福碑》第一折，《荐福碑》是马致远创作的杂剧之名，此乃剧中人物张镐自叹自唱之辞。穷书生张镐寄迹于荐福寺，贫困潦倒，他叹的不仅是贫富不均，而且是是非颠倒，聪明人与贤良者坎坷困顿，官员们与不学无术者却十分富有，这，虽不是元代所独有却是元代普遍可见的一道灰色风景线，一幅社会众生相。

就像传染病的恶性蔓延一样，拜金主义在元代盛行，已经不是小气候而是大气候。除了一去不可复返的青春无法用钱买到之外，如元曲家薛昂夫在〔中吕·山坡羊〕《咏金叹世》中所说的"黄金难买青春再"，世间其他的一切，有什么是金钱所不能买到的呢？对这种世风或者说世相与世道，张可久的〔正宫·醉太平〕，为其定格显影，没有让它与时俱逝：

> 人皆嫌命窘，谁不见钱亲？水晶环入面糊盆，才沾粘便滚。文章糊了盛钱囤，门庭改做迷魂阵，清廉贬入睡馄饨。葫芦提倒稳。

"人皆"与"谁不"出之以肯定判断句，写尽了"钱"在社会中和人心里君临一切的地位。"面糊盆"乃元时市井俗语，意同于今日所谓之"大染缸"，即使是纯美如"水晶环"一样的人，如果不自守自律，一入染缸也会近墨者黑。而"文章糊了盛钱囤"呢？则是指读书人为权贵歌功替富豪颂德，敷粉涂脂，出卖自己的灵魂而换得残羹冷炙。清人有位陈眉公,他的《小窗幽记》写得颇为清雅出尘,但其为人行事却与之相反,清诗人舒位有诗刺之:"妆点山林大架子,附庸风雅小名家。终南捷径无心走,处士虚名尽力夸。獭祭诗书称著作,蝇营钟鼎润烟霞。翩然一只云中鹤,飞去飞来宰相衙。"这,可以说是"文章糊了盛钱囤"的后代注脚。元代是一个纵欲与享乐的社会,"门庭改做迷魂阵"正是形形色色的赚钱的色情场所的写照。"馄饨",此处意为"混沌",即糊涂混浊之意,而"清廉贬入睡馄饨",即清操毁弃,贪欲雷鸣,元代官僚群体之愚昧腐败,即可想而知。两千多年前,希腊哲人苏格拉底面对百货俱备的集市曾说:"这市场上竟然有这么多我不需要的东西。"贪得无厌的官员们的心态则恰恰相反,他们恨不得施行另一种意义上的"万物皆备于我"。张可久是元代后期散曲大家,与乔吉有"曲中李杜"之称,其散曲工对偶,美辞藻,讲究格律,善用典故,风格清丽典雅,但此曲却悉排典语,独铸俚辞,结尾之"葫芦提倒稳"亦是。"葫芦提"是俗语也是双关语,即喝酒与糊涂之意,如此正话反说的愤世嫉俗之语,正是清人郑板桥"难得糊涂"的先声。

贪婪聚敛民脂民膏以供追欢逐乐至死不悟,这是当时的贪婪者与掠夺者的本性。散曲大家乔吉的〔山坡羊〕《冬日写怀》,以三章为其写照,下引的是第二首:

> 朝三暮四，昨非今是。痴儿不解荣枯事。攒家私，宠花枝，黄金壮起荒淫志。千百锭买张招状纸。身，已至此；心，犹未死！

郑振铎在《中国俗文学史》第九章《元代的散曲》中，对此曲评价很高："《冬日写怀》三曲写得最为沉痛，'黄金壮起荒淫志'，这话骂尽了世人。"如何骂尽，有待于高明的艺术。对戏剧创作的结构，乔吉曾提出过"凤头、猪腹、豹尾"的名言，即开头要漂亮，令人一见倾心，中间部分内容要充实丰满，收结要有力，叫人寻索不尽。此曲正是如此。首句对仗，写尽了世事荣枯盛衰之反复无常，引发下文，也遥通结尾；中间部分嘲讽骂世，对贪婪者掠夺者的敛财享乐、卖官鬻爵、事败招供作了穷形尽相的刻画与揭露；结尾则指出他们至死不悟，一条道走到黑，短语长情，十分有力。

在世界文学名著中，有所谓"四大吝啬鬼"形象，那是刻薄的标志、鄙啬的典型、贪婪的象征。英国莎士比亚名著《威尼斯商人》中的夏洛克，是原始财富积累过程中高利贷者的典型；法国的莫里哀，直接以"吝啬鬼"为书名，其主要人物阿尔巴贡，就是以高利贷起家致富的资本家典型；法国女作家乔治·桑的《安吉堡的磨工》中的布芮可南，是由佃农一跃而成暴发户的典型；而法国巴尔扎克四大名著之一的《欧也妮·葛朗台》呢，刻画的则是闻名遐迩的投机商与守财奴的典型了。元散曲中所塑造的此类人物形象，与上述西方名著中的同中有异，而最为成功和突出的，杂剧数郑廷玉所塑造的贾仁，散曲则要推钱霖在〔般涉调·哨遍〕中所刻画的"看钱奴"了。

字子长的钱霖，是松江（今上海市松江区）人，不屑功名，家道寒素。现存作品仅〔双调·清江引〕四首，套曲〔般涉调·哨遍〕一套，但他却以此在散曲史上书写了属于自己的篇页，尤其是他的仅此一套的套曲，今日的任何元曲选本都不能也不应将它遗忘。钱霖所塑造的这一"看钱奴"，其原型本是其一既鄙且吝、富而且骄的晚辈，但成功的文学形象的意义已不限于原型，钱霖所塑造的这一形象，已是对世间一切狠毒悭吝的剥削者贪鄙者的典型概括。而且这一人物形象的诞生，既启示了清人吴敬梓在《儒林外史》中对严监生的创造，也远在西方文学中的贪鄙者形象呱呱坠地之前，这，大约是连钱霖自己也始料未及的吧。

钱霖这一套数，由十二支曲子组成，为节省篇幅，只能作窥一斑而知全豹式的摘录：

> 试把贤愚穷究，看钱奴自古呼铜臭。徇己苦贪求，待不教泉货周流。忍包羞，油铛插手，血海舒拳，肯落他人后？晓夜寻思机彀，缘情钩距，巧取旁搜。蝇头场上苦驱驰，马足尘中厮追逐，积攒下无厌就。舍死忘生，出乖弄丑。

〔十煞〕渐消磨双脸春，已雕飕两鬓秋。终朝不乐眉长皱，恨不得柜头钱五分息招人借，架上棺一周年不放赎。狠毒性如狼狗，把平人骨肉，做自己膏油。

〔二煞〕恼天公降下灾，犯官刑系在囚。他用钱时难参透，待买他上木驴钉子轻轻钉，吊脊筋钩儿浅浅钩。便用杀难宽宥，魂飞荡荡，魄散悠悠。

〔尾〕出落他平生聚敛的情，都写做临刑犯罪由。将他死骨头告示向通衢里甃，任他日炙风吹慢慢朽！

"试把贤愚穷究，看钱奴自古呼铜臭"，套曲的开篇即是全文的主脑、一篇的纲领，全曲就是围绕看钱奴的卑劣灵魂、丑恶行径、可耻下场之"臭"而展开。看钱奴为了钱财，不怕"油铛插手，血海舒拳"，不惜"蝇头场上苦驱驰，马足尘中厮追逐"，不畏"舍死忘生，出乖露丑"，套曲从"十煞"至"五煞"，作者以五个段落，从多方面揭露看钱奴的丑恶行径和他们虚伪狡诈狠毒悭吝的性格本质。"狠毒性如狼狗，把平人骨肉，做自己膏油"，这不仅是对古代看钱奴的鞭笞，今日那些哄蒙诈骗花样翻新的恶贾奸商，何尝不可以或由他人验明正身，或由自己对号入座？从"六煞"以下至"尾声"五段里，作者描绘的是聚钱奴横贪暴敛的后果与下场。终朝只恨聚无多，及到多时眼闭了。结果是"出落他平生聚敛的情，都写做临刑犯罪由。将他死骨头告示向通衢里甃，任他日炙风吹慢慢朽"！

财神爷与孔方兄

中国的古人有云：君子爱财，取之有道。印度现代作家阿基兰，在他的《画中女》一书中也有如下的引语："凭自己的本事和正当手段挣来的钱财，可以使我们赢得道义和幸福。"如果反其道而行之，中国古代的鲁褒早在《钱神论》一文中就曾指出种种后患与恶果，而古希腊三大悲剧诗人之一的索福克勒斯，也早在其《安提戈涅》一剧中说过："人世间再没有像金钱这样坏的东西到处败坏人的道德了。"一个国家一个民族，不仅需要财神爷与孔方兄，更需要形而上的精神追求和道德律令的自觉约束。

柴米油盐酱醋茶

前人美蜀中山水,曾有"剑阁天下雄,夔门天下险,峨眉天下秀,青城天下幽"之俗谚口碑,同一地域的名山胜景,尚有"雄、险、秀、幽"之别,何况是不同时代不同体裁的文学作品?诗词曲,虽然同是出于"诗"这个盛大的华丽家族,但它们却分属于不同的门庭,自成各异的谱系,如果一言以蔽之,那就是:诗庄、词媚、曲俗。

曲俗,俗而又俗的"柴米油盐酱醋茶"对此可以出示不二之选的证明。

柴米油盐酱醋茶,乃芸芸众生每天生活的必需品,上至达官贵人,下及平民百姓,有谁可以一日无此君?如同人的名字分别隶属于百家之姓,柴米油盐酱醋茶当然也各有起源,各具身世。"盐",就不必多说了,《汉书·食货志》中早就写道:"夫盐,食肴之将。""将"者,将帅也,烹调食物,维系生命,盐是绝不可缺席的。"酱"呢?《礼记·曲礼》篇说"脍炙处外,醯酱处内",可见早在周朝即已发明了这种烹调的作料。"酱"与"醋"常常联系在一起,关系颇为亲密,仿照"难兄难弟"一语,它们可称"酱兄醋弟"吧?醋虽晚于山西运城人杜康发明的酒，但迟在春秋时代也已经闪亮登场了，多年来民间就有"杜康造酒儿造醋"之说，好像杜康和他的儿子黑塔拥有酒与醋的发明专利。据云黑塔率族移居江苏镇江一带，以大缸浸泡酒糟，过二十一天至酉时开缸，酸甜兼备，于是将"二十一日"加"酉"命名为醋。又说，醋最初亦称为"醯"或"酢"，直至唐代始名为"醋"。真相究竟如何，那就只有请考古学家、文字学家去深入探讨了。元曲中，周文质〔不知宫调·时新乐〕小令有云："萝卜两把，盐酱蘸稍瓜，盐酱蘸稍瓜。"郑光祖《王粲登楼》第一折，店小二上场诗也说："酒店门前三尺布，人来人往图主顾。好酒做了一百缸，倒有九十九缸似滴醋。"我现在关心的是，"柴米油盐酱醋茶"一语在元曲中是如何联袂出场的，它们的来龙去脉又是怎样的呢？

如同追溯一条河流的源头，我们溯流而上，发现宋代吴自牧的笔记《梦粱录》卷十六记载说："杭州城内外，户口浩繁，州府广阔，遇坊巷桥门隐僻去处，俱有铺席买卖。盖人家每日不可缺者，柴米油盐酱醋茶。"如果再往上游追溯，我限于目力，则是一片茫茫都不见，再没有发现这七件物事联系在一起的蛛丝马迹或者水影波光。然而，"柴米油盐酱醋茶"在宋代虽已是流行语言，但它记载于吴自牧的著作中毕竟是俗语而非诗语，要摇身一变脱胎换骨成为诗的语言，那就要等元曲家来点铁成金了。

翻开全元杂剧，有无名氏所作的《遇风流王焕百花亭》（简

称《百花亭》)。此剧第一折幕布乍启,上厅行首贺怜怜之母贺妈妈的上场诗,即叩响叩亮了我们期待已久的耳鼓:

> 教尔当家不当家,及至当家乱如麻。
> 早晨起来七件事,柴米油盐酱醋茶。

这四句诗,又分别见于元杂剧李寿卿的《度柳翠》,全名《月明和尚度柳翠》,贾仲名的《玉壶春》,全名《李素兰风月玉壶春》,字句大同小异,可见这四句诗在元代已颇为时髦,并非是哪一位剧作家的专利,版权所有,不得翻印,而是社会公共的语言资源。元曲分为杂剧与散曲两个部分,前者是戏曲,后者为诗歌,包括小令、带过曲和散套在内的散曲固然是诗的正宗,杂剧中的曲词至少也属于诗的旁系。上面所引的四句就正是诗的近亲,可称为通俗而可喜的打油诗,较之唐人张打油那首"江山一笼统,井上黑窟窿。黄狗身上白,白狗身上肿"并无多让,而且流传与影响均较张打油之作深广。

然而,将"柴米油盐酱醋茶"这地道的市井俗语,化而为雅致的文人诗语,却还是要首推元人周德清的〔双调·折桂令〕《自嗟》:

> 倚蓬窗无语嗟呀:七件儿全无,做什么人家?柴似灵芝,油如甘露,米若丹砂。酱瓮儿恰才梦撒,盐瓶儿又告

消乏。茶也无多,醋也无多,七件事尚且艰难,怎生教我折柳攀花?

这是以"柴米油盐酱醋茶"这种所谓俗物为题材的最优秀的作品。如同一面千古不磨的明镜,不仅是作者本人穷苦生活的写照,是元代下层群众生活的写照,也是千百年来普天下穷困的苍生百姓生活的写照。近人吴梅《顾曲麈谈·谈曲》说:"挺斋家况奇窘,时有断炊之虞。戏咏开门七件事〔折桂令〕云云,其贫可想见也。余尝谓天下最苦之事,莫若一穷字。饥寒交迫,犹能歌声出金石者,即原思在今日,恐亦未必能如斯。"读此曲而想见其人,我同情数百年前那位落魄才人的穷窘,我也赞美号"挺斋"的他虽穷愁潦倒却能挺住并写出如斯绝妙好诗。

人生,犹如一柄双刃之剑,固然应该多的是生之欢乐,好像桃之夭夭,但往往也少不了忧思愁绪,有似淫雨霏霏。天地之大,众生芸芸,上至庙堂之高,下至江湖之远,有谁,没有浅尝过或深味过忧愁甚至悲怨这盅苦酒的呢?孟子首先就提出过"生于忧患,死于安乐"之说,司马迁也借他人之酒杯,浇自己的块垒:"《诗》三百篇,大抵圣贤发愤之所为作也,故述往事,思来者。"韩愈在《荆潭唱和诗序》中也曾说过:"夫和平之音淡薄,而愁思之声要妙;欢愉之辞难工,而穷苦之言易好也。是故文章之作,恒发于羁旅草野。"时至北宋,文坛祭酒欧阳修也曾引说过"大凡物不得其平则鸣"的韩愈为同调,他为梅圣俞的诗集作序就说:"予闻世谓诗人少达而多穷,夫岂然哉?盖世所传诗者,多出于古穷人之辞也。凡士之蕴其所有而不得施与世者,多喜自放山巅水涯之外,见虫鱼草木、风云鸟兽之类,往往探其险怪,内有忧思感愤之郁积,其兴于怨刺,以道羁臣寡妇之所叹,而写人情之难言。"他进一步断定:"盖愈穷则愈工,然则非诗能穷人,殆穷者而后工也。"的确,因为悲苦来自苦难的社会与人生,是人生普遍具有的生命情结,所以中国文学就形成了一个"以悲为美"的悲怨文学母题,其中又以抒写穷愁潦倒的悲怨具有普遍的美学意义,有如一阕常奏常新的悲怆奏鸣曲。

在贫富悬殊而且尖锐对立的社会,贫寒之士占人口的大多数甚至绝大多数,他们当然不平则鸣。早在汉代的乐府古辞《古艳歌》中,就已经有"居穷衣单薄,肠中常苦饥"的叹息了,而晋代江逌的《咏贫诗》也曾写道:"荜门不启扉,环堵蒙蒿榛。空瓢覆壁下,箪上自生尘。出门谁家子,惫哉一何贫!"我们的杜甫老夫子,"床头屋漏无干处,雨脚如麻未断绝",他在成都所作的《茅屋为秋风所破歌》,就已经让也曾居于破败茅屋中的我感同身受了,而他晚年流落到我的家乡长沙,诗中更是多次出现"穷愁"一词,而且以《庄子》中的"涸辙之鱼"和《史记·孔子世家》形容孔子的"累累如丧家之狗"自喻:"真成穷辙鲋,或似丧家狗。秋枯洞庭石,风飒长沙柳。"(《奉赠李八丈曛判官》)这种所遇不公的贫寒之歌,一直唱到清代,林古度的

《金陵冬夜》说:"老来贫困实堪嗟,寒气偏归我一家。无被夜眠牵破絮,浑如孤鹤入芦花。"短命的才子黄仲则更是在《都门秋思》中扼腕而长叹息:"五剧车声隐若雷,北邙惟见冢千堆。夕阳劝客登楼去,山色将秋绕郭来。寒甚更无修竹倚,愁多思买白云栽。全家都在风声里,九月衣裳未剪裁!"一般的寒士尚且如此,普天下远未脱贫的劳苦众生就可想而知了。

在中国古代众多的贫苦之歌里,周德清上述的〔双调·折桂令〕不是别调独弹而是同调独奏的一曲。有如一场同样主题的演奏会,他不但使用的乐器迥然不同,而且乐曲也判然有异。"柴米油盐酱醋茶",是芸芸众生的生活必需物资,对于居则高堂华屋出则肥马轻车的富豪,他们虽也不可或缺但却何足道哉,但对于穷人与寒士,必需品则往往成为不可多得或难以为继的奢侈品。当代美国人本主义心理学家马斯洛,将人的行为动机归纳为五个基本的需求层次,也是人的个体生命可能的五种精神境界,即由低至高的生存需求层次、安全需求层次、归属与爱的需求层次、尊重需求层次与自我实现需求层次,这是人的心理结构的五个层级。早生于马斯洛八九百年的周德清,当然无从听到马斯洛的高论,然而,他此曲提出的,正是人的生存需求这一基本的严肃的问题。"柴似灵芝,油如甘露,米若丹砂",灵芝为药材中的仙物,甘露乃天降之神物,丹砂系名贵之矿物,此处有仙人炼就的丹药之意,作者连用三喻比况"柴""油""米"三样物资,它们本来极为平凡普通,现在却十分珍稀贵重。这种"两极分化"突出的是易得之物变为难得，普通之物变为不普通。而排名于后的"酱""醋""茶"呢？不是空空如也，更是"不多不多，多乎哉不多也"。光景如斯，也可以说是穷斯滥矣了。"七件事尚且艰难，怎生教我折柳攀花"，全曲的尾句是自嘲也是反讽，生存的层次这一根本问题尚且没有解决，遑论其他？有的版本"折柳攀花"作"折桂攀花"，那就与科举功名有关了，远不如前者之见情见性，见出周德清作为一介文人，虽然穷愁潦倒但仍不失名士风流，何况我前面已经说过，那也可以视为一种泪光隐约的自嘲，芒角四射的反讽。

真正的作家，即使抒写的是个人内在的小宇宙，也会通向社会外在的大宇宙，何况元曲家大都身处社会下层，是历代文人中最接近百姓与民众者。他们的作品，表现了人生的基本愿望，人本的普遍要求，其文化精神的旗帜上，大书的是大众化、平民化、通俗化的字样。散曲家、戏曲理论家、音韵学家周德清就是如此，如同他的《中原音韵》一书流传到今天，他的〔双调·折桂令〕《无题》不但引起当世读者心弦的共鸣，也引起后代读者心弦的共振，好像永不消逝的悲愁的琴声。在他之后，还有不少作品在回应他的"柴米油盐酱醋茶"的主旋律，那该可以说是余音缭绕，历数百年而不绝吧。

明代字伯虎的唐寅，有《除夕口占》一诗：

柴米油盐酱醋茶，般般都在别人家。

岁暮清闲无一事，竹堂寺里看梅花。

这位出生于今日江苏省苏州市的诗人与画家，虽然曾举乡试第一，但入京会试中却受到科场舞弊案的牵连，未能学而优则仕，一生只得以卖画鬻文度日。他曾自号"六如居士""桃花庵主""逃禅仙吏""江南第一风流才子"，头衔颇多，相当自恋。他当年作为宁王朱宸濠的座上客，见宁王有异志，便佯狂使酒，得还吴中，"筑室桃花坞，日与客醉饮其中"。那时的房价虽不像现在这样昂贵而且保持与时俱进的飙升态势，但也该所费不菲吧。唐寅上述之作虽有牢骚，但他仍有赏花的闲情逸致，可见家里还不至于冷灶无烟，揭不开锅。余姚有名为王德章者，大约真正处于"水深火热"之中，又受到唐寅的影响，也作有如下一诗："柴米油盐酱醋茶，七般多在别人家，寄语老妻休聒噪，后园踏雪看梅花。"这，真是可谓何以解忧，唯有梅花了。

无独有偶，据说明代有一位民间妇女，因为丈夫纳妾，她写了一首诗给丈夫表示"祝贺"："恭喜郎君又有她，侬今洗手不理家。开门诸事都交付，柴米油盐酱与茶。"在大红灯笼又要高高挂之际，她主动让贤自动下岗，实际上是可以理解甚至应寄予同情的醋意大发。此诗的七件事物中唯独少了一个"醋"字，欲盖弥彰，可见虽非铁证如山也是"醋"证如山。据说"吃醋"的由来，是唐太宗李世民赐功臣房玄龄几名美女为妾，这本是皇家御赐的幸福与性福，但房夫人竟敢抗命不纳，李世民便命人送一壶酒给她，如不同意，即饮酒自尽，房夫人一饮而尽，却原来不是毒酒而是浓醋。明代那位民间女子之诗省略了"醋"字，那就不仅可见多怨的妒意，而且也见多窍的慧心。

时至清代康熙之时，号"莲坡"的举人查为仁著有《莲坡诗话》，其中记载了湖南湘潭人张灿的一首七绝：

> 书画琴棋诗酒花，当年件件不离他。
> 而今七事都更变，柴米油盐酱醋茶！

"书画琴棋诗酒花"本为大雅之事，当年乐在其中，何其风流潇洒，而今好景不再，一切都宣告"颠覆"，变为"柴米油盐酱醋茶"的大俗之物了。张灿亦是康熙举人，令无锡，后内任大理寺少卿，这首诗大约不是他自己的生活的写照吧。真实情况究竟如何，我们无从询问也不必深求了，但诗中"雅"与"俗"的对照与转换，却写出了现实生活中芸芸众生原始的生存状态，而以"柴米油盐酱醋茶"来对应"书画琴棋诗酒花"，则可见作者的巧思与创新，因诗人多次运用已经钝化的这一俗语兼诗语，在此诗中得以焕发出新的光彩，如同山穷水尽，忽然柳暗花明。

清代末年，字伯元别署南亭亭长的李宝嘉，是晚清小报的创始人之一，也是官场谴责小说的始作俑者，《官场现形记》即其名作。在他所著《南亭四话》中，记有一首《集谚语诗》，乃集有关民间俗语而成的律诗：

经营七字好当家,柴米油盐酱醋茶。
不信富从疲里得,要知财自暗中加。
在山靠山水靠水,种豆得豆瓜得瓜。
开出纸窗说亮话,青山蓦被黑云遮。

在中国语言文化变革的历史上,"柴米油盐酱醋茶"一语,如果从宋代算起,其履历是颇为资深了,如果从元曲中成为诗语标起,其影响也是颇为源远流长了,一直流到晚清李伯元的著作里,与其他的俗语口碑合资经营而形成了一番新的景况,引发读者的是有关生存与生活的许多新的联想。

与狼共舞

元代，相对于之前的唐宋和其后的明清，它是一个本来祈望万寿无疆但却短命天亡的王朝。在前不见来龙后不见去脉的时间之流中，它是一闪而逝的电光，甫燃即灭的石火。

蒙古族是一个马背上的民族。蒙古人以狂风般的马蹄与暴雨般的箭矢，横扫欧亚，建立了一个地跨欧亚非举世无双的大帝国，北逾阴山，西极流沙，东尽辽左，南越海表，从长江下游到伏尔加河、德涅伯河上游以及西亚两河流域，蒙古语或突厥语，成了这片广袤的土地上最权威的官方语言。然而，曾几何时，从北方草原上其兴也勃的强大民族，却高开低走，随元代最后一个皇帝元顺帝一起败亡漠北。据说元顺帝写了一首蒙古语诗歌自哀自悼，其中有句是："清晨登高眺望，烟霞缥缈。我哭也枉然，好比遗落营盘的红牛犊。"比起他的先人成吉思汗在蒙古高原建立大蒙帝国的赫赫威风，他吟唱的是一曲夕阳西下而断肠人在天涯的挽歌。

元代的历史，如从被追尊为"太祖皇帝"的成吉思汗1206年建立大蒙古国开始，至元顺帝1368年在明军北伐中逃离大都（今北京市）为止，历时163年；如果从1271年忽必烈即位改"蒙古"国号为"大元"而定都大都算起,迄于元末,则只有短短的97年,史家认定这个"元时期",才是中国历史的一个组成部分。元朝的寿命短促迅速败亡,是多方面合力的结果,但最主要的原因,却是本身政治的腐败,尤其是政治中吏治的腐败。

一

中国,从秦朝始,是世界上第一个建立封建制中央君主集权的国家,也是第一个建立起中央集权统一官制的国家。所谓"乾纲独断"的封建君主制政体,需要封建官制与之相适应,于是将职官制度分为中央官制与地方官制,中央设三公九卿,组成一人之下万人之上的最高行政中枢机构,全国则分为三十六郡,郡下设县,郡县长官由朝廷任命。这一职官制度历代虽有沿革变化,如表示官员级别高低又有"品""阶""勋""爵"之类,但有如一阕"官僚奏鸣曲",秦代不仅已定下基调,而且乐曲已大体谱成,以后只是某些细部和某些音符的增删修改。

元代实施的是历史上最为复杂的置官制度。元代废门下、尚书二省,以中书省、枢密院、御史台分掌政、军、监察三权。中书省管辖首都所在地的河北以及山东与山西,称为"腹里"——大约是因为上述地区为腹心之地吧。又以"行中书省"为中央派至地方的最高行政机关,将全国分为十一个行省,体制类似中央，分设丞相、平章、左右丞、参知政事、郎中、员外郎、都事等官。行中书省分辖一百八十五路，又下设三十三府，三百五十九州，一千一百二十七县。中央各部、院，地方各路、府州县又均设"达鲁花赤"（蒙古语音译，意为盖印者、制裁者），此乃各级机构的监临官、统辖官，只能由蒙古人和色目人担任。真是叠床架屋的七宝楼台，压在最底层作为基座的，则是无权无势啼饥号寒的平民百姓。

元代的官制不仅十分复杂，有如迷魂阵，而且也极为腐败，好似烂泥塘。从外部而言，元代自始至终没有较健全的法制与较像样的律令，而且蒙古人与色目人享有许多特权与法外之权，他们是元代的"高等公民"，各部门的正职即"一把手"均由他们担任，汉人与南人顶多只能叨陪副职。此外，由于长期废除科举，众多读书人没有进身之阶，读书的人做不了官，做官的人不读书，虽不能说读书人做官就不贪，如今一些贪官污吏也有所谓的硕士或博士头衔，但元代的众多官员却像原来穷得没商量的暴发户，头上没有神明，心中没有律令，一朝为官作宦，就一门心思巧取豪夺，蝇营狗苟，即使是烂泥塘，人人也都要在其中捕捞攫取更多的臭鱼烂虾。

中国传统社会的权力架构，就是以中央王权（皇权）为顶端，各级官僚为基础，一个金字塔式的分级统治的官僚体系，其核心与要义就是垄断权力资源，分享权力份额，以实施其对芸芸众生精神与物质的双重统治，从而获得精神与物质双重的优越的享受。元人早已一针见血地指出过了，如严忠济的〔越调·天净沙〕：

宁可少活十年，休得一日无权。大丈夫时乖运蹇。有朝一日随人愿，赛田文养客三千。

山东人严忠济，在其父严实死后袭东平路行军万户，军民总管，从忽必烈伐宋，多有战功，虽不说威风八面至少也可说威风四面。中统二年（1261年），世祖忌其权威太甚而召回京师罢职，以其弟严忠范取而代之，此无异由波峰跌入波谷，自天堂坠落人间，又如一支本来飙升的股票跌到停板。这种远非切肤而是入骨之痛，使他慨叹权力之重要，甚至权力之大于生命："宁可少活十年，休得一日无权。"严忠济今存散曲仅寥寥二首，其上的〔越调·天净沙〕真是现身说法而言简意赅，直揭封建官场的本质与官人的真谛。

二

在汉文字中，"威"有多义：如表令人震惊的威力，《国策·齐策》就说"吾三战而三胜，声威天下"；如示慑服他人的力量，《晋书·刘琨传》就曰"仰任威力，庶雪国家之耻"；如状庄重威严的气度仪表，《论语·学而》就言"君子不重则不威"。而作为滥作威福的权势,等级森严的礼仪制度早已烦琐地规定,《中庸》所言之"礼仪三百,威仪三千",其中所谓的"威仪",就是行事进退的仪式。如原本是摸爬滚打于底层的流氓无赖刘邦,一朝龙飞在天,他的臣下们就忙着为他这位九五之尊制定种种有关的礼仪,而他衣锦还乡时所作的《大风歌》,有道是"大风起兮云飞扬,威加海内兮归故乡,安得猛士兮守四方",这大约是他从事文学创作活动的唯一成果,按今日流行的用语,其中的"关键词"就是居于全诗之中心的"威"字。

由于元代原本就是"和尚打伞,无法无天"的朝代,加之又将全国之人分为蒙古、色目、汉人、南人四等,民族歧视与压迫空前深重,而废除科举的后果之一,就是许多官员的道德水准与文化素质极为低下,轻视道德之类的"软权力",笃信以本生利的"硬权力"。于是,就像无名氏〔中吕·朝天子〕所说"不读书有权,不识字有钱",而极善讽刺艺术的张鸣善的〔双调·水仙子〕《讥时》,对元代官场的百丑图更是穷形尽相:

铺眉苫眼早三公,裸袖揎拳享万钟。胡言乱语成时用。大纲来都是哄!说英雄谁是英雄?五眼鸡岐山鸣凤,两头蛇南阳卧龙,三脚猫渭水飞熊。

一朝得道,鸡犬升天。升天的鸡犬自以为是云龙雾豹,他们不管日后的下场如何,不仅要眼前作福而且要当下作威,如张养

154　元曲山河

浩与曾瑞分别描绘的那样：

> 才上马齐声儿喝道，只这的便是送了人的根苗。直引到深坑里恰心焦。祸来也何处躲？天怒也怎生饶？把旧来时威风不见了！
>
> ——〔中吕·朱履曲〕《警世》

> 官况甜，公途险。虎豹重关整威严，仇多恩少人皆怨。业贯盈，横祸添，无处闪。
>
> ——〔南吕·四块玉〕《酷吏》

曾瑞将贪官污吏们比作"虎豹"，他们把持着"重关"即各级政权与官衙，"整威严"而欺压芸芸百姓，而在种种名目与方式的"整威严"之中，张养浩只单独举出"才上马齐声儿喝道"，并说它的后果是"只这的便是那送了人的根苗"，并没有面面俱到地去揭示其他，真是攻其一点不及其余而发人深省。所谓"喝道"，就是古代官员上班或出巡时，以高举"肃静""回避"牌子之吏役为前导，呼喝作势，令行人躲避。所谓"排衙"，乃指旧时官员升堂，于官署排列仪仗，属吏依次参拜，百姓惶恐晋见。

在中国的封建时代，也有少数官员不满于官场的这种威风而另行其是者，但他们属于官僚中的另类与异类。北宋司马光贵

与狼共舞

为尚书左仆射,但他出门不用车盖,随从很少,所谓"轻车简从",有人劝他:这样别人就不认识你这位高官显爵了。他却说就是希望他人不认识,可以更多地了解真实的民情;明代尚书倪文毅外出归来总是将车停在街口而步行回家,他不愿招摇,不想惊扰左邻右舍;清代的郑板桥在山东范县、潍县做县官时的"微服私行",更是传为美谈,他自己有一首题为《喝道》的诗可以佐证:"喝道排衙懒不禁,芒鞋问俗入林深。一杯白水荒涂进,惭愧村愚百姓心。"可惜的是,上述种种在封建官场只是凤毛麟角,在元代官场更是难得一见的风景。

三

英国的阿克顿勋爵有一句名言,《通往奴役之路》(中国社会科学出版社)一书中的有关译文如下:"所有权力都易腐化,绝对的权力则绝对地会腐化。"证之古今中外,没有民主程序、法制约束与舆论监督的官场,概莫能外。元代则更是这样。

元代官场的极度腐败,除了所有朝代官场腐败的一般性根源之外,还有其特殊的根由,这就是:元代是一个享乐主义盛行的朝代。蒙古人以马上杀伐为经济基础,以占有享乐为上层建筑,以醉生梦死为精神状态,上至皇帝,下至各级官僚,流行的是草原共产大部落的遗风,没有道德的约束与文化的规范,追逐的就是白花花的金钱与赤裸裸的官能享受。如元人王恽《秋洇先生大全集》就曾经记载说：对蒙古皇帝而言，"国朝大事，曰蒐伐，曰搜狩，曰宴饮，三者而已"，而元人吴澄在《送史敏中侍亲还家序》一文中，也曾经指出："居官者习于贪，无异盗贼，已不以为耻，人亦不以为怪。其间颇能自守者，千百不二焉。"曲家乔吉有〔中吕·山坡羊〕《冬日写怀三首》，其中之一是："朝三暮四，昨非今是。痴儿不解荣枯事。攒家私，宠花枝，黄金壮起荒淫志。千百锭买张招状纸。身，已至此；心，犹未死。"嬉笑怒骂，皆成文章，难怪今人郑振铎要在《中国俗文学史》中说此曲"骂尽了世人"了。

张养浩在元代的官场绝对是一个异数。他虽居高位，但洞彻官场的险恶，深知高处不胜寒，而且他为人正直清廉，不愿在污浊的泥潭中同流合污，于是在官场浮沉三十年后终于辞官归隐，全身而退。回首官场，他写有九首〔中吕·朱履曲〕，算是他的生平小传和思想总结，其中之一是：

那的是为官荣贵？止不过多吃些筵席，更不啊安插些旧相知，家庭中添些盖作，囊箧里攒些东西。教好人每看做甚的？

怎样是官吏们的荣华富贵？过来人张养浩首先把这一反问掷到了读者面前，然后他以反讽的手法，从四个方面揭示官场的黑暗腐败：彼君子兮，不素餐兮；一人得道，鸡犬升天；求

与狼共舞

田问舍华屋高堂;生前只恨聚无多。历数贪官污吏的种种德行,张养浩最后一语俨然是道德法庭的宣判:"教好人每看做怎的?"——照正直的人看来,这些污吏贪官人格卑下,真是一钱不值!

虽不值一钱,然而钱能通神,钱亦能使鬼。中国东晋的鲁褒在《钱神论》中对钱的魔力的绝妙描写,绝不亚于英国莎士比亚在《雅典的泰门》中对钱的神通的精彩表现,而英诗人拜伦在其名著《唐璜》中,也有过"现钱是天方夜谭中的阿拉丁神灯"之语。元代号"丑斋"的钟嗣成,不仅是散曲名家,而且是文学史料专家,他著有《录鬼簿》上下卷,许多元代曲家的生平及著述就赖以传后。他在〔南吕·一枝花〕《自序丑斋》中,就有"近来论世态,世态有高低,有钱的高贵,无钱的低微"的愤激之辞。元代后期的散曲大家张可久,与乔吉齐名,合称"曲中李杜",作品今存八百六十余首,为元代散曲作家之冠。他读书万卷,作品风格清丽典雅,但也有俗语俚辞横眉冷对之作,如〔正宫·醉太平〕《感怀》:

人皆嫌命窘,谁不见钱亲?水晶环入面糊盆,才沾粘便滚。文章糊了盛钱囤,门庭改做迷魂阵,清廉贬入睡馄饨。葫芦提倒稳。

钱乃通神物,也是害人精,全曲妙于比喻,全用口语,他首先指出贪财特别是官员的贪渎乃世风败坏之源，然后从四个方面写整个社会与官场犹如一个大染缸，人欲横流，如蝇逐血，正人君子如果不想同流合污，就只能"葫芦提倒稳"——独善其身，才能心灵安稳。在张可久的全部作品中，像上述散曲这样痛愤之深，嘲骂之烈，可谓得未曾有。郑振铎在《中国俗文学史》中，也赞叹它是以俗语入曲的"漂亮之作"，然而，我以为揭露鞭笞元代官场的贪婪腐败的，还是莫过于无名氏的〔正宫·醉太平〕《讥贪小利者》：

夺泥燕口，削铁针头，刮金佛面细搜求，无中觅有。鹌鹑嗉里寻豌豆，鹭鸶腿上劈精肉，蚊子腹内刳脂油，亏老先生下手！

元代最高统治者为了自己的挥霍享受，先后任用敛财能手阿合马、卢世荣、桑哥等管理全国财政，极力搜刮民脂民膏，而大大小小的"老先生"——贪官污吏也上行下效，无孔不入地盘剥搜刮。无名氏此作表面讥"小"，实则讽"大"，明人李开先在《词谑》中，就已经看出它锋芒所向直指"贪狠"，实际上它笔锋如刀锋，指向的是整个元代的污渎贪钱的官僚统治集团。历代有所谓讽刺诗与悯农诗，如《诗经》中的《硕鼠》《伐檀》；如白居易《杜陵叟》中的"剥我身上帛，夺我口中粟。虐人害物即豺狼，何必钩爪锯牙食人肉"；如范成大《秋日田园杂兴》的

与狼共舞　159

"垂成稿事苦艰难，忌雨嫌风更怯寒。笺诉天公休掠剩，半偿私债半输官"。但此曲之妙用比喻和夸张，颇具生活气息的动词针针见血，其嬉笑怒骂的讽刺力度与精神杀伤力，较之前人有过之而无不及。我想，这种寸铁杀人的犀利作品居然可以产生并问世，也许是因为作者是民间的无名之氏，而元代虽极为腐败，但统治者却粗鄙不文文网松弛吧。

四

元代官场的腐败，已经恶化成了一种集体性、制度性的无药可救的腐败。在统治者有时也不得不"反贪"的情势之下，如大德七年（1303年）"普查"一次的结果，就查出贪官18741人，赃银48865锭，待"平反"的冤狱5176件，但这仅仅是元代官场腐败糜烂的冰山一角而已。时已至此，势已至此，大元帝国，就像一个身患绝症而且濒危的病人，比起当年地跨三大洲而三千万平方公里的大地上元蒙旗帜迎风飞舞的好时光，它的寿命已经是进入倒计时了。

历史上的任何朝代，当它世风日下危机四伏之时，大都也是揭露与讽刺的民谣如野草般丛生之日。在元朝即将崩盘之前，民间同样不平则鸣，只不过传统的诗歌样式变换成了散曲。其中最辛辣的草根派的作品，应该是无名氏的〔正宫·醉太平〕：

> 堂堂大元，奸佞专权。开河变钞祸根源，惹红巾万千。官法滥，刑法重、黎民怨。人吃人、钞买钞，何曾见？贼做官，官做贼，混愚贤。哀哉可怜！

包括皇子皇孙入主的伊利汗国、钦察汗国、察合台汗国和窝阔台汗国在内的大元帝国，其版图疆域可谓盛况空前，但因为体制腐败、民族压迫深重以及昏君佞臣层出不穷等，元帝国注定了是一个泥足的巨人，不可能长治久安而只会迅速地土崩瓦解。至正十一年（1351年）征集民夫二十余万开黄河故道修治堤防，民夫工粮被层层克扣，加之更定钞法，货币再次贬值，百姓更加民不聊生，于是白莲教首领韩山童、刘福通等揭竿而起，如同元末士人叶子奇在其《草木子》中所记的一首诗描写的那样："丞相做假钞，舍人做强盗，贾鲁要开河，搞得天下闹。"红巾起义的烽火，终于让一个曾经威加海内外的王朝宣告即将化为灰烬。

宦海也有清流，乌烟中也并非全是瘴气。古代的学而优则仕者，其中有的人本性淳良刚直，又受到儒家教义精华的陶冶，讲求人格与操守，他们就是元代杂剧中所大力表扬歌颂的清官。但元代清官戏的繁荣盛行，正说明当时现实中的清官之珍稀寥落。无古不成今，观今宜鉴古。清代的清官内江总督陶澍有自撰联语一副："要半文不值半文，莫道无人知者；办一事须了一事，如此心乃安然。"对于那些威福自享的官吏，他也曾指出"其于百姓则鱼肉也，百姓视之亦如虎狼也"。狼，头锐嘴尖，性情猛恶，能食人，极其贪婪而残暴。崛起于漠北呼伦贝尔高原以成吉思汗为首的蒙古族，遵奉狼为"祖先之神"，《元朝秘史》就曾说："授天命而生苍狼。"当代法国作家欧梅希克以成吉思汗为主人公的名著，即名为《蒙古苍狼》。无告无助的元代平民百姓，与残酷的元代帝王贪官同处一个时代，真是不幸而"与狼共舞"！

生存还是毁灭

"士",原义之一是从事耕作的男子,东汉的许慎在《说文解字》中释意为"事"。几经演变,至春秋末年以后,"士"逐渐成为读书人即今日所谓知识分子的通称。隋代开科取士,这种经过考试按成绩取士授官的科举制度,至唐历宋日臻完善,延续到光绪三十一年(1905年)废除之前,实行了一千三百年。科举,一直是读书人平步青云由布衣而至公卿的阶梯,是沉沉鲤鱼从鱼化龙所必须一跃的龙门,是莘莘学子达则兼善天下的必由之路。

在封建时代,士人不论人生价值取向的高卑,其实现几乎都只能通过科举这一条羊肠小道,或者说那一座如临深渊的独木桥。因此,无名氏所作的挂名为《四喜》之诗,在这条道上这座桥上广为流传,就绝非偶然了:"久旱逢甘雨,他乡遇故知。洞房花烛夜,金榜题名时。"这首诗层层递进,可见金榜题名之喜远胜前面之三喜,哪怕是今夕何夕见此良人的新婚之喜。难怪前人将新婚称为"小登科",将及第称为"大登科"。然而,中国读书人的科举梦,却被元代统治者的马蹄踏得粉碎。马上得天下的元蒙贵族,不仅对包括读书人在内的汉人与南人实行民族歧视的政策，而且长期废除科举达八十年。终元之世，只断断续续举行过十余次会试，读书人入仕者仅为元代文官的百分之四五，其他的大都由阶级出身与承荫制度而来，或由"吏"——办事人员的"吏进"所致。

"读书无用论"在元代风行于中国大地。读书人的流金岁月已不再流金，原来可望而可即的富贵荣华之乡几乎变成了寸草不生的盐碱地。莎士比亚名剧《哈姆雷特》中的人文主义者丹麦王子哈姆雷特，处在他那个"颠倒混乱的时代"，曾有过如下的心灵独白："生存还是毁灭，这是一个值得考虑的问题。默然忍受命运的暴虐的毒箭，或是挺身反抗人世的无涯的苦难，在奋斗中结束一切？这两种行为哪一种是更为勇敢的？"元代的读书人，面临的同样是"生存还是毁灭"的问题，他们选择了苟活的生存，而一些不同题材与主题的散曲作品，就是他们的生存状态与生存心理的写照。

一

中国封建政治架构的核心，就是由上而下的庞大的官僚体系，而科举则是进入这一体系的千古华山一条路。无论是为了个人的飞黄腾达耀祖光宗，或是为了拯时济世担荷天下，都必须由科举入仕而求取功名。功绩与名声携手联袂的功名，是读书人是有志者挥之不去的情结，就连驰骋沙场而非文场的民族英雄岳飞，他不也是高歌与低咏过"三十功名尘与土，八千里路云和月"吗？就连文才与武备集于一身的辛弃疾，他不也是说"了却君王天下事，赢得生前身后名"吗？而壮志难伸，一事无成，当然就会令有壮怀伟抱的人悲叹，因此，辛弃疾也悲吟过"追往事，叹今吾，春风不染白髭须。却将万字平戎策，换得东家种树书"，而与他同时代的陆游呢，也只能长叹息"此生谁料，心在天山，身老沧洲"了。

元代，不论是为个人或为苍生，或二者兼备，读书人都只有绝望而没有希望。"天子重英豪，文章教尔曹。万般皆下品，唯有读书高"，往日他们从儿时就耳熟能详的《神童诗》，这时仿佛已经变成了童话或神话。而前朝宋真宗《劝学诗》的"富家不用买良田，书中自有千钟粟；安居不用架高楼，书中自有黄金屋；娶妻莫恨无良媒，书中自有颜如玉；出门莫恨无人随，书中车马多如簇。男儿欲遂平生志，六经勤向窗前读"，大概更能撩起元代许多读书人的故国之思吧。

古代官场，本来就险恶如风波迭起的江海；功名，本来就虚空如天边变幻的彩霞。江海多险，彩霞易逝，何况"黄金榜上，早失龙头望"？何况《四悲》诗早就说过"寡妇携儿泣，将军遭敌擒，失恩宫女面，落第举子心"？元代读书人绝大多数不是落第，而是无第可落。但是，即使科举的羊肠小道在元代已更加其窄如线，其难如走钢丝，而且大部分时间处于"断肠"状态。士人们却仍然朝夕奔竞，如同现在的股民与彩民，企望中彩与暴富。只有少数清醒的人，痛定思痛，认识到功名的种种负面作用而予以批判：

> 晨鸡初叫，昏鸦争噪，那个不去红尘闹？路迢迢，水迢迢，功名尽在长安道。今日少年明日老。山，依旧好；人，憔悴了。
>
> ——陈草庵〔中吕·山坡羊〕《叹世》

"绿杨烟外晓云轻，红杏枝头春意闹"，这是北宋词人宋祁《玉楼春》词中的名句，而其中的"闹"字更是他词作的注册商标，一直传为美谈，以至清代王国维在《人间词话》中还要赞美"着一闹字而境界全出"。陈草庵借用此词，虽然未开具借条，但宋祁写景，草庵咏人，可以说借本生利，善于经营。此曲最后以大自然的美好永恒与生命的荒谬短暂作强烈的对比，宛如令人警悟的暮鼓晨钟。陈草庵以《叹世》为题的小令共26首，上述作品仅是其中之一，窥一斑而知全豹，我们从中可以领略他运笔如刀的冷冽的寒光。

白朴的有关之作，题名《忘忧草》，用的是〔双调·庆东原〕的曲牌：

> 忘忧草，含笑花。劝君闻早冠宜挂。那里也能言陆贾？那里也良谋子牙？那里也豪气张华？千古是非心，一夕渔

樵话。

如果陈草庵是"讽世",白朴则是"警世"。白朴出身于金朝的钟鸣鼎食之家,历经离乱,赖元好问照拂成人,终身不仕。"忘忧"与"含笑"是两种植物,顾名而思义,这一起兴是对险恶而令人忧烦的官场的否定,接着他以鼎足对连写历史上三个有名的人物,他们曾显赫一时,名闻天下,但而今安在哉?北宋词人高昇《离亭燕》说:"多少王朝兴废事,尽入渔樵闲话。"南宋词人陈与义《临江仙》也说:"古今多少事,渔唱起三更。"明人杨慎《临江仙》更说:"白发渔樵江渚上,惯看秋月春风。一壶浊酒喜相逢。古今多少事,都付笑谈中。"后来清代的毛宗岗将此词移植于《三国志通俗演义》的开篇,于是更加家弦户诵。白朴继承了前人的余绪,启发了后人的灵感,他吟咏的"千古是非心,一夕渔樵话",可谓看透了世俗的功名。

唐宋以前直至春秋战国,读书人在社会生活中占有相当重要的地位,也不乏敢怒而敢言的耿介之士、正道而直行的清刚之人。元代的士人由波峰跌落波谷,如同股市的绩优股刹那间都变成了垃圾股,而明清两朝,在本族与异族的忌刻专横的统治者的高压之下,士人的风骨就更被被摧残几至殆尽了。

二

在元代那个读书人极度贬值的艰难时世，不能用世，就只能逃世，于是士人隐逸成风。在有元一代的短短几十年中，士人沉沦于没有反弹可能的谷底，掀起的却是中国历史上第三次隐逸的高潮。

隐士，即隐居不仕的知识分子。这一特殊的群体大约可分两类，一类是身在江湖心存魏阙的"假隐"，他们的隐居是蓄学养志，待时而动，下焉者是在处江湖之远时积累名声和资本，届时听取统治者的征召而置身于庙堂之上，隐居便成为所谓的"终南捷径"。唐代卢藏用被称为"随驾隐士"，就是他早年隐居终南山，后来出而屡居中宗朝的要职，他还大言不惭地说终南山"此中大有佳处"，道士司马承祯一语道破："以仆观之，仕宦之捷径耳。"上焉者呢，隐居是为了显用，出世是为了入世，以实现自己的澄清宇内拯救苍生的政治抱负，如三国时隐居南阳的诸葛卧龙先生、唐代的隐居于衡山后来终于出山一试补天手段的李泌先生。除了假隐，也还有"真隐"，也许人间烟火仍然萦绕心中，但他们从形迹到灵魂都远离了庙堂，远离了世俗的功名，保持的是真正的在山泉水清的姿态。资格最老的，当然要数原为殷商的子民而义不食周粟的伯夷与叔齐二位了，他们的归隐出于遗民情结，而晋代的陶渊明五柳先生、南宋的林和靖孤山处士，他们的身隐并心隐的隐逸，则是出于看破世俗的红尘，也是源自他们宁静淡泊的天性。

小隐隐林薮，大隐隐朝市。不管隐士如何形形色色，中国读书人先后有过四次隐居不仕的高潮。一次出现在西汉末年王莽篡政之时；一次汹涌在东汉中期外戚与宦官相争之日；一次是明末清初改朝换代之际；另一次则是元蒙统治中国而读书人彷徨失落的时期了。歌颂隐逸，可说是元散曲的主旋律之一，如白朴的〔双调·沉醉东风〕《渔夫》：

黄芦岸白蘋渡口，绿杨堤红蓼滩头。虽无刎颈交，却有忘机友，点秋江白鹭沙鸥。傲煞人间万户侯，不识字烟波钓叟。

白朴隐遁绿野，远避红尘，曾有达官贵人推荐他出山进入权力中心，他不是婉辞就是峻拒。上述小令是他的代表作之一，历来传诵人口。如同后浪之前的前浪，下游之前的上游，白朴这首题为《渔父》的小令，其源头正是唐诗人张志和的《渔歌子》词。张志和号玄真子，自称"烟波钓叟""浪迹先生"，待诏翰林后因事而贬，遂隐居江湖。大历九年游湖州刺史颜真卿幕，作《渔歌子》词五首，乃文人词的名作，不仅为颜真卿等人所唱和，而且流传海外，日本嵯峨天皇于弘仁十四年（长庆三年）就曾作《和张志和〈渔歌子〉五首》，为日本填词之始。

五首之中的冠军之作是："西塞山前白鹭飞，桃花流水鳜鱼肥。青箬笠，绿蓑衣，斜风细雨不须归。"白朴笔下的"渔父"，虽然与张志和的渔父有形象的渊源，但同中有异，白朴的渔父是他写也是自况，"傲煞人间万户侯"，是对元代黑暗政治以及功名利禄的极度厌恶与鄙视，"不识字烟波钓叟"，则是对个体生命得以自由的莫大喜悦与肯定，较之张志和之作，不仅时代内涵有别，而且更具隐士风标。

无独有偶。白朴之后的白贲，有一首〔正宫·鹦鹉曲〕《渔父》，其核心形象竟然也是"不识字渔父"：

> 侬家鹦鹉洲边住，是个不识字渔父。浪花中一叶扁舟，睡煞江南烟雨。〔幺〕觉来时满眼青山，抖擞绿蓑归去。算从前错怨天公，甚也有安排我处。

如同黄河源在青海巴颜喀拉山南麓，溯回从之，中国诗词曲中渔父形象的最早的源头，应该是或云屈原所作或云楚人悼念屈原而作的《渔父》。不过，二者也有分别，该篇中的渔父并非隐者而是一位劝诫者，白贲笔下的渔父则是一位愤世者与隐遁者。此曲当时就被推为"最上品"，不仅先后有刘敏中、吕济、卢挚等人唱和，散曲家冯子振与伶人歌女于风雪中宴游时，听他们歌白贲此曲，他就依韵和了一百多首，如同苏东坡之和陶渊明。此曲原名"黑漆弩"，因白贲之首句为"侬家鹦鹉边

生存还是毁灭　**171**

住",故这一曲牌又获得了"鹦鹉曲"这一美丽的别名。

有人虽跻身仕林,但他们幸而不是同流合污人而是意识清醒者,他们对元代官场有深切的认识,于是常生归隐之想,如胡祗遹的〔双调·沉醉东风〕:

> 月底花间酒壶,水边林下茅庐。避虎狼,盟鸥鹭,是个识字的渔夫。蓑笠纶竿钓今古,一任它斜风细雨。

> 渔得鱼心满愿足,樵得樵眼笑眉舒。一个罢了钓竿,一个收了斤斧。林泉下偶然相遇,是两个不识字渔樵士大夫。他两个笑加加的谈今论古。

一首是主观的设想,一首是客观的描摹,没有钩心斗角,没有尔虞我诈,没有机关陷阱,有的是江上清风,山间明月,有的是自在优游,潇洒适意,有的是"古今多少事,都付笑谈中"。作者在众多士人中是一个异数,担任过多种较高级别的官职,但他为人清正,触忤了权奸阿合马而外贬,最后以疾为名而辞官,将隐居的幻想变成了现实。

三

在汉语中,"浪人"与"浪子"虽然含义有所不同,但意义却颇为相近，像同一树种结出的两种不同的果实，像出自同一门庭却分别另立门户的子弟。"浪人"，一指流浪江湖的人，如柳宗元《李赤传》就说："李赤，江湖间浪人也。"一指日本幕藩体制瓦解时，失去禄位离开主家而到处流浪的武士。"浪子"大略也有二解，一是指不务正业专事流浪者；二是指外出流浪而不归者，这与"浪子"前一种意义可谓"情与貌，略相似"。在有元一代成为弱势群体、无望一族的读书人中，有的人或热衷功名或批判功名，有的人则向往山林隐逸，有的人则成了特殊时代的一种特殊的"浪子"，如同元曲大家关汉卿在〔南吕·一枝花〕《不伏老》的开篇所傲然高唱的那样："我是普天下郎君领袖，盖世界浪子班头。"

读书人传统的晋身之阶，在元代已经被马蹄颠覆被刀剑解构了，不愿毁灭犹恋生存，许多人就浪迹江湖，寄迹青楼，遁迹书会。当时没有"作家""剧作家"这样的头衔与光环，但他们却把写曲作剧当成了人生的事业与追求，他们和演员尤其是女演员保持密切有时甚至颇为浪漫的关系，串场走穴，甚至粉墨登场，其创作多表现下层小人物的形象，多表达处于被压抑地位者的底层之声，即民情民俗民声民语。元曲家尤其是浪子型的元曲家，开创了中国古典文学由雅到俗的大变革，也拉开了俗文学与雅文学同台演出的大序幕。

唐宋时代的爱情诗，是唐诗宋词园林中一枝芬芳诱人的花朵。但唐代的爱情诗多为他写，即代人立言，主体性还不够十分突出与张扬。宋词的流播有赖于与歌伎的演唱，有些宋词人与歌伎的关系相当可疑，所以爱情词也较唐代直露和大胆，其中尤以柳永的吟唱为最，但也仍然无法与元曲相提并论。一些元曲家仕途无望官场无门，他们的地位与倡优相差无几，再没有优越感的他们和倡优们同声歌唱"理解万岁"，争当梨园领袖、杂剧班头、曲词状元，以实现自己的人生价值，也从和那些红粉佳人或红颜知己的零距离接触中，得到精神的寄托、文化的满足、生理的快慰。岂止是白衣秀士们如此，即使一些进入了官场的曲家，他们也似乎都有这种浪子情结。元曲家夏伯和的《青楼集》，就记叙了关汉卿、白朴、贯云石、乔吉等数十位曲家与名优的文字的交往，情感的交流。如贾固对某女演员的情深一往，见之于他的〔中吕·醉高歌过红绣鞋〕《寄金莺儿》：

乐心儿比目连枝，肯意儿新婚燕尔。画船开抛闪的人独自，遥望关西店儿。

黄河水流不尽心事，中条山隔不断相思。当记得夜深沉、人静悄、自来时。来时节三两句话，去时节一篇诗。记在人心窝儿里直到死！

金莺儿是山东名妓，贾固任山东佥宪时和她情同胶漆，后来除西台御史，别后仍念念不能忘情。流不尽心事而隔不断相思，可见双方感情之深、思念之殷，来时节两三句话，可见短语长情，心心相印；去时节一篇诗，可见双方心灵的交流是以高层次的文化为对应。如此"情"与"欲"的交融，怎能不叫人"记在心窝儿里直到死"？如此大胆放浪，远胜已经颇为开放的唐诗宋词的爱情篇什，当然也会令读者感叹元曲的与时俱进，感受其中前所少有的浪子精神。

如果要投票选举，浪子精神的突出代表还是要数元曲泰斗关汉卿。大都人氏的关汉卿，人称"太医院尹"，而金元皆无"太医院尹"之官职，金有"太医院提点"，元有"太医院提举"，而"院尹"当为"院户"之误，以其家世行医，户籍属太医院管领，可见出身相当寒微。郝经为《青楼集》作序，说关汉卿"不屑仕进"，乃"嘲风弄月，流连光景"。当时的演员还没有现在的什么"歌星""影星""表演艺术家"等光环，可以日进斗金又有"粉丝"们前呼后拥而自己也不知天南地北，她们和他们同是天涯沦落人，沉沦于"娼优"之列。关汉卿放下传统士人的架子与她们打成一片，和志趣相投的女演员感情深厚，如〔南吕·一枝花〕《赠朱帘秀》即是明证。除创作和演出了如《窦娥冤》《救风尘》《金钱线》等为底层小人物大唱赞歌的剧本外，关汉卿还不时粉墨登场即兴客串，他的名作〔南吕·一枝花〕《不伏老》，就是他内心的直白、自我的写照、时代浪子的宣言、不甘毁灭的呐喊！

在元蒙时代，读书人被列为仅高于乞丐的第九等贱民，成为蔑视文化的暴虐政权下的多余人。"我是个蒸不烂、煮不熟、捶不扁、炒不爆、响当当一粒铜豌豆",关汉卿的上述名曲,开篇就两次以"浪子"自诩,全曲自夸自赞并自我调侃,既表现了自己的生存方式与人生态度,显示了自己绝不屈服的顽强性格,更是对那个黑暗时代的另一种形式的不满与反抗。犹记数十年前读大学中文系时接触关汉卿这一作品,在叹服它语言的通俗与精妙的同时,总觉得他的风流放荡与当今时代格格不入,是应该批判扬弃的"糟粕"。流光逝水,今日重温,不仅为"铜豌豆"之喻指而哑然失笑,对关汉卿的浪子精神也有了真切的同情和理解。如此性情中人、风流才子、曲中状元、时代另类,不知到何处可以追寻到他的背影而和他把臂同游?

四

在不同的时代,"斗士"的内涵各不相同,但异中有同的是:斗士,是指为伸张正义与公理、为扫除黑暗与不平而奋不顾身的战斗者,正如同青松翠柏有许多不同的种类,而经霜耐寒直立不阿是它们共同的品性一样。

就像他的名字所昭示的那样,元曲家关汉卿除了浪子精神,应该说也具有斗士风骨。"铜豌豆"是他著名的自喻,"豌豆"而冠名为"铜",已经可以看出他的铮铮铁骨。他的一系列流传后世的杂剧,既不写山在虚无缥缈间的神仙世界,也不写别有天地非人间的隐遁生涯,他直面人生,正对血泪,呼唤出污泥而不染的清官廉吏，揭露社会现实的丑恶黑暗，讴歌下层人物的不屈精神。尤其是为窦娥鸣冤叫屈的《窦娥冤》一剧，更是人格独立的宣言、人性自由的呐喊、人生苦难的抗议，是斗士所建立的屹立于中世纪至今没有也不会坍塌的丰碑。

不过，百炼钢化为绕指柔，关汉卿的斗士风标毕竟是比较内敛的，表现在个人，它多是以放浪不羁的形式出现；表现在作品，则多用言在此而意在彼的曲笔，如他歌颂关羽的杂剧《单刀会》中的名曲：

〔双调·新水令〕大江东去浪千叠，引着这数十人驾着这小舟一叶。又不比九重龙凤阙，可正是千丈虎狼穴。大丈夫心别，我觑这单刀会似赛村社。

（云）好一派江景也呵！（唱）

〔驻马听〕水涌山叠，年少周郎何处也？不觉的灰飞烟灭。可怜黄盖转伤嗟。破曹的樯橹一时绝，鏖兵的江水犹然热，好教我情惨切！（云）这也不是江水，（唱）二十年流不尽的英雄血！

〔离亭宴带歇指煞〕我则见紫袍银带公人列，晚天凉风冷芦花谢，我心中喜悦。昏惨惨晚霞收，冷飕飕江风起，急飐飐云帆扯。承管待、承管待，多承谢、多承谢！唤艄公慢者，缆解开岸边龙，船分开波中浪，棹搅碎江心月。正欢娱有甚进退，且谈笑不分明夜。说与你两件事先生记者：百忙里称不了老兄心，急切里倒不了俺汉家节！

关汉卿对历史上"急切里倒不了俺汉家节"的英雄的缅怀与赞美，就是在异族统治下对本民族民族意识的召唤和民族精神的讴歌，所谓借古人之酒杯，浇今人之块垒。当然，关汉卿这种斗士之风，更多的是曲线而非直线地表现，这应该是首先为了保护和保存自己：在一个来自漠野的野蛮而血腥的政权面前，他不可能效许褚之赤膊上阵，而只能如今日俗语所言"打擦边球"。

然而，正如鲁迅当年在《中国人失掉自信力了吗》一文中所说："我们从古以来，就有埋头苦干的人，有拼命硬干的人，有为民请命的人，有舍身求法的人……这就是中国的脊梁。"中国的帝王是"溥天之下，莫非王土；率土之滨，莫非王臣"。天王圣明而臣罪当诛，所有的人都是所谓"草民"，都是应该匍匐于前的奴仆，然而，不仅民间有黎民百姓敢于揭竿而起，把熊熊烈火烧向龙廷与宝座，元代的文人中竟也有人胆大包天，把批判的矛头直接指向帝王，这就是曲家睢景臣的《哨遍·高祖还乡》，表现了元曲家前无古人后少来者的斗士精神，我在《石破天惊》《浩然正气》二文中，曾再三向这位杰出的前贤表示敬意。除了关汉卿、睢景臣等人，曹德也曾在狂沙扑面剑戟慑人的恐怖情境中挺身而出，他的俗称〔长门柳〕的〔双调·清江引〕就是轰动一时的名作：

长门柳丝千万结,风起花如雪。离别复离别,攀折更攀折,苦无多旧时枝叶也。

长门柳丝千万缕,总是伤心树。行人折嫩条,燕子衔轻絮,都不由凤城春做主。

折柳送别,这是中国古典诗歌自唐诗以来经常可以见到的风光,但字明善的曹德此曲,却不是传统主题的隔代再版,它没有日丽风和,只有风狂雨骤,没有友情爱情,只有高风正义。元代有两个伯颜,前一个伯颜是元蒙难得一见的政治家与诗人,后一个伯颜是元代后期的一位权臣与佞臣。后者历任武宗至顺宗七朝,顺宗时官拜中书右丞相,进太师,领太史院,封秦王,总领蒙古、钦察、斡罗斯诸卫军都指挥使。陶宗仪《辍耕录》说:"当其擅权之日,前后左右无非阴邪小辈。"他与历史上一切小人得志者一样,贪得无厌,擅作威福,凶残无比,滥杀无辜。省院台的官员大都出自其门,天下的贡赋则大都进入其门。他本人是一个最大的奴才,但他的扈从仪仗之盛竟使帝王相形失色,可见他权倾朝野嚣张跋扈之极。他嗜血滥杀,上至皇亲国戚,如顺帝的皇后及其亲属,下至平民百姓,一个算命者说他将来要死于南人之手,他竟丧心病狂,提出杀尽天下张、王、刘、李、赵五姓之议。曹德品是位于社会第四等级的"南人",但他也官至"山东宪吏",出差到大都,忍无可忍地借柳喻人,以曲

生存还是毁灭

作声讨伯颜，并张贴在"五门"（古代天子有五门，即皋门、库门、雉门、应门与路门，后泛指宫城之门，李商隐《细雨》诗有"故园青草色，仍近五门青"之句）。这当然是冒天下之大不韪的爆炸性新闻，其影响有如地震，作者曹德遭到伯颜画像追捕，只得亡命吴中，直至伯颜死后才重出江湖。《伊索寓言》曾经说过："在远离危险的时候，表现出勇气是不难的。"伯颜寄榇驿舍时，有人在壁上题诗："百千万锭犹嫌少，垛积金银北斗边。可惜太师无远智，不将些子到黄泉。"这一义举当然可嘉，但伯颜老先生当时毕竟一瞑不视，无可奈何了。元末陶宗仪在其《南村辍耕录》中，就曾记载曹德以二曲写柳树之被摧残而暗喻人事，张贴于五门以讽之。由此可见，曹德几乎是面对面地抗议批判，不仅表现了面对杀身之祸的超然勇气，而且也集中反映了元代士人尚未泯灭的斗士精神。好像舞台上的聚光灯照射同一个目标，曹德此人此曲成了元人斗士精神的高光亮点。

历史是一面反光镜，我们可以看到前人曾经有过的生存方式和生存状态。然而，历史仅仅是一面只供回顾的反光镜吗？20世纪意大利哲学家、史学家克罗齐在其《美学》中说过："一切历史都是当代史。"回首昔日，正是为了审视今天和前瞻未来，《论语》一书，因在央视《百家讲坛》开讲而成为热门，"温故而知新"，我们的先人孔夫子，在《论语·为政》中不也早就这样说过吗？

臣妾与怨妇

中国的读书人如果蓦然回首，他们的黄金岁月恐怕还是在春秋战国时代吧。那时他们的先人始称为"士"，不仅是四民之一，而且在"士、农、工、商"中位居首席。尤其是：思想言论相当自由，可以"处士横议"，真正"百家争鸣"；精神人格相当独立，不必与谁保持一致，在统治者面前有师、友、臣多重身份的选择，不愿为人臣者可以亦师亦友，虽然那种师友关系多是临时性质或短期行为；人身可以流动迁徙，合则留，不合则去，流传至今的成语"朝秦暮楚"就是证明。

好景不长，盛筵难再。秦始皇嬴政建立了中国第一个封建集权制度的王朝，其旷代工程之一就是"焚书坑儒"，使士人尝到的不是甜头而是"尔曹身与名俱灭"的苦头；汉武帝罢黜百家，独尊儒术，利用和曲解儒学为我所用，"君君臣臣父父子子"的教义使士人御用化；隋唐发明和完善了推行至清末的科举制度，作为学而优则仕的单行道与独木桥，士人们进一步成了权力的驯服的集体工具；明清两朝尤其是所谓"康乾盛世"的清朝，厉行古已有之的残酷的文字狱，士人们噤若寒蝉，清代于故纸堆中讨生活的考据之学于斯大盛。总之，两千多年来中国传统的读书人，别无选择地做定了男儿膝下"无"黄金的"臣妾"。

在古汉语中，"臣妾"是一个合成词，它有多重意指。"臣"，原本指男性奴隶与男性战俘；到了《诗经》时代，所谓"溥天之下，莫非王土；率土之滨，莫非王臣"，它就泛指国君所统御的芸芸众生了。曾几何时，"臣"的本义又由屈服驯服的"庶民"，越级晋升为"官吏"或"官员"。"妾"呢？古代是指一夫多妻的婚姻制度下男子在大老婆之外的小老婆，原始意义却是指女性奴隶与战俘。总而言之，男为"臣"、女为"妾"，二合为一即为"臣妾"，乃皇帝与皇权的奴仆，包括皇宫中的皇后与妃嫔，事实上也包括皇帝以下的各级官员和读书人。

"臣妾"一词的最早出台，是在司马迁的《史记·吴太伯世家》。吴王夫差二年（公元前494年）伐越，大败越军，"越王勾践乃以甲兵五千人栖于会稽，使大夫种因吴太宰嚭而行成，请委国为臣妾"。在《史记·越王勾践世家》中，将战败者勾践委曲求全的方案表述得更为具体而简洁："勾践请为臣，妻为妾。"他自己降格以求为吴王的男仆倒还罢了，还低首下心地推荐自己的太太充任吴王的女仆，真可谓内举不避亲。当代的读者诸君，即使是脑筋急转弯，一般也不会想到率先进入中国古代皇皇史著的第一对臣妾，竟然是一位堂堂的国君与今日号称"第一夫人"的他的太太吧。时移世易，角色是可以互换的，南唐的词人皇帝李煜，成为赵匡胤的阶下之囚后，不也悲吟"一旦归为臣虏，沈腰潘鬓消磨"吗？官员们与读书人，虽然一般不

臣妾与怨妇　　183

会对皇帝自称臣妾，但在封建社会那种"臣民社会"中，他们之中的绝大多数都没有人身与人格的独立，只有依附性甚至是献媚性，简称"奴性"，也就是"臣妾心理"与"臣妾人格"：希冀得到皇帝的赏识与爱宠，能够进入那个官僚体制并于其中步步高升。

论及元曲中的臣妾心理与臣妾人格，不能不先提到张弘范和赵孟頫两位先生的大名。

张弘范是汉人，涿州定兴（今属河北）人氏。其父张柔啸聚了几千家丁避乱西山，组成地方武装，后来做了金朝的"骠骑上将军，中都留守，大兴府尹"，之后又投降了蒙古，不惮为新王而前驱，在灭金攻宋中屡立战功而封淮阳王。张弘范幼时从学者郝经读经书，读圣贤书，所学何事？有其父必有其子，他和其父一起投降蒙古后做了灭南宋的急先锋，窝阔台、蒙哥与忽必烈伐金伐宋，其军队多数是汉人而非蒙古人，所谓以汉攻汉是也。身为"蒙古汉军都元帅"的张弘范，令其弟张弘正为前锋，俘文天祥于五坡岭（今广东海丰北），复亲自率兵攻打崖山（今广东新会南）与之同宗的张世杰统率的水军，陆秀夫抱着九岁的小皇帝赵昺跳海殉国，南宋最后寿终"海"寝。张弘范志得意满，于崖山石壁上刻"镇国大将军张弘范灭宋于此"而还。时至明代，有人嘲讽这个"贰臣"是"勒功奇石张弘范，不是胡儿是汉儿"，在"镇国大将军"之前复镌一"宋"字。这一张氏的自我表扬的记功碑，最后被御史徐瑨派人磨灭。不过，今日的游人到此，是仍然可以"自将磨洗认前朝"的吧。不仅如此，前此三年，元朝丞相伯颜与张弘范会师临安，六十六岁的皇太后谢道清携五岁的宋恭帝赵㬎投降，他们于庆功宴上各赋一曲。明代叶子奇《草木子》卷四《谈薮篇》记载："伯颜丞相与张九（张弘范排行第九）元帅，席上各作一〔喜春来〕词。……帅才相量，各言其志。"伯颜的〔中吕·喜春来〕是：

金鱼玉带罗襕扣，皂盖朱幡列五侯。
山河判断在俺笔尖头。得意秋，分破帝王忧。

"判断"即掌管，"分破"即分减，均为元人俗语，伯颜是正宗的蒙古人，也是蒙古灭亡南宋的第一人，他此曲睥睨自雄，一派征服者的声口，那完全可以理解。但不太好理解的是张弘范的同题同调之作：

金妆宝剑藏龙口，玉带红绒挂虎头。
旌旗影里骤骅骝。得志秋，喧满凤凰楼。

当年张弘范意在"名满凤凰楼"，结果却留下了千古的恶名与骂名。不过，虽然古人早就对他多有贬词，但他也不是毫无贡献，除了以身做贼充当反面教员之外，当他逼文天祥以他为榜样并劝其招降张世杰时，文天祥答以被俘后船经珠江口零丁洋

臣妾与怨妇　185

所作的《过零丁洋》一诗："辛苦遭逢起一经，干戈寥落四周星。山河破碎风飘絮，身世浮沉雨打萍。惶恐滩头说惶恐，零丁洋里叹零丁。人生自古谁无死，留取丹心照汗青！"这一千古不磨之作幸而保存并流传后世，和当年那一逼一答也许不无关系吧。

赵孟𫖯，字子昂，原籍大梁（今河南开封），四世祖赵伯圭赐居湖州，遂为江苏吴县人。他本系宋王朝宗室，宋太祖赵匡胤十一世孙，十四岁以父荫补官，年未弱冠参加国子监考试，授职真州司户参军。南宋灭亡之后他隐居湖州十年，其间还写了有名的《岳鄂王墓》："岳王坟上草离离，秋日荒凉石兽危。南渡君臣轻社稷，中原父老望旌旗。英雄已死嗟何及，天下中分遂不支。莫向西湖歌此曲，水光山色不胜悲。"他如果这样坚持荣辱义利之辨，在历史上当会留下一个清正的大艺术家的美名，因为他于诗书画均有不凡的造诣。可惜的是，他自号"松雪道人""水晶宫道人"，但却没有松雪之节操、水晶之襟怀，中途易节，向元蒙挑起了白旗。至元二十三年（1286年），元世祖忽必烈下诏江南搜访遗贤，志士谢枋得以母丧守制为由拒召，后来多次不奉命，最后被绑赴大都，绝食而死；但赵宋宗室的赵孟𫖯却一召而起，又因为他的特殊身份加上艺术才能，作为一个异数，他在元代的官场仕途通达，历仕世祖、成宗、武宗、仁宗四朝，六十六岁致仕时官拜翰林学士都承旨，官阶从一品，乃汉人中读书人当时所能达到的最高级别。今日早已天下一家，我并不认同狭隘的民族之见，但置于当时的历史条件下，我对赵先生的臣妾人格实在不敢恭维。

状元及第的留梦炎,南宋时位至左丞相,阿附贾似道,后来投降元朝作了贰臣,无耻之徒竟然还当上了礼部尚书。忽必烈因故对其不满,命官集贤直学士的赵孟頫赋诗以刺,这大约可谓以降攻降吧,赵奉旨口占一绝:

状元曾受宋朝恩,国困臣强不尽言。
往事已非那可说,且将忠直报皇元。

全诗尤其是诗的结句,既是同病相怜地说他人更是自表心迹,新主子忽必烈再粗豪不文,对平平仄仄远没有烈马劲弓那样熟悉,但也"善卒章之志,叹赏不已"。观今鉴往,赵孟頫当年从家乡吴兴应召到大都后,就曾写有《初至都下即事》之诗:

海上春深柳色浓,蓬莱宫阙五云中。
半生落魄江湖上,今日钧天一梦同。

以前的十年隐居只能说是"半生落魄",现在好日子就要开始了。赵孟頫当然是如假包换的天皇龙种,但曾几何时,为了一己之私,从臣妾人格而言,大艺术家蜕化成了小跳蚤,而龙种也异化为摇尾乞怜与乞食的丧家之犬了。

展读元曲,特别是元代开国前期的元曲,中国读书人那种传统的臣妾心态与人格在异族统治者面前的表现，真是令人叹为观止。当然，有的人对新朝始终持不合作主义，宁愿赴死也我心匪席不可卷也，如前文提到的谢枋得；有的人及整个家庭都与旧朝有很深的渊源，他们身心俱创，始终对新朝作壁上观而无意仕进，如白朴；而有的人固守的是传统的正统意识，认为新朝是蛮夷之族建立起来的蛮夷之邦，元蒙新贵们又横行跋扈，他们对之深怀不满之情与戒备之意。但是，多数读书人对新朝寄予希望，名利之心俱重者则更是寄予热望，对新主子歌功颂德，高唱赞歌。元代特别是元初文人唱赞歌的肉麻程度，我今日读来也仍然会全身起鸡皮疙瘩。除了改皮换革毛将焉附的普遍心理，那大约是元代读书人身处最下层，如果要向上攀升，鼓吹时就要愈加卖力之故吧。

贯云石的〔双调·新水令〕《皇都元日》，唱的就是元王朝的颂歌：

郁葱佳气蔼寰区，庆丰年太平时序。民有感，国无虞。瞻仰皇都，圣天子有百灵助。

〔搅筝琶〕江山富，天下总欣伏。忠孝宽仁，雄文壮武。功业振乾坤，军尽欢娱，民亦安居。军民都托赖着我天子福，同乐蓬壶。

〔殿前欢〕赛唐虞，大元至大古今无。架海梁对着擎天柱，玉带金符。庆风云会龙虎，万户侯千钟禄，播四海光千古。三阳交泰，五谷时熟。

〔鸳鸯煞〕梅花枝上春光露，椒盘杯里香风度。帐设鲛绡，帘卷虾须。唱道天赐长生，人皆赞祝。道德巍巍，众臣等蒙恩露。拜舞高呼，万万岁当今圣明主。

贯云石本名小云石海涯，乃元世祖忽必烈重臣阿里海涯之孙，他不仅出身世家，袭父职为两淮万户府达鲁花赤，后又出镇永州，而且他是"畏兀儿人"。畏兀儿族是西域的少数民族，最早归附元蒙，虽然也是"臣妾"，但除蒙人之外，在元朝位居二等公民之列，在"汉人"与"南人"之上。贯云石山呼万岁，虽也是出于臣妾心态，但尚情有可原，因为他的民族与元蒙王朝本就一荣俱荣，一损俱损。但是，其他汉族读书人也来主动充当唱诗班的角色，那就不免令人另眼相看了。

吴弘道，金台蒲阴（今河北省安国市）人。明代朱权说他："有振鬣长鸣万马皆喑之意。又若神凤飞鸣于九霄，岂可与凡鸟共语哉？宜列群英之上。"（《太和正音谱》）朱权认为他是"神凤"而非"凡鸟"，但他的〔越调·斗鹌鹑〕套曲不仅凡俗而且低俗乃至猥琐卑劣，其中有的曲词是：

〔紫花儿序〕托赖着一人有庆，五谷丰登，四海无敌。寒来暑往，兔走乌飞，节令相催，答贺新正圣节日。愿我皇又添一岁，丰稔年华，太平时世。

臣妾与怨妇

〔小桃红〕官清法正古今稀,百姓安无差役。户口增添盗贼息,路不拾遗,托赖着万万岁当今帝。狼烟不起,干戈永退,齐贺凯歌回。

〔庆元员〕先收了大理,后取了高丽。都收了偏邦小国,一统了江山社稷。

〔尾〕愿吾皇永坐在皇宫内,愿吾皇永掌着江山社稷。愿吾皇永穿着飞凤赭黄袍,愿吾皇永坐着万万载盘龙亢金椅。

吴弘道连发"四愿",以一个"永"字贯穿。不仅如此,他还有〔南吕·金字经〕《颂升平》之曲:

太平谁能见?万村桑柘烟,便是风调雨顺年。田,绿云无尽边。穷知县,日高犹自眠。

元代本来乱多于治,基本上是一个"乱世",但吴弘道在"颂圣"之余,还忘不了"颂世",在他的笔下,一派风调雨顺,到处燕舞莺歌。不过,他在元代仕途的羊肠小道上挤挤蹭蹭,到头来也只混了个江西检校掾史,小小的从七品。他晚年辞官后寓居杭州,在〔中吕·上小楼〕《钱塘感旧》中,不免感叹"虚名仕途,微官苟禄""愁里南溟,客里东吴,梦里西湖",他的感慨与牢骚,恐怕还是抬轿子吹喇叭仍未得重用之后的一种"怨妇心理"吧。中国的读书人被轻忽或被弃置后多有"怨妇情结",古典诗词中许多男性作者变性为怨妇的抒情,或"拟女性"以寄意,如秋扇见捐、长门宫漏、寒鸦日影、香草美人,都是古典诗词中有关的传统意象,除了有些是单纯抒发男女之情者外,大都是表现没有得到君王赏识重用的失落与哀怨。连辛弃疾这样的爱国词人豪放派大将,在失意之时都有"长门事,准拟佳期又误。蛾眉曾有人妒。千金纵买相如赋,脉脉此情谁诉"(《摸鱼儿》),遑论其他?

元灭南宋以后,富于叛逆精神的关汉卿自诩为"响当当一粒铜豌豆",他当然不屑于像吴弘道那样作御用诗文,但他的〔南吕·一枝花〕《杭州景》写南宋的都城杭州,也没有任何山河之异与沧桑之感,而从"一到处堪游戏",美不胜收的景色"堪羡堪题"的咏唱中,从"普天下锦绣乡,寰海内风流地。大元朝新附国,亡宋家归华夷"的句子里,我发现即使是关汉卿这样的另类元曲大家,也还是需要进一步补钙。而另一位大家马致远则更是如此了,新朝甫建,满怀利名之欲的马致远便迫不及待地大唱祝贺与祝福之歌。元人以马上得天下,马致远大姓为"马",其《粉蝶儿》曲马屁拍得震天价响,什么"寰海清夷,扇祥风太平朝世,赞尧仁洪福天齐。乐时丰,逢岁稔,天开祥瑞,万世阜基,股肱良庙堂之器",什么"凤凰池暖风光丽,日月袍新扇影低,雕阑玉砌彩云飞,才万里,锦绣簇华夷",什么"祝吾皇万万年,镇家邦万万里。八方齐贺当今帝,稳坐盘龙亢

臣妾与怨妇 191

金椅"。真是所谓言之不足,故重言之,他在另一首〔中吕·粉蝶儿〕中还唱道:

至治华夷,正堂堂大元朝世,应乾元九五龙飞。万斯年,平天下,古燕雄地,日月光辉。喜氤氲一团和气。

〔醉春风〕小国土尽来朝,大福荫护助里。贤贤文武宰尧天,喜,喜!五谷丰登,万民乐业,四方宁治。

〔吸木儿煞〕善教他,归厚德,太平时龙虎风云会。

圣明皇帝,大元洪福与天齐!

一般的读者,只知道他那首名作"枯藤老树昏鸦,小桥流水人家,古道西风瘦马。夕阳西下,断肠人在天涯"(《天净沙·秋思》),以及他后期的某些优秀作品,如果知道他早期那些对当权者献媚邀宠之作,也许就会"一分为二",向他投以半是青眼半是白眼了。

臣妾心态或臣妾人格,并非只指臣子对皇帝而言,由庶民超升而为官吏,"臣"由名词变为动词之时,它还有役使、统率之意,而这种役使统率是自成等级的。《左传·昭公七年》有言:"王臣公,公臣大夫,大夫臣士,士臣皂,皂臣舆,舆臣隶,隶臣僚,僚臣仆,仆臣台。"如前所述,即使贵为帝王,家亡国破从巅峰跌入谷底时,也只得俯首称臣,在战胜者面前以臣妾自居。在封建社会的庞大官僚体系中,这种从属与隶属的关系更是如此，上一级对更上一级巴结奉承，俯首帖耳，对下一级则颐指气使，高高在上，扮演的是两面人的角色。中国几千年的封建专制社会，远远不是公民社会而是成色十足的臣民社会，按照马克思所云，任何统治者的思想就是统治的思想的原理，臣民社会所派生的奴隶与奴才的臣妾心态上下交织，无所不在，成了全民族的集体无意识。

西方的封建主义远没有中国这样历史悠久、幅员辽阔、体系森严、影响广泛而深远，何况启蒙与解放、民主与科学的洪流早已冲决了封建主义的堤防，所以当时西方的知识分子往往有鲜明的独立性与强烈的批判性，甚至为了人格的尊严与真理的伸张而宁折不弯，宁死不屈。托玛斯·莫尔是英王亨利八世的重臣，是文艺复兴时代的名著《乌托邦》的作者，他反对亨利八世作为一国之王又擅兼国教之主，因而被处以叛国之罪而遭砍头。在断头台上，于临刑之前，他将头置于俎木之上，一边从容不迫地将胡须捋于两旁，还一边笑说"我的胡子未曾得罪君王"。如此凛然而幽默地赴死，恐怕心如铁石的死神也要为之动心掩面吧。同在十九世纪，1861年英法联军火烧圆明园之后，法国大作家雨果发表著名的抗议信，信中直斥自己的国家是强盗："有两个强盗，一个叫英吉利，一个叫法兰西，野蛮地焚烧了这一东方艺术的瑰宝。"1894年，犹太血统的法国上尉德雷福斯被诬出卖情报给德国，被判终身监禁。政府与军方拒绝平反，当此之时也，著名作家雨果和左拉挺身而出，奔走呼号，以笔为旗，于

臣妾与怨妇　193

1898年发表《知识分子宣言》,左拉甚至因此而被迫流亡英国。历时十二年,德雷福斯最终被宣布无罪。"德雷福斯事件"就是现代意义上知识分子诞生的标志。

镜可鉴人。历史虽然是一面古铜之镜,但观今宜鉴古,无古不成今,追寻过去是为了现在与未来。

末世文人的英雄情结

一

元代，是中国读书人的冬天。英国十九世纪著名诗人雪莱在《西风颂》中说："冬天既然来了，春天还会远吗？"然而，元代的读书人虽处天寒地冻之中，但他们却听不到任何冬天解冻的消息，一直到不满百年的元朝灭亡，一直到元蒙统治者从大都仓皇退回漠北他们那发祥之地，一直到一轮血红的落日为这个短命的王朝画上一个结束的句号。

就像一股无可抗拒的从天而至的龙卷风，就像一阵无可抵御的席地而至的沙尘暴，在宋、金南北对峙而金人南侵日亟之时，北方蒙古高原上的蒙古族却迅速崛起。"蒙古"，本来是大漠南北许多游牧部落之一，当时对蒙古高原各部落的总称是"鞑靼"，它是最强大的部落"塔塔儿"的谐音。十二世纪末，蒙古部落的领袖铁木真统一诸部，以"蒙古"取"鞑靼"而代之。公元1206年即宋宁宗开禧二年、金章宗泰和六年，经过二十多年的浴血奋战，四十五岁的铁木真被拥戴为蒙古的大汗，建立起庞大的草原帝国，蒙语国号为"也客忙豁勒兀鲁斯"，意即"大蒙古国"。"汗"即帝王之意，"成吉思汗"至今有两种解说，一意为"海洋"，一意为"王赐"，总之，由此建立的"大蒙古国"处于刚刚开始由氏族社会过渡到奴隶社会的阶段，总人数仅约百万，而成吉思汗及其子孙却率领不到十五万的铁骑，西伐南征，硬是用马蹄踏出了用刀箭建立了一个横跨欧亚非的特大号帝国。时至1260年，成吉思汗之孙忽必烈即位，将国都由哈喇和林（今蒙古国浑河上游东岸的哈尔和林）南移至开平（今内蒙古正蓝旗东北，后称"上都"），后又建于大都（今北京），1271年称国号为"大元"，开始了中国历史上第一个由蒙古族南面而王的朝代。元朝的历史，如果从成吉思汗在蒙古高原建立"大蒙古国"开始，至元顺帝于1368年北伐明军兵临城下逃离大都遁入漠北时为止，历时一百六十三年；如果从汉式的国号"大元"算起，则是其兴也勃其败也速的短短九十七年，虽然较最短命的暴秦的十五年为长，但也不到一个世纪，所谓"不满百年"。

元蒙统治者以飓风般的铁骑、暴雨般的强箭，在"杀无赦""斩立决"的血腥口号下建立了他们的王朝。纵横欧亚时不必说了，所谓"王钺一挥，伏尸万里"，成吉思汗自称的"上天之罚"，译成欧洲文字就变成了"上帝之鞭"，那根残暴至极的鞭子抽得欧亚许多民族和国家遍体鳞伤而且血流成河。忽必烈以前的蒙古大汗，卫士护灵下葬时路上逢人即杀，"杀时语之曰：以护吾主"。成吉思汗病逝于宁夏六盘山下之清水县，卫士

末世文人的英雄情结　　**197**

护卫棺柩回蒙古草原之三河源头时，路上杀人数千。蒙哥可汗南征时战死于四川钓鱼城下，从钓鱼城护灵至蒙古"起辇谷"，途中所遇男女老幼逢人必杀，共戮两万余人。即此一端，可见其他。波斯历史学家费志尼，虽未亲见却耳闻鞭花飞舞，他在其名著《世界征服者史》中作了详细记载，其中有道是："一个遍地富庶的世界变得荒芜，土地成为一片不毛之地，活人多已死亡，他们的皮骨化为黄土。"数百年后的读者，即使是炎炎夏日捧读此书，恐怕都会为那种老牌的恐怖主义暴行不寒而栗。

忽必烈正式建立"大元"王朝之后，便开始平灭南宋，屠戮之风虽比前代三次西征时略有收敛，但草原狼的野蛮与丧门神的残暴依然如故，对灭金亡宋中敢于反抗者，更是施行灭绝政策，是多年后清朝军队南下时"嘉定三屠""扬州十日"的先行样板。仕于元的曲家姚燧与胡祗遹对此都有真实的记载。姚燧在《序江汉先生死生》中说："军法，凡城邑以兵得者悉坑之。德安由尝逆战，其斩刈首馘，动以十亿计。"胡祗遹在《民间疾苦状》中则说："（江南）自收附以来，兵官嗜杀，利其反侧；叛乱已得，纵其掳掠。货财子女，则入之于军官，壮士巨族，则殄歼于锋刃。一县叛，则一县荡为灰烬；一州叛，则一州沦为丘墟。"如此惨绝人寰的大屠杀，在元朝行将灭亡前还差一点重演，至元三年（1337年）朱元卿、棒胡起义大爆发后，丧心病狂的权臣伯颜发扬其先人的余绪，上疏元顺帝建议杀光张、王、刘、李、赵五姓汉人。虽然这一恐怖计划因故未能施行，但汉人特别是上述五姓之人早已闻风丧胆了。

元朝的立国之本是暴力与恐怖，其基本国策则是专制与分化。元蒙统治者把国人分为四等，第一等当然是蒙古人；第二等是色目人，主要包括西域各族和西夏人；第三等为汉人，即原属金朝境内的汉人和契丹、女真等族；末等为南人，即南宋地区的汉人和西南的少数民族。元朝的法律还明文规定，蒙古人殴打汉人，汉人不得还手，打死汉人也不偿命，顶多只是当兵戍边，而汉人打死蒙古人除了处死还要付五十两"烧埋银"。蒙古人有诸多特权，而对汉人则诸多禁限，如不得养马、不得持有兵器、不得夜间点灯等——白天已是暗无天日了，晚上更是人间地狱。人权当然不仅仅止于起码的生存权，将人权等同于生存权，未免是对人权的贬低和曲解，但元朝的汉人确实连生存权都无法保障，可见元蒙专制的酷烈。在芸芸汉人中，读书人则更为痛苦，人生识字忧患始，因为毕竟是读书人，他们较之一般目不识丁浑浑噩噩者，有更多的心灵的天地与思想的空间。尤其是元蒙建国后废除科举，断绝了读书人的晋身之阶，虽然1313年又宣布恢复科举，但北方从灭金之后废除科举已近百年，南方从亡宋算起也已近四十年，何况旋又宣告废除。而且考试的内容"蒙易汉难"，蒙古人与色目人，汉人与南人，分两榜录取。终元之世，科举断断续续仅举行过八次而已，取录进士总共仅千余人。科举本来是读书人入仕的唯一羊肠小道或独木桥，但小道多数时候因泥石流暴发而不能通行，独木桥多数时候因山洪冲毁而

末世文人的英雄情结　**199**

无法行走，何况四周还险象环生，气氛恐怖，令人如临深渊。

二

这是一个黑暗而光明缺席的时代，这是一个恐怖而自由失踪的时代，这是一个绝望而看不到希望的时代，这个时代的读书人真正是生活在水深火热之中。少数读书人仍然希图并努力向上攀爬，抓住偶尔来临的机会像抓住一根救命的稻草，以求在新朝获得一官半职，以期三跪九叩，谢主隆恩。其他读书人有条件的则高倡归隐，歌颂隐士；有的则破罐子破摔，及时行乐。当然，也有读书人抚今追昔，缅怀过去时代本民族的英雄人物，寄托自己胸中的块垒，表达对现实的不满，这也可以说是醉翁之意既在酒也不在酒吧。

中国文人素来就有英雄情结，有歌颂英雄的传统。"雄"，一般是借喻杰出的或强有力的人物。能力超群却权诈欺世的野心家称为"奸雄"，如《三国演义》中所塑造的而非全是现实生活中的曹操；不乏雄才大略却专横残暴的称为"枭雄"，如一代天骄成吉思汗；身为弱质的女性却英武过人者称为"雌雄"，如自云"始信英雄亦有雌"的鉴湖女侠秋瑾；"鬼雄"则是非阳间的而是死后为鬼的英雄了，如李清照所赞美的"生当作人杰，死亦为鬼雄"的项羽。以上种种，不论价值取向如何，都可以统称为一世之雄。除了以上这些雄长之外，真正让芸芸众生都敬仰爱戴而浩浩时间也千古不磨的，那就是建立了丰功伟业的大勇大仁的英雄了。没有杰出的才能就不可称为"英"，没有超人的勇武就不可颂之为"雄"，然而，"才能"与"勇武"俱超凡出众，而在必要时杀身成仁舍生取义，成就一番留取丹心照汗青的英雄事业，却应该有两个前提，二者或同时而兼，或必居其一，那就是：强权压顶，坚持公理与正义；外侮当前，捍卫祖国与民族。总之，并非出于私利和小集团利益的好勇斗狠，而是以人民与民族的大义为依归。

中国自古以来，英雄而不乏文才者所在多有，如曹操、岳飞、文天祥、于谦、戚继光、夏完淳、谭嗣同、秋瑾等人，而身为文人却堪称英雄的，却不可多闻，大约只有辛弃疾与陆游可以入选。他们两位以英雄诩人，也以英雄自诩，他们或曾驰骋沦陷的北方，或曾从戎西北的前线，其英风胜概壮士声情，曾令有热血的文人闻风起舞。不过，文人们也许大都文质彬彬而手无缚鸡之力吧，所以清诗人黄仲则早就说过"十有九人堪白眼，百无一用是书生"(《杂感》)，何况在权力与专制的社会中，文人还往往具有"皮之不存，毛将焉附"的依附性与从属性。文人而英雄已是凤毛麟角，即使是英雄气概，在文人这个群体和他们的作品中也不太多见。但是，中国的文人，从屈原的《国殇》和司马迁的《史记》开始，毕竟也还是有一种英雄情结，即使是元代这样一个万马齐喑文章如土文人也如土的时代，这样一个"挫折英雄，消磨良善，越聪明越运蹇"(无名氏：〔中吕·朝天子〕《志感》)的时代,有的文人也仍然表现了对英雄的神往,对本民族往日的英雄人物的追怀。白朴客居建康(今南京)时,在他的《沁园春》词中就曾写道:"长江不管兴亡,漫流尽英雄泪万行。"张可久在〔双调·水仙子〕《西湖废圃》中也说:"荒基生暮霭,叹英雄白骨苍苔。"而查得卿在〔双调·折桂令〕的开篇,就以念天地之悠悠的姿态,提出了他的英雄之问:"问从来谁是英雄?"而最令我怦然心动又深得我心的,是关汉卿、周德清和施惠所写的有关篇章。

三

元杂剧中的历史剧,为汉民族的英雄建造了一条光彩夺目的画廊,其中以纪君祥的《赵氏孤儿》、李寿卿的《伍员吹箫》和关汉卿的《单刀会》为代表,其中尤以关汉卿的作品为上上之选。

《赵氏孤儿》是中国最早传入欧洲的戏剧作品之一,经法国十八世纪启蒙思想家、作家伏尔泰改编为《中国孤儿》,同时代而稍后的德国大诗人歌德改编为《埃尔佩诺》,可见剧本所表现的正义与邪恶的较量的东方故事,也引起了西方人的强烈共鸣;而中国春秋战国时代豪侠义士韩厥、公孙杵臼、程婴等人的伟烈义行更是叩响了异国文豪们的心弦。《伍员吹箫》一剧,将统治阶级内部的残酷斗争这一历史素材加以改造,表现了正义最终战胜邪恶的具有普遍意义的主题，曲折地表现了元代汉民族的国破家亡之痛与忍辱复仇之志。最令人荡气回肠的则是关汉卿的《单刀会》，在那样一个万马齐喑夜气如磐的时代，关汉卿却唱出了一曲豪气干云的壮歌，塑造了威武不能屈、富贵不能淫而仁义礼忠信俱备的英雄关羽的形象。第三折关羽上场，面对鲁肃有如"鸿门宴"的邀请书，关汉卿为他谱写的出场名曲是：

〔刮银灯〕遮莫他雄赳赳排着战场，威凛凛兵屯虎帐，大将军智在孙、吴上。马如龙，人似金刚。不是我十分强，硬主张，但提起厮杀啊摩拳擦掌。

〔蔓青菜〕他便有快对付，能征将，排甲戟，列旗枪，对仗。我是三国英雄关云长，端的是豪气有三千丈！

这真是可以令懦夫立志而壮士起舞！犹记二十世纪五十年代中期在北京师范大学就读时，中文系的同学集体编写《中国戏曲文学史》，年少的我读到关汉卿的《单刀会》，真是平添了一番少年壮志当擎云的豪情。尤其是第四折的两曲，从苏东坡《念奴娇·赤壁怀古》一词化出，既显得文采风流，渊源有自，而又别开天地，气象万千：

〔双调·新水令〕大江东去浪千叠，引着这数十人驾着这小舟一叶。又不比九重龙凤阙，可正是千丈虎狼穴。大丈夫心烈，我觑着这单刀会似赛村社。

（云）好一派江景也呵。（唱）

〔驻马听〕水涌山叠，年少周郎何处也？不觉的灰飞烟灭。可怜黄盖转伤嗟，破曹的樯橹一时绝，鏖兵的江水犹然热，好教我情惨切！（云）这也不是江水，（唱）二十年流不尽的英雄血！

我当时正值青春年少，更多的是欣赏关汉卿的诗情彩笔，甚至以为他或许还是关羽的后代，所以才会有如此的激情与才情，将关羽写得如此壮声英概。直到后来对元代的历史了解渐多，为关汉卿设身处地地想，才明白他对关羽的深切追怀，正是对汉民族英雄历史的当下追悼，他对民族英雄人物的礼赞，正是抒发对异族酷虐统治的愤怒。在狼窝虎穴会见了鲁肃而胜利回归之时，关羽有一段〔离亭宴带歇指煞〕的唱词，其中有结穴点睛的两句：

说与你两件事先生记者：百忙里称不了老兄心，急切里倒不了俺汉家节！

超越了三国的纷争，也超越了刘家天下的正统观念，张扬的是汉家精神民族魂魄。只有品读关汉卿的《单刀会》，你才不会以为关汉卿仅仅是一攀花折柳的风流浪子，如他自己所说的只是"普天下郎君领袖，盖世界浪子班头"。汉卿啊汉卿，汉族之卿，故国山河陷落后不屈的勇者，异族高压之下不挠的斗士！

四

岳飞，是南宋抗金的中兴名将、中华民族的盖世英雄，其赫赫威名如高天的雷霆，其凄凄结局似西天的落日。

在中国诗歌史上，咏叹岳飞的诗词真可以汇成一部英雄交响曲与悲怆奏鸣曲。然而，在异族统治者入主中原的时代，歌颂抗击异族入侵的岳飞，恐怕于时势是忌讳，于作者是异数了。由宋入元的赵宋宗室书画家赵孟頫，就曾写过一首《岳鄂王墓》，在歌颂岳飞的诗词中颇为出色："鄂王墓上草离离，秋日荒凉石兽危。英雄已死嗟何及，天下中分遂不支。南渡君臣轻社稷，中原父老望旌旗。莫向西湖歌此曲，水光山色不胜悲！"但是，这是他在被元蒙统治者"招安"之前所作，俗语有云"识时务者为俊杰"，他以后就噤若寒蝉了。岳飞虽未及抗击元蒙，但他抗击外来侵略则一，有哪位作家能不计利害，不怕冒天下之大不韪，在异族统治的时代去歌颂抗击异族的英雄呢？

曲家周德清却一士谔谔，他表现的是较关汉卿有过之无不及的胆识与勇气。写关羽而寄托自己的民族之思，毕竟比较曲折隐讳，人物所处的时代也比较遥远，于元蒙统治者也没有直接的击打作用，讴歌岳飞则不然。周德清字挺斋，生卒年均已不详，只知道他是高安（今江西境内）人，乃元代的散曲家、音韵学家与戏剧理论家，他写于泰定元年（1324年）而刊行于至正元年（1341年）的《中原音韵》，是我国最早的曲韵专著，是语言学的重要典籍，也开创了曲学格律研究的先河。他今存小令三十一首，套数三套，其风格清丽蕴藉，如"长江万里白如练，淮山数点青如淀。江帆几片疾如箭，山泉千尺飞如电。晚云都变露，新月初学扇。塞鸿一字来如线"（〔正宫·塞鸿秋〕《浔阳即景》）；如"千山落叶岩岩瘦，百结柔肠丈丈愁，有人独倚晚妆楼。楼外柳，眉叶不禁秋"（〔中吕·阳春曲〕《春晚》）。然而，我最欣赏的还是他的〔中吕·满庭芳〕《看岳王传》：

披文握武，建中兴庙宇，载青史图书。功成却被权臣妒，正落奸谋。闪杀人望旌节中原士夫，误杀人弃丘陵南渡銮舆。钱塘路，愁风怨雨，长是洒西湖。

周德清之曲，其他的曲家似乎都可写出，但他的这一作品，却不是人人都能得而写之的了。在一个士人消沉的时代，沸腾的热血、超人的勇气、未泯的良知，是读书人和作家都能够具有的吗？岳王庙，在今日杭州栖霞岭下西湖之侧，每次我去岳王庙里祭拜岳王之坟，周德清此曲总是要破空而来，轰响在我的耳畔，而目睹墓前秦桧、王氏、张俊及万俟卨的四具跪像，我也会想起周德清同曲牌的题为《张俊》的曲词：

谋渊略广，论兵用武，定国安邦。佐中兴一代贤明将，怎生来险幸如狼？蓄祸心奸私放党，附权臣构陷忠良，朝堂上，把一个精忠岳王，屈死葬钱塘。

张俊与韩世忠、刘锜、岳飞并称为南宋中兴四大名将，但他心胸狭窄，嫉贤妒能。人类最大的人性弱点之一是"嫉妒"，这在他身上表现得登峰造极。岳飞原来是他的部下，后来因战功不断升迁以至于和他平起平坐，声名甚至远远在他之上。妒火中烧，他居然置民族大义与当前大敌而不顾，阿附奸党秦桧，制造岳飞之子岳云和部将王贵谋反的谎言来陷害岳飞，是置岳飞于死地的罪魁祸首之一。《宋史》说："岳飞冤狱，韩世忠救之，俊（张俊）独助桧成其事，心术之殊也，远哉！"张俊于是不仅长跪于岳坟前，也永远被钉在了历史的耻辱柱上。

周德清之曲，并没有将张俊脸谱化和妖魔化，他肯定了其"安邦立国"之功（徽、钦二宗被掳，张俊拥立高宗，屡建战功）。然后便从"怎生来险幸如狼，蓄祸心奸私放党"的人性之恶的角度落笔，对张俊痛加挞伐，表现了对奸邪的憎恶、对忠良的追悼。岳飞如若不死，形势的发展仍未可逆料，宋朝也不一定会亡于元蒙之手。言之不足，故咏歌之，周德清的嗟叹歌哭，是否有未便明言的言外之意与弦外之音呢？这就只有像苏联一首名歌的歌词所说的，"让你去猜想"了。

五

唐诗宋词中都有"只此一家,别无分店"的孤篇绝唱,如唐诗中被闻一多称为"顶峰中的顶峰"的张若虚的《春江花月夜》,如宋词中被论者誉为"孤篇压两宋"的岳飞的《满江红》,元曲中似乎没有知名度可与二者媲美的孤绝名篇,但我看施惠的〔南吕·一枝花〕《咏剑》在元曲中也可谓孤篇横出,让人凛然于它出鞘的寒光。

施惠的生卒年均不详,字居承,亦字君美与均美,杭州人。钟嗣成《录鬼簿》说他"居吴山城隍庙前,以坐贾为业",大约相当于现在的小本经营的个体户。其杂剧数种均不传,而散曲也仅存一套,即〔南吕·一枝花〕《咏剑》:

离匣牛斗寒,到手风云助。插腰奸胆破,出袖鬼神伏。正直规模,香檀把虎口双吞玉,沙鱼鞘龙鳞密砌珠。挂三尺壁上飞泉,响半夜床头骤雨。

〔梁州〕金错落盘花扣挂,碧玲珑镂玉妆束,美名儿今古人争慕。弹鱼空馆,断蟒长途;逢贤把赠,遇寇即除。比莫邪端的全殊,纵干将未必能如。曾遭遇诤朝谏烈士朱云,能回避叹苍穹雄夫项羽,怕追陪报私仇侠客专诸。价孤,世无。数十年是俺家藏物,吓人魂,射人目。相伴着万卷图书酒一壶,遍历江湖。

〔尾声〕笑提常向尊前舞,醉解多从醒后赎,则为俺未遂封侯把它久担误。有一日修文用武,驱蛮靖虏,好与清时定边土!

在中国古代,剑曾被称为"百兵之王",它不仅是步兵手中作战的利器,应时而生的侠客必备的武装,那明如霜雪的锋刃,也常常是豪杰之士的生命的寄托。俗语有云:文人爱砚,武人爱剑。其实,许多文人不仅爱砚而且也爱剑。初唐的郭元振,就写过亦名"宝剑篇"的《古剑歌》,其中就有"非直结交游侠子,亦曾亲近英雄人"之句;李白也再三表示他喜欢豪雄之剑,他在《与韩荆州书》中说自己"十五好剑术,遍于诸侯",而"饮中八仙"之一的崔宗之,在《赠李十二》诗中记叙他在长安城初见李白,李白就是"袖有匕首剑,怀中茂林书";而成天和药罐子打交道的病夫李贺,"先辈匣中三尺水,曾入吴潭斩蛟子",他有一首全篇咏剑亦咏人的《春坊正字剑子歌》。因此,施惠的咏剑也不是偶然的了,他的咏剑之作,是对前代咏剑诗的继承而自出锋芒。

施惠此作的前面两曲,主要是咏物而兼言志。作者赞美宝剑的精美锋锐与来历身世,表明自己并不欣赏项羽那样狂躁自大兵败身死的一雄之夫,和专诸那样为吴公子光的私利而做刺客的匹夫之勇。他的英雄之志究竟若何?此曲的尾声可谓"卒章显其志":"有一日修文用武,驱蛮靖虏,好与清时定边土!"唐人张祜《书愤》诗说过"三十未封侯,颠狂遍九州。平生镆铘剑,不报小人仇";孟郊《百忧》诗说过"壮士心似剑,为君射斗牛。朝思除国难,暮思除国仇"。施惠之曲对专诸之"报私仇"或曰"小人仇"早已否定于前了,他后文所说的"驱蛮靖虏"当然就是"国仇"。"蛮"与"虏",是古时对少数民族的一种蔑称,而"驱蛮靖虏",历来是指安国定边,驱除外侵之敌,别无他解。施惠所处的元代,正是"蛮虏"从边地入侵中原统一与统治了中国的时代,作为汉人而且是汉人中地位更为低下的南人,施惠所怀的民族感情是不言而喻的,他此时还说要"驱蛮靖虏",他呼唤的是中兴民族大业的英雄,其言内之情言外之意难道还不明白吗?他的咏剑曲就是英雄颂,就是对执政的元蒙当局的一种罪莫大焉的"恶攻"言论。

悲怆的豪放

盛唐是中国封建社会的黄金时代，云霞出海之后便是红日中天，那时的豪放诗颇有一番拔剑四顾而豪气干云的气象。大约是我们民族的生命力与创造力都处于一种巅峰状态吧，边塞诗不必多说了，诗中尽是建功立业的雄心、杀敌卫国的壮志，奔流的是英雄的血液，跃动的是壮士的肝胆。中唐的李贺，尽管他是一介书生与病夫，如台湾名诗人洛夫《与李贺共饮》一诗所说的，"哦，好瘦好瘦的一位书生／瘦得／犹如一支精致的狼毫"，但是，"黑云压城城欲摧，甲光金鳞向日开"，他的《雁门太守行》仍有大时代豪放诗风的余绪。李白也不用多说，虽然他多的是壮志不伸的苦闷与愁情，但他的豪气在诗中表现得也是足够充沛的了。"君不见黄河之水天上来，奔流到海不复回"，这是黄河的注册在案假冒必究的永久性商标，黄河也当以李白为它做广告而骄傲；"安能摧眉折腰事权贵，使我不得开心颜"，这是李白豪放性格的自我写照，他也够得上称为唐代的第一傲骨了。宋代的豪放词呢？北宋苏东坡开宋代豪放词的先河，其个性之俊爽豁达和笔力之天风海雨，不仅见之于咏叹历史之"大江东去，浪淘尽，千古风流人物"，也见之于抒发个人之情的"明月几时有,把酒问青天"。至于南宋的张孝祥、陈与义、辛弃疾、陆游、陈亮、刘过、刘克庄等人,更是一支豪放派的劲旅大军,苦难的外侮深重的时代,造就了一批这样的志在恢复中原还我河山的诗中豪杰。宋亡之后是异族入主中原的元代,读书人像遇到了大荒年一样几乎颗粒无收,大多数元曲家凄凄惶惶,退隐消沉尚且来不及,该怎么也无法重拾唐宋的雄风吧。

事实却出乎人们的预料。除了"通俗明快""清丽深婉"之外,"豪放"之风竟然也吹遍了元代前期与后期的曲坛,以至读者和文学史家们都一致认定,元曲中虽然多格并存,但"豪放"是散曲总体上极为鲜明的风格特征,如同当代曲学专家任二北在《词曲通义·性质》中所说:"词以婉约为主,别体则为豪放;曲以豪放为主,别体则为婉约。"无论是诗或是词与曲,我喜欢杏花春雨江南,也倾心白马秋风塞上;我欣赏阳刚之美的壮士横刀,也有情于阴柔之美的美人挟瑟。特别是人生在世不称意之际,或是酒入愁肠化作相思泪之时,我更愿慷当以慷地高吟豪放派的诗章,让滔滔的激流冲刷胸中的块垒,让熊熊的烈火烧沸心头的热血。除了唐诗人宋词人,元代的曲家们也早已为我们歌一曲了,且让我们前去匆匆观礼,并且作倾耳之听吧。

在对雄山丽水的描绘歌唱中抒发自己的胜概豪情,唐宋两代的诗人词家已经留给我们太多美好的记忆,以至我们朝夕回味那些天风浪浪海山苍苍的壮语豪词,就像在晨光中青灯下翻检自己秘藏的珍宝。而元曲家呢?他们固然有"残花酝酿蜂儿蜜,细雨调和燕子泥"(胡遹通〔中吕·阳春曲〕《春景》)的轻柔,有"青山衔好月,月桂吐香风。中,人在广寒宫"(张可久〔越调·寨儿令〕《西湖秋夜》)的清丽,有"一江秋水澹寒烟,水影明如练,眼底离愁数行雁"(倪瓒〔越调·小桃红〕)的幽远,但他们也有登山临水的豪迈超旷:

天机织罢月梭闲,石壁高垂雪练寒,冰丝带雨悬霄汉,几千年晒未干。露华凉人怯衣单。似白虹饮涧,玉龙下山,晴雪飞滩。

——乔吉〔双调·水仙子〕《重观瀑布》

长江浩浩西来,水面云山,山上楼台。山水相辉,楼台相映,天与安排。诗句成风烟动色,酒杯倾天地忘怀。醉眼睁开,遥望蓬莱:一半儿云遮,一半儿云埋。

——赵禹珪〔双调·折桂令〕《过金山寺》

三高祠下天如镜,山色浸空濛。莼羹张翰,渔舟范蠡,茶灶龟蒙。故人何在,前程哪里,心事谁同?黄花庭院,青灯夜雨,白发秋风!

——张可久〔黄钟·人月圆〕《客垂虹》

乔吉的咏瀑布之曲,直欲与李白的《望庐山瀑布》媲美。李白之作名动当时而且名传后世，如果没有不凡的身手，就不必自不量力地去和诗仙较劲，那样只能"不比不知道，一比吓一跳"。乔吉后生可畏，他的写瀑布之曲，竟然追上了李白的背影。他先以四句写瀑布是织女的"天机月梭"织成的白色绸缎，然后以三个富于动态的比喻收束全篇。全篇以博喻构成，雄浑之气与壮丽之色相融相洽。镇江西北金山上的金山寺，是前人多所登临咏唱的壮观，王安石《登金山寺塔》有道是："数重楼枕层层石，四壁窗开面面风。忽见鸟飞平地上，始惊身在半空中。插云金碧虹千丈，倚汉峥嵘玉一峰。想得高秋凉月夜，分明人世蕊珠宫。"元代诗人、散曲家冯子振《登金山》也说："双塔嵯峨耸碧宫，烂银堆里紫金峰。江流吴楚三千里，山压蓬莱第一宫。云外楼台连鸟雀，水边钟鼓振蛟龙。问僧何处风涛险，邓璞坟前浪打风。"赵禹珪的这首小令也颇负盛名，历来为人所称道，可见元代文人的社会地位虽然普遍低下，但自然界的胜状同样也能鼓动他们的豪情而向前人挑战。

不过，元曲家的豪放之作，与唐诗宋词中的豪放之作毕竟还是有所区别的。例如张可久本是"声传南国，名播中州"的元曲"清丽派"代表人物，今存小令八百六十八首，套数九套，占现存元散曲的五分之一，明代朱权在《太和正音谱》中就称他的曲"清而且丽，华而不艳"，但是他别调独弹，也有一些颇为豪放的作品。如〔双调·折桂令〕《次酸斋韵》："倚栏杆不尽兴亡，数几点齐州，八景湘江。吊古词香，招仙笛响，引兴杯

悲怆的豪放　　215

长。远树烟云渺茫,空山雪月苍凉。白鹤双双,剑客昂昂,锦语琅琅。"他状眼前之胜景,发思古之幽情,豪放之中已经不免有"苍凉"之感了,在上引的《客垂虹》一曲里,在清华之中虽不乏山水空濛水天如镜的豪放旷远,然而,"前程那里,心事谁同"的前路茫茫的叩问,"黄花庭院,青灯夜雨,白发秋风"的凄然欲绝如箫声呜咽的尾声,已经透露了元曲的豪放不同于唐诗宋词的豪放之别样消息。

豪放是元曲的基调与底色,这有多方面的原因,如同一条大江是由许多溪流汇聚而成的一样。元代是蒙古族南面而王的时代,从北方吹来的是大漠的朔风,和蒙古民族的粗豪不羁之气。明人王世贞曾经回顾说,"大江以北,诗有染胡语,时时采入"。蒙古族与生俱来与天地同在的刚劲剽悍之风、自由进取之力、奔放豪宕之态,以及他们的语言与语言方式,在开放的社会与融合的民族中,对一个时代的文学的审美风尚当然有深刻的影响。如成吉思汗帐下的文臣谋士耶律楚材,他是契丹人,也是汉化了的儒生,但半生金戈铁马,而且近墨者黑近朱者赤,其作品也飞扬着一股大漠雄风,如《阴山》一诗:"八月阴山雪满沙,清光凝目眩生花。插天绝壁喷晴月,擎海层峦吸翠霞。松桧丛中疏甽亩,藤萝深处有人家。横空千里雄西域,江左名山不足夸。"同时,散曲是从民间兴起的文学样式,刚健清新本来是民间文学的主要标志,而曲是表演于勾栏瓦肆,其表达更需直接痛快,而通俗与爽健正是散曲的民间原生形态,好像山野中奔流的溪水与怒放的鲜花。此外，文人们的社会地位普遍低下，他们多数人处江湖之远，而无法跻攀于庙堂之高，因而心灵也更为自由，思想也更为开放，他们怀疑和修正宋儒们所倡导的理学，对传统观念表示反叛与否定，那种真实的个性与自由的感情之奔进式表现，自然也是豪放曲风形成的重要元素。

然而，元曲家的豪放风格，毕竟与唐诗人宋词人的豪放诗风词风有所不同，就像同是骏马，胡马与川马二者有异，同是牡丹，姚黄也与魏紫有别。元曲家的豪放豁达，骨子里浸透的是由于失落与无望所带来的苦涩，是看透了生命无常万缘皆空的悲凉。豪放是外观，悲苦是灵魂。谓予不信，请先看少数民族诗人薛昂夫的〔双调·水仙子〕《集句》：

几年无事傍江湖，醉倒黄公旧酒垆。人间纵有伤心事，也不到刘伶坟上土。醉乡中不辨贤愚。对风流人物，看江山画图，便醉倒何如？

名超吾号九皋的薛昂夫，是西域回鹘人，即今日新疆维吾尔族人，本名薛超兀儿，汉姓为马，故又称马昂夫或马九皋。先世为西域人，他本身由于出身的关系也算仕途顺达。他曾求学于宋末豪放派诗人刘辰翁，王德渊为他的诗集所作的序言中，说他"诗词新艳飘逸，如龙驹奋迅，有并驱八骏一日千里之想"。诗如此，曲亦然，他的散曲意境阔大，气象豪迈，飞扬的

悲怆的豪放

不是起于青萍之末而是大西北之漠的豪放雄健之风,如"回首有情风万里,渺渺天无际,愁共海潮来,潮去愁难退"(〔双调·楚天遥过清江引〕);如"周郎赤壁鏖兵后,苏子扁舟载月秋,千年慷慨一时酬"(〔中吕·阳春曲〕《隐居漫兴》)。上引的《集句》是集句成曲。集句,是选取经史典籍中的古人诗文成句,围绕新的构思组织编排为或诗或词或曲的新作品。薛昂夫此曲,首二句集唐诗人陆龟蒙《和袭美春夕酒醒》:"几年无事傍江湖,醉倒黄公旧酒垆。觉后不知明月上,满身花影倩人扶。"中二句集唐诗人刘禹锡《西塞山怀古》中之"人世几回伤往事"和李贺《将进酒》之"劝君今日酩酊醉,酒不到刘伶坟上土"。唐皇甫松《醉乡日月》说:"凡酒以色清味重而怡者为圣,色如金而味醇且苦者为贤,色墨而味酸醨者为愚。"此曲中的"醉乡中不辨贤愚",则由此化出,结句则是化用苏轼《念奴娇·赤壁怀古》中的名句了。全曲虽然旷达豪放,但豪旷之中却不免悲酸,这大约不仅仅因为是醉乡,而是当时整个社会都"不辨贤愚"是非颠倒混沌黑暗之故吧。

少数民族仕途还算比较通达的诗人如此,何况前途无"亮"的汉族文人?唐宋时代的豪放派诗人大都胸怀壮志,无不对实现人生价值抱有极为乐观的信念,如李白之"天生我材必有用,千金散尽还复来";如陆游之"僵卧孤村不自哀,尚思为国戍轮台",就是对治国拯民的宏图大愿的抒写讴歌。元曲家们已经没有壮志,甚至没有壮志难以实现的悲哀,他们只有壮志蒿莱的悲凉，只有被歧视被压抑的悲愤，只有看破生死看穿无常纵情诗酒及时行乐的悲怆。如果他们的作品格调豪放，那也只是一种心理的反弹与反抗，一种灵魂的呼喊与呐喊：

> 绿叶阴浓，遍池亭水阁，偏趁凉多。海榴初绽，朵朵簇红罗。乳燕雏莺弄语，有高柳鸣蝉相和。骤雨过，珍珠乱撒，打遍新荷。
>
> 人生百年有几？念良辰美景，休放虚过。穷通前定，何用苦张罗。命友邀宾玩赏，对芳樽浅酌低歌。且酩酊，任他两轮日月，来往如梭！
>
> ——元好问：〔双调·小圣乐〕《骤雨打新荷》

元好问生当宋元之交，"慷慨歌谣绝不传，穹庐一曲本天然。中州万古英雄气，也到阴山敕勒川"，早在家已破而国未亡流寓河南登封时所作的《论诗绝句三十首》中，他就登高一呼，呼吁诗词中的豪壮之气与阳刚之美了，在元代豪放派的曲家中，他也应该是主持人报幕后首先登场的人物。元好问由金入元，终生不出，对新朝采取的是持不同政见式的不合作态度，上述之曲表现了对人生苦难的无奈，对时世险恶的感叹，强调享受人生的美景良辰，在旷达豪俊之中不免压抑低沉。这种低气压是个人的，更是时代的，元代的天空，只有如铅的阴云，如金的阳光早已失踪了。

悲怆的豪放 219

与元好问持同样立场的是白朴。白朴之父白华金,为金朝枢密院判官。金亡后白朴与母离散,随元好问避居山东聊城,国亡家破,父亲降元有丧失名节之讥,加之元好问对他的影响,他也终生不仕。《太和正音谱》称他的作品"风骨磊块,词源溁沛,若大鹏之起北溟,奋翼凌乎九霄,有一举万里之势",正是对他豪俊词风的形象描绘。如他的〔仙吕·寄生草〕《饮》和〔沉醉东风〕《渔夫》:

长醉后方何碍,不醒时有甚思?糟腌两个功名字,醅渰千古兴亡事,曲埋万丈虹霓志。不达时皆笑屈原非,但知音尽说陶潜是。

黄芦岸白蘋渡口,绿杨堤红蓼滩头。虽无刎颈交,却有忘机友,点秋江白鹭沙鸥。傲煞人间万户侯,不识字烟波钓叟。

无论是百年功名,千古兴亡,还是万丈虹霓之志,都不是付给了酒糟,就是付给了渔樵,这既是元蒙统治者实行民族压迫所造成,也是作者不愿同流合污的结果。全曲虽然曲风爽利劲健,但即使说"饮酒",已没有了李白式的"李白斗酒诗百篇,长安市上酒家眠。天子呼来不上船,自称臣是酒中仙"的豪情;即使是说"渔樵",也没有张志和的"青箬笠,绿蓑衣,斜风细雨不须归"的悠然淡远了。

元好问和白朴是不愿出仕,其他多数人是欲仕而不得,有的即令得到一官半职——统治者施舍的一杯羹,但除少数例外,多半也是沉沦下僚,残杯与冷炙,到处潜悲辛,因此,他们那些即使在时代的审美思潮与风尚影响下偏于豪放的作品,也常常于表层呈现为自暴自弃和否定传统,而深层结构中则显示出抗争的意识与透骨的悲凉:

想人生七十犹稀,百岁光阴,先过了三十。七十年间,十岁顽童,十载尪羸,五十当除分昼黑。刚分得一半儿白日。风雨相催,兔走乌飞,仔细沉吟,都不如快活了便宜。

——卢挚〔双调·蟾宫曲〕

自从杜甫在《曲江二首》中低吟"酒债寻常行处有,人生七十古来稀"之后,"人生七十古来稀"就成了后人经常引用的人生警语。而卢挚就像一位经济学家,他将人生百年的明细账目算得痛痛快快又清清楚楚,读来令人动魄惊心。然而,它已没有"少壮不努力,老大徒伤悲"的汉人风骨,没有唐人"读书不觉已春深,一寸光阴一寸金"的风标,也没有宋人"莫等闲白了少年头,空悲切"的风范,而只有及时行乐享受人生——"仔细沉吟,都不如快活了便宜"。

然而,生当那样一个时代,作为有思想有人生追求的智者,

悲怆的豪放　221

他们能够真正"快活"起来吗？邓玉宾之子在〔雁儿落带得胜令〕《闲适》中写道：

乾坤一转丸，日月双飞箭。浮生梦一场，世事云千变。万里玉门关，七里钓鱼滩。晓日长安近，秋风蜀道难。休干，误杀英雄汉。看看，星星两鬓斑。

作者为散曲作家邓玉宾之子，其名不传，其作可诵。广阔的空间，急促的时间，千变的世象，古代的人物，在如此紧锣密鼓之后，作品的主旨终于轰然而出："休干，误煞英雄汉；看看，星星两鬓斑。"全曲虽然曲风俊爽，气韵沉雄，但已经和唐人言志抒怀的豪放之作大异其趣了。前者如春天的一轮红日之初升，后者却已是无边落木萧萧下的深秋落日。

唐诗人宋词人的豪放是述志明心，高亢激越，他们面向明天，瞩望未来；他们的作品如黎明的号角，霜天的鼙鼓，惊天动地的奋进的骏马蹄声。而元曲家的豪放则大多是看破红尘，虚无退隐，否定传统，面向空茫；他们的作品很多有如呜咽的悲筇，苍老的晚钟，幽沉的更鼓。例如曾瑞，他也是豪放派曲家的一位代表人物，其〔正宫·端正好〕《自序》以十四支曲子的篇幅，抒写了他的人生哲学，是元散曲中少有的大制作，在"一枕梦魂惊，千载风云过"的起调之后，他在〔一煞〕中唱道：

也不学采薇自洁埋幽壑,不学举国独醒葬汨罗。也不学墨子回车,巢由洗耳,河老腾云,许子衣褐。也不仰天长叹,也不待相宣言,也不扣角为歌。却回光照我,图甚苦张罗。

历史上不食周粟的伯夷叔齐,众人皆醉而我独醒的投江屈子,不入朝歌的墨子,认为音乐于人无益而洗耳于颍水之滨的隐士,汉文帝时升空而不作臣民的河上公,身穿麻布短衣的许由,击牛角而歌打动齐桓公终得重用的宁戚,以往传统中所颂扬的人物,全在他的否定之列。人生的一切毫无意义,这真是所谓"哀莫大于心死",而令其心死的哀情,说到底也是因为那个时代已非盛唐,亦非隆宋,而是一个没有希望而只有绝望的时代。

如上所述多支元曲中所表现出来的典型环境中的典型情绪,在刘时中的〔中吕·山坡羊〕《与邸明谷孤山游饮》一曲中也十分鲜明,全曲如下:

诗狂悲壮,杯深豪放,恍然醉眼千峰上。意悠扬,气轩昂,无风鹤背三千丈,浮生大都空自忙。功,也是谎;名,也是谎。

悲怆的豪放　223

刘时中曾流寓过我的故乡长沙，可惜长沙虽说是有两千多年历史的秦汉名城，现在却是一个现代性都会，任你走遍全城的东西南北，也寻不到刘时中的一枚足印，听不到他哪怕一句南昌的乡音。我对他心怀敬意，因为他写过名为写马实为写人的为民请命的《代马诉冤》，写过反映民生疾苦有如白居易新乐府的《上高监司》，有了如斯之作，即使他别的什么作品都没有，他在我心中也是元曲家中"重量级"的了。十九世纪英国的小说家萨克雷，其代表作题名为《名利场》，名利中的功名有两重性，有取之有道的立德立言立功的功名，也有纯粹一己之私的追名逐利。功名本来有如一枚钱币的两面，它可以促人奋进，也可以使人沉沦，如果真正彻底看穿，那不是个人的精神境界达到了老子所说的"无为"之境，就是时代出了问题。刘时中所处的正是这样一个令人失望而且绝望的时代，像他这种有心用世并济世的人，也只能在"豪放"的歌唱中，在诗酒旷放的豁达里，表现对功名利禄的彻底否定，对生存环境的深沉感慨。此曲也正因此而先扬后抑，有如从峰头坠落到深谷。

元代曲家在曲中所标明的"悲壮"其实更应该是"悲怆"，它是元曲中大多数豪放派作品基调的写照。可说是悲怆的豪放，豪放的悲怆。

丧钟为谁而鸣

"高开低走"，是封建社会历代王朝的一般规律，但秦朝与元朝却更为迅速地坠向谷底以致崩盘。在统一了中国的历代王朝中，它们大约是最为其兴也勃其败也速的了，在茫茫天地间与浩浩史册里，留下的是几缕青烟，是让后人去磨洗以认前朝的短促的盛衰兴亡。

嬴政一统天下，多灾多难的中国由他奠定了封建集权制度。当时臣僚们奉命议进帝号，选择的是三皇中最为尊贵的"泰皇"，嬴政却自以为功业无前，便自取并兼用三皇五帝的美称为"皇帝"，又自命"始皇帝"，其如意算盘是将家天下子子孙孙无穷匮也地传之千秋万载。然而，仅短短的十五年，义军蜂起，秦王子婴被杀，秦王朝就宣告寿终正寝，序曲即是尾声，开创了中国历史上一个最短命的朝代。短命的冠军是秦朝，亚军是三十七年的隋朝，殿军则是元朝了。秦始皇以武力定天下，如杜牧《阿房宫赋》所说"六王毕，四海一"，还是在神州之内。元代统治者开始似乎比秦始皇还更加轰轰烈烈，元王朝的前身，是"亚历山大式"的世界征服者成吉思汗于1206年所开创的"大蒙古国"，下属由其子孙建立的"四大汗国"，横跨欧亚非三洲。1271年，忽必烈表示自己的国家极其辽阔强大，取《易经》中"大哉乾元"之意，将"大蒙古国"改称"大元"，以漠南与中原为中心，以燕京为"大都"（今之北京），建立了我国历史上领土超越汉唐的王朝，"北逾阴山，西极流沙，东尽辽左，南越岭表"，"东南所至，不下汉唐"（《元史·地理志》）。至1368年元顺帝逃离大都元朝灭亡为止，历时九十七年，作为一个统一中国的朝代，享年可谓不永，如按朝代时间来看，则排名倒数第二。

马上得天下的元朝，曾经雄视海内，睥睨八方，其不可一世仿佛真可以万寿无疆，但不足百年，就成了历史中的匆匆过客，不同的是当年排山倒海呼啸而来，终归秋风落叶黯然而去。丧钟为谁而鸣？为元朝的灭亡奏响葬钟的，是记载于元末明初陶宗仪所撰笔记《南村辍耕录》的无名氏的〔正宫·醉太平〕：

堂堂大元，奸佞专权。开河变钞祸根源，惹红巾万千。宫法滥，刑法重，黎民怨。人吃人，钞买钞，何曾见？贼做官，官做贼，混愚贤。哀哉可怜！

陶宗仪说："〔醉太平〕小令一阕，不知谁所造，自京师以至江南，人人能道之。……今此数语，切中时病，故录之，以俟采民风者焉。"陶宗仪隐居松江，劳作之余，顺手笔记历史琐闻而置诸破箧之中，累积十年，发录成篇而以"辍耕"为名。我要向他致以相隔远不止一代的谢忱，因为此曲当时虽然传遍大江南北，但如果不是他的收录之功，极有可能与时俱逝，后人就无从得知当时曾鸣奏过这样一阕元代葬礼进行曲，而我也难以在这本书里，写下这似乎不可缺席的一篇了。

"堂堂大元"，是写实也是嘲讽。"大蒙古国"固然拥有古今中外前所未有的疆域版图，仅以元朝而论，其疆土也可媲美其统治者的雄心与野心，东南至海，西极新疆，西南拥有云南西藏，北面囊括西伯利亚大部，东北则直抵霍尔次克海，即使是大汉与盛唐，都无法与之比并，当然不可谓不"大"。然而，联系曲终奏雅的"哀哉可怜"一语来看，此语也实为讥嘲，因为元朝大而不"盛"，弊病丛生，千疮百孔，最后只落得个呜呼哀哉的可怜下场。不过，堂堂的大元，本来其兴也勃威加海内，为什么其败也速转瞬即成了落花流水呢？

任何政权或国家的倒台与灭亡，虽然总有其外部因素，但根本上都是由内部原因所决定。古今中外，概莫能外。中国古代的《商君书·修权》说："今乱世之君臣，区区然皆擅一国之利，而管一官之事，以便其私，此国之所以危也。"《荀子·强国》篇有言："亡国至亡而后知亡。"意谓上上下下皆为私利，国家必然危亡，而被灭亡的国家到灭亡之后，才会知道灭亡的原因。明朝的北伐军由徐达率领而兵临城下，元顺帝弃守大都而逃往他祖先的龙兴之地，在仓皇北遁之中，在孤星冷月之下，他是否检讨过"大元"为什么会土崩瓦解？清初思想家黄宗羲的《明夷待访录》从另一个方面指出："天下之治乱，不在一姓之兴亡，而在万民之忧乐。"封建专制体制，本来就是一种独裁集权的必然导向腐败的体制，君主和臣子独擅一国的利益，上下交征，以权谋私，而以天下百姓为刍狗，这样的国家怎么可能梦想千秋万岁？如果一国之君是昏君与暴君，高踞要津的臣子为奸臣与佞臣，这样的国家怎么可能企望长治久安？就如一个先天本就绝症缠身的患者，后天又百病交侵，却仍然希图万寿无疆，岂不是痴人说梦？而"堂堂大元"的具体情况又是如何呢？

中国历史上共有帝王六百六十一名，除了传说中的炎帝和黄帝，炎黄子孙的我对于其他所有帝王均无好感，幸亏他们都已经"俱往矣"，鞭长莫及，所以有了安全感的我对他们更无敬畏之心，因为我服膺的是清代思想家唐甄的一句箴言："自秦始皇以来，一切帝王皆贼也。"元代的帝王呢？当然也无一例外地属于独夫民贼之列。不过，从元代统治集团的利益而言，成吉思汗与忽必烈毕竟是雄图大略的为他们创立了"家天下"的人物，自忽必烈之后，元代的帝王或因纵情淫乐而享年不永，或因宫廷内斗而死于非命，除了一二稍有作为者外，差不多都是昏君与暴君，一帝不如一帝，一蟹不如一蟹。忽必烈嫡孙铁穆耳即位为元成宗，在位十二年间，朝廷与官场之腐败及争权夺利两大病灶，即已显露无遗。从 1307 年铁穆耳之死到 1333 年妥懽帖睦尔即位，二十五年之中像走马灯一样换了十个皇帝，平均三年就"你方唱罢我登场"。

丧钟为谁而鸣

元代皇帝的先人本来逐水草而居，环境恶劣，生活艰苦，熬炼出强健的体魄，所以能"以弓马之利取天下"。待到进了城，掌了权，坐了龙廷，其子孙当然就要大肆挥霍和享乐，恨不得把每一天都变成狂欢节。例如元代皇帝信奉喇嘛教，为了长生不老与国祚永存，他们大修佛寺大做佛事大赏僧侣，此种专项开支，竟占国家财政总收入的三分之二。而元代的亡国之君元顺帝呢？国家的命运早已开始倒计时了，他却热衷于奸臣哈麻引荐的西天僧所教的"演揲儿法"，以及哈麻妹夫集贤殿学士秃鲁帖木儿引荐的西蕃僧传授的"秘密法"，对于这两种房中术，他取名为"双修法"而乐此不疲。不仅如此，他还和秃鲁帖木儿等十人结为"倚纳"，君臣和宫女们男女裸杂，白昼宣淫。此外，元顺帝生性阴毒，生杀予夺，先后杀一品大臣凡五百余人，从无悔意。作为一国之主，如此荒淫无道与荒唐残暴，欲国之不亡，天理安在？

〔醉太平〕直斥"奸佞专权"，这当然是元朝灭亡的另一重要原因。封建帝王们高踞于权力金字塔的顶端，其下就是各级官吏。如果执政的君王为了家天下尚肯励精图治，又能在关键位置上识别与任用贤能，国事当尚有可为，唐代的贞观开元之治即是如此。帝王如果本自昏聩腐败，奸佞专权就是必然之理了。所谓开的什么花，结的就是什么果。有元一代，奸恶之徒层出不穷，就是封建集权制度这根藤蔓上结出的恶果。我且择其大者稍作展示：

明人所修的《元史·奸臣传》，名列前茅的就是阿合马。这个生于中亚的回回人出身低微，作为"媵臣"——随嫁的奴仆入宫，"执宫廷洒扫之役"，是皇宫里的一名清洁工。后来得到元世祖忽必烈的宠信，委以理财之任，领中书左右都，兼诸路都转运使，又为中书平章政事，领尚书六部事，相当于国务院总理兼财政部长。此人真可谓"子系中山狼，得志便猖狂"。他权倾朝野，卖官鬻爵，贿赂公行，无恶不作，反对他的均遭排斥或杀害，谄附他的均得重用与晋升。喜殖私产，见良田千方百计攫为己有，好色无度，妻妾竟达四百人之多。自己掌管民政与财政尚嫌不足，还让儿子掌管军事，其小妾竟然还有两张以供念咒（名为"厌胜"的巫术，以诅咒制人或物）的人皮。阿合马被义士王著刺杀之后，大都军民雀跃欢呼，额手称庆，连穷人也卖掉衣服买酒庆贺。由于热卖，市上三天之内竟然都无酒可沽。

《元史·奸臣传》里英宗时任中书右丞相的铁木迭儿，也是一个好事不做坏事做绝的角色。延祐四年（1317年）六月，中书平章政事萧拜住、御史中丞杨朵儿、上都留守贺胜联合御史台四十余人弹劾铁木迭儿，历数其罪名竟有"桀黠奸贪，阴贼险狠，蒙上欺下，蠹政害民，布置爪牙，威詟朝野，诬险养人，要功利己"八项之多，但这样一个人间狗彘，竟当了王朝大老，而且杀害了上述弹劾他的三人，真是天道宁论！

英宗被弑之后，其孙铁木儿登基为泰定帝，泰定帝死后，

丧钟为谁而鸣　231

权臣燕铁木儿不立泰定帝之子为帝,而拥立武宗次子图帖睦尔,是为文宗。武宗长子和世㻋自立为明宗,燕铁木儿与文宗合谋,将其毒死。燕铁木儿操纵废立,翻手为云,覆手为雨,怙势贪虐,受贿营私,例如富豪张弼杀人后向他行贿钞五万贯,他便派家奴去威胁官府释放杀人犯。不仅此也,其私生活也极为荒淫,他妻妾众多,占有的宗室女子多达四十人,有的连自己都不认识。泰定帝死后,他居然娶皇后为夫人,令人闻所未闻。元朝末代皇帝元顺帝之荒淫与荒唐已于上述,其下不仅有哈麻与秃鲁帖木儿此类奸臣,还有"元之亡,搠思监之罪居多"(《元史》)的搠思监。他与朴不花沆瀣一气,同恶相济,人称他们是秦二世时的赵高、汉灵帝时的张让、唐僖宗时的田令孜。如此小人佞人恶人贼人掌握了国之权柄,上有昏君,下有佞臣,不亡何待?

元代官场的弊病,还不仅仅只是人少官多,十羊九牧,而在于官即是贼,贼即是官,官贼不分,如同〔正宫·醉太平〕所说:"贼做官官做贼混愚贤。"同是为"窃",却有贵成王侯与败成贼子之不同,而元蒙统治者因为马上得天下,一朝骤贵暴富,又没有中原儒家传统与教义的熏陶约束,加之现实的享乐之风盛行,官场便加速度地腐败。官场的腐败,本来是集权体制下必然产生而且无法根治的痼疾,而利用手中的权力悖法贪敛,与手中无权"不告而取谓之窃"的贼并无本质的不同,但前者却往往受到现行体制的庇佑,而后者却必然受到现行体制的惩罚。

《庄子·养生主》中曾说："窃国者侯，窃钩者诛。"其实，被诛之窃与成侯之窃只有一字之异，高下之别与成败之分，却没有本质的差异；而且贪官比窃贼应该更为可恶可恨，尤其是社会与官场腐败到无可救药之时，官即贼，贼即官，大家都更是难兄难弟而彼此彼此了。

〔正宫·醉太平〕所说的官贼不分，从"原典"的角度而言，应该是出自南宋郑广先生的打油诗。宋代的贿赂之风，在秦桧专权时即已盛行，至南宋中后期愈演愈烈，宰相史弥远执政时，"宝玉珠玑""服饰器用"乃至田宅契券，都成了跑官要官行贿贡进之物，一朝官职到手，就会像强盗一样本利双收地"强盗"。宋理宗时代的清官、理学家真德秀就说过，由贿赂得官的人，甫一上任就"皆争自为盗"。郑广本是福建的海盗，绍兴六年（1136年）招安为官，但那些满肚子男盗女娼但表面上还是道貌岸然的同僚，却因其"出身不好"而鄙视他。一次同僚聚会赋诗，有人故意问郑广是否有此雅兴，意在让其出丑，不料郑广也当仁不让，即席赋诗一首：

> 郑广有诗上众官，文武看来总一般。
> 众官做官却做贼，郑广做贼却做官。

吟诵的效果呢？当然是众官员听后瞠目结舌，欲笑不可，欲哭不能，欲怒不敢，因为他们一方面做贼心虚，另一方面也顾忌到郑"我是强盗我怕谁"。元代的官场较之前朝有过之而无不及，朱清、张瑄原来也是海盗，因替元蒙贵族办理海运而官至"万户"。元代的蒋一葵撰有《尧山堂曲记》，另有《尧山堂外记》，记载元代之事甚详。他说元代末年各级官员无不贪墨，即使朝廷派至地方监察官员廉正与否的钦差大臣们，也无不趁机搜刮，劣迹斑斑。"是时，金鼓音节，迎送廉访司官，则用二声鼓，一声锣；起解强盗，则用一声鼓，一声锣"，民间于是流行打油诗一首，可以与上述郑广之作媲美：

> 解贼一金并一鼓，迎官两鼓一场锣。
> 金鼓看来都一样，官人与贼不争多！

官即是贼，贼即是官，如此官贼不分黑地昏天的吏治，欲国之不亡，天道何存？

昏君与暴君当道，奸臣与佞臣当政，贪官与冗官当权，加之元蒙统治者实行的是民族歧视政策，又辅之以笞杖、徒流、处死等严刑峻法，元朝就像一个危机四伏的火药桶，只消一根引线一团火星就会爆炸；有如一道豆腐渣工程的堤防，只消溃于一穴就会全盘土崩瓦解。苏轼在《策断》中说过："天下将兴，其积必有源；天下将亡，其发必有门。"元亡的引线与溃穴，就是"开河变钞"。至正十一年（1351年），元政府以贾鲁为工部尚书兼总治河防使，征民夫十五万，修治已连续六年因河患而带来大饥荒大瘟疫的黄河。监工的官员克扣民工的口粮，监工的两万戍军也大施暴虐。与此同时，元政府企图以发行新钞来解决财政危机，印行"至正交钞"，与世祖忽必烈发行的"至元宝钞"并用，由于滥印滥发之"钞买钞"，通货膨胀，物价暴涨十倍以上，斗米斗珠，民不聊生。一般的动物被逼到绝境也会反噬，何况是水深火热之中反也是死不反也是死的百姓黎民？元末明初，叶子奇曾任巴陵主簿，撰有以草木易腐而自警的《草木子》一书，记述元代诸事甚详，其中就记载了一首嘲讽时政的谣谚：

丞相做假钞，舍人做强盗。
贾鲁要开河，搞得天下闹。

清平治世，很少有讽刺性的民间谣谚，只有乱世才是讽刺性民间歌谣滋生的温床。上述民谣正好可以和〔正宫·醉太平〕互参。"天下闹"而"惹红巾万千"，至正十一年，白莲教首领韩山童、刘福通等人利用开河之机，在河工中传布"石人一只眼，挑动黄河天下反"的谣谚，重施秦朝末年陈胜、吴广起义时的故技，偷凿一独眼石人，于其背刻"莫道石人一只眼，此物一出天下反"的字样，埋于将要开掘的河道上。石人挖出后，成了烈火燎原的头号新闻，产生了爆炸性的轰动效应，韩、刘等人于是以红巾为号，啸众起义。而当年加暴风烈雨的蒙古铁骑，入关后早已蜕化变质，如同清代入关后养尊处优的八旗兵

丧钟为谁而鸣　235

一样,"宝刀锈涩金甲寒,上马彷徨苦无力",于是黄河之堤尚未筑成,元朝的堤防就先行崩塌了。

历史上任何独裁的政权,都不可能长治久安,更不可能万寿无疆,只能专制于一时,而不能统治于久远。短命的元王朝,由元顺帝妥懽帖睦尔于1368年落幕。据明朝历史学家权衡《庚申外史》记载,徐达的北伐大军已经占领大都附近的通州,一部分臣子劝元顺帝死守京城,用现代的语言就是"为荣誉而战"吧,这位末代皇帝却知"识时务者为俊杰",并且善于吸取前朝的历史教训,他说他夜观天象,元朝气数已尽,当让位于朱元璋。他徘徊长叹曰:"时至今日,岂可再当宋朝的徽、钦二帝!"于是在月黑风高之夜开健德门逃出大都,经居庸关,叶落归根地遁向他们所勃兴的漠北草原。早在此年正月,朱元璋就已在南京称帝,国号为明,他后来遣使遗书,招降元朝的末代逃亡皇帝,妥懽帖睦尔居然还舞文弄墨,表示让贤,作《答明主》一诗让使者带回:

> 金陵使者渡江来,漠漠风烟一道开。
> 王气有时还自息,皇恩何处不昭回。
> 信知海内归明主,亦喜江南有俊才。
> 归去诚心烦为说,春风先到凤凰台。

元顺帝逃往漠北,于洪武三年(1370年)死于应昌(今内蒙古多伦县东北）。朱元璋定鼎之初，自顾不暇，无心也无力追穷寇，便认为他最后不战而走，是"克顺天命"，便顺水人情地给他一个"顺帝"的谥号。其后代的国家此后称为"北元"，从此一蹶不振，直至被清朝灭亡而彻底呜呼哀哉。

翠袖佳人 白雪阳春

如同云彩之于天空，浪花之于河流，繁花之于春树，中国的诗词曲与音乐和歌伎结下的是不解之缘，它们大都可以被之管弦而主要由樱桃小口们来歌唱，不像今日的新诗，万诗齐喑，大多只能默读而不便吟诵，更难随着乐谱的翅膀而振羽飞扬。

中国古代的歌伎制度，经历了先秦女乐、汉代倡乐与魏晋乐府的发展阶段，到唐宋时代形成官妓、家妓、私妓同时并存的局面。时至元代，妓女主要分官妓与私妓两种，官妓指由官府直接或间接管理编入乐籍的妓女，在经营上实行的是"义务制"与"买卖制"并行的双轨制，前者称为"官应身"，即无条件地应召至官府表演歌舞或为官家的客人侍寝，后者则为向一般的平民卖身。私妓称为"私科子"，指的是不隶属乐籍而私下卖笑的女子。无论是官妓或私妓，她们都深受官府的压迫与剥削，生活在社会的最底层，身处水深火热之中。莎士比亚《哈姆雷特》一剧中的名句曾说："弱者，你的名字是女人。"作为弱者中的弱者，官妓与私妓更是一群被侮辱被损害的人。其中，那些才色双全的艺妓——主要从事杂剧的表演和散曲的演唱者，她们的地位当然同样卑下，政治上与生活上的双重压迫，使她们如在长夜，如负磐石；但是，由于她们能歌善舞，有相当的文化修养与艺术表演才能，身价自是不同，也相对受到官员、市民和文人的欣赏与尊重。尤其是在元代那样一个特殊的时代，较之唐宋，艺妓与文人和元曲发展的关系更为密切，几乎有如河流之于河岸，树身之于年轮。

艺妓们由于地位的特殊和文化的熏陶，她们比一般的妓女更重视精神的追求与生命的寄托。脱籍从良而过上常人的生活，是她们的普遍愿望，而她们希望之所在，大都是那些在文学上有共同语言的风流倜傥的文人，市井的商人和官场的俗吏并不入她们的青眼。在正常的社会情态下，文人的地位远比艺妓为高，宋代的柳永自称"布衣卿相"，正是因为布衣是实而卿相为虚，他"忍把浮名换了浅斟低唱"，沦落江湖，才和许多歌女有了真实的友情甚至爱情。当然，柳永只是前代的个例，元代则不然，文人的地位从前代的波峰坠落到波谷，九儒而十丐，在社会各阶级的分析的排行榜上，仅仅列于乞丐之上，和艺妓们顶多是平起平坐，他们好花不常开，好景不常在，已经触底但却没有反弹的希望。这种冰火两重天的巨大的落差，使他们已无前代读书人的优越感，而走投无路的现实，也使他们往往向同是天涯沦落人的艺妓们寻求精神的安慰。尤其是那些有创作欲望与才能的文人，艺妓们就成了他们的异性知音、红颜知己，是他们的作品的欣赏者与传播者。例如平阳（今山西临汾）人于伯渊，是元代的杂剧与散曲作家，他不满官场的腐败，山东平阳路的达

翠袖佳人　白雪阳春

鲁花赤几次派人礼聘他为官作吏，他置之不理，但却与平阳名妓柳翠相好，专门为她写了〔仙吕·点绛唇〕套曲，其中有"漏尽铜龙，香消金凤。花梢弄，斜月帘栊，唤醒相思梦"之句。与伯渊相识，柳翠即专意相从，伯渊逝世，柳翠白衣素服，亲自送葬，从此闭门谢客，虽是风尘女子，却凛然有烈士之风。

元代都市妓女的队伍空前庞大，单纯以色事人者置之不论，其中一部分是以艺事人或以色艺事人的艺妓；元代夏庭芝的《青楼集》和陶宗仪的《南村辍耕录》，都记载了元代艺妓的艺事活动。据以上二书加上其他书籍如《全元散曲》(隋树森编)、《全金元词》(唐圭璋编)的统计，今日尚知的有名有姓的艺妓共一百五十九人。她们演出杂剧，兼唱词曲，如赛帘秀"声遏行云，乃古今绝唱"，朱帘秀"歌声坠梁尘"，顺时秀"歌传天下名"，一分儿"歌舞绝伦"，李芝秀"记杂剧三百余段"，专工南戏的女演员龙楼景的金嗓子使"梁尘暗簌"；曲家卢挚听闻金陵的杜妙隆歌声绝妙，远道专访不遇，惆怅之余，题《踏莎行》于旅舍之壁："雪暗山阴，溪深花早，行人马上诗成了。归来闻说妙隆歌，金陵却比蓬莱渺。宝镜慵窥，玉容空好，梁尘不动歌声悄。无人知我此时情，春风一枕松窗晓。"除此之外，有的如朱帘秀、梁园秀等人还长于创作，成为将自己的名字写进元曲史的女性作家。总之，众多艺妓和男性元曲家的相辅相成，促进了元曲的发展和繁荣，元曲之花在唐诗奇葩宋词异卉之后迎风盛开，借用一首当代流行歌曲的歌词，其功劳"有你的一半也有我的一半"。

如同三面旗帜，三块领地，元散曲也有鼎足而立的三大题材，那就是"叹世""书隐"与"题情"。如果说唐宋时代有所谓"诗庄词媚"之说，那么，元代文人心灵开放的程度，也是依诗、词、曲的顺序而与时俱进。元人之诗，主题多比较庄重，例如抒写理想抱负关怀国计民生之类，难免正襟危坐，道貌岸然；元人之词，就已经开放得多了，但仍不免犹抱琵琶半遮面；元人之曲呢，几乎没有什么禁区，不便示人的内心隐秘，自然原始的身心欲求，都可以一一召来笔下，如同在酒酣耳热之后的放语狂歌，因此，表现在抒写男女感情方面，当然更是真率热烈而无所顾忌。有元一朝，游牧的异族入主中原，本极少中州封建传统观念的束缚；而文人更无须封建礼法的伪装，他们要求的是包办婚姻与感情需求的双重补偿，而歌伎们更是无视封建礼法的羁绊，她们要在演唱与创作的愉悦中暂时安顿自己漂泊而苦闷的灵魂。大都（今北京市）人王氏，其芳名、里籍、生卒年均已无考，只知她演艺出众，能作词曲，今日尚有〔中吕·粉蝶儿〕《寄情人》套数传世。在这一长篇作品中，抒写的是自传式的弱女子的悲辛遭遇，倾泻的是对意中人刻骨的相思之情，控诉的是那些主宰他人命运的罪恶势力，表现的是风尘才女的不可埋没的才情，如其中的两曲：

〔石榴花〕看了那可人江景壁间图，妆点费功夫。比及江天暮雪见寒儒，盼平沙趁宿，落雁无书。空随得远浦帆归去。渔村落照船归住，烟寺晚钟夕阳暮，洞庭秋月照人孤。

〔斗鹌鹑〕愁多似山市晴岚，泣多似潇湘夜雨。少一个心上才郎，多一个脚头丈夫。每天价茶不茶饭不饭百无是处，教我那里告诉？最高的离恨天堂，最低的相思地狱！

在王氏之前，马致远曾作过〔双调·寿阳令〕小令一组八首，抒写"潇湘八景"，题目分别为《山市晴岚》《远浦帆归》《平沙落雁》《潇湘夜雨》《烟寺晚钟》《渔村夕照》《江天暮雪》与《洞庭秋月》。王氏对此当然耳熟能详，多半她还在不同的场合一启歌喉倾情演唱过，同时，她的纤纤玉手居然也有运斤成风指挥如意的能力，她居然把马致远这一套曲的八个标题，分别化用在两支曲子中而为我所用。如果全篇通读，读者更会觉得她血泪满篇而才情满纸，也会猜疑这位芳名不传的王氏，不平的世道和无情的岁月还遗落了她多少如珠如玉的诗篇？

由于地位的低下和性别的歧视，除了少数的例外，元代的艺妓绝大部分都没有留下名字，一名刘燕哥的刘燕歌，算是例外中的一个。她不仅善歌舞，而且能词章，《古今女史》卷六就尚存其诗一首，题为《有感》："忆昔欢娱不下床，盟齐山海莫相忘。那堪忽尔成抛弃，千古生憎李十郎！"负心的"李十郎"该不是指下文要提到的"齐参议"吧，果真如此，那就太令人感叹红颜薄命了。彰德府（今河南安阳市）一官员强行纳刘为妾，刘执意不从而被捏造罪名投入狱中，沉冤莫白，幸而东平路总管府参议齐显安奉命至下属的彰德府复查案件，为其昭雪。刘燕歌国色天香、多才多艺，齐显安拯人水火，义重如山，两人相见生情，情好日笃。本为山东聊城人的齐显安后来因双亲年迈而辞官回家，刘燕歌难舍难分，作〔仙吕·太常引〕《饯齐参议回山东》一曲：

> 故人别我出阳关，无计锁雕鞍。古今别离难，兀谁画蛾眉远山。一尊别酒，一声杜宇，寂寞又春残。明月小楼间，第一夜相思泪弹。

此曲缠绵悱恻，虽传唱一时，却很可能被时间的滔滔流水冲刷得无影无踪，但幸而又被同时的夏庭芝的《青楼集》收录。此书记述了几个大城市中一百多位歌伎的生活简历与演出情形，由于他的记载之功，让我们几百年后仍可听到刘燕歌的歌唱，看到她眉间颊上那未干的泪光。

元代的曲家，许多人和青楼妓女尤其是艺妓的关系密切，他们不是居高临下，而是正眼相看平等相待，他们反对窒息人性的封建礼教，为妇女的不公命运而呼号。表现烟花女子的形象与命运的杂剧，流传至今的尚有十余种，而曲家与歌伎相互酬唱的作品更复不少，曲家赠歌伎之作尤多，他们表现的是一种惺惺相惜的情感，这是元代与元代曲坛所特有的文化现象。如张可久〔中吕·普天乐〕《赠白玉梅》就说"谪仙名，乐天姓，纤尘不染，玉骨长清。西楼览宫市，东阁新诗兴"；徐再思〔朝天子〕《杨姬》就赞美杨姬"歌扇生春，舞裙回雪，不风流不醉也。舞者，唱者，一曲秦楼月"；孔文升为孔夫子的第五十四代孙，他也写了一首〔双调·折桂令〕，是赠给艺名为"千金奴"的歌伎的：

> 杏桃腮杨柳纤腰，占断他风月排场，鸾凤窠巢。宜笑宜颦，倾国倾城，百媚千娇。一个可喜娘身材儿是小，便做天来大福也难消。檀板轻敲，银烛高烧，万两黄金，一刻春宵。

非礼勿言，非礼勿动，如此"思想解放"，其先祖有知，恐怕会斥责他"孺子不可教也"吧。还有一位字伯坚的曲家贾固更是离经叛道，表现得更"酷"。他任山东佥宪时，与歌伎金莺儿过从甚密，离开山东后曾作《醉高歌过红绣鞋》一曲寄金莺儿，被人弹劾去职，但这首小令流传至今，并没有被时间这位最严厉的法官弃置无存：

> 乐心儿比目连枝，肯意儿新婚燕尔。画船儿抛闪的人独自，遥望关西店儿。

> 黄河水流不尽心事，中条山隔不断相思。当记得夜深沉、人静悄、自来时。来时节三两句话，去时节一篇诗，记在人心窝儿里直到死！

这并不完全等同于宋代柳永的浪子风流，而是相濡以沫，意挚情真，也可谓天长地久有时尽，此恨绵绵无绝期了。

元代的曲家特别是如关汉卿那样的流落市井的曲家，是一代文学新局面的开创者，而元代的许多歌伎不但以她们的演唱而且以她们的创作，和男性作家们携手，也是一代新兴文学的功不可没的开道人。在这一支庞大的女演员队伍中，"杂剧当今独步"，而高官兼曲家胡祗遹曾为其诗集作序的原本姓朱的珠帘秀，就是其中杰出的一位。

朱帘秀与同时代的许多曲家，是志同道合切磋琢磨的文友，和其中有的人还堪称闺中密友，王恽、胡祗遹、冯海粟、卢挚、关汉卿等名家均有题赠给她的作品。因为种种历史原因，元代歌伎们作品流传至今的不多，剩下的只是冰山之一角，其他的永远也无法浮出水面了。珠帘秀也是如此，然而挑起珠帘，我们今日仍然可以窥见和想象她敲金戛玉的才华，如她的〔正宫·醉西施〕：

> 检点旧风流，近日来渐觉小蛮腰瘦。想当初万种恩情，到如今反做了一场僝僽，害得我柳眉颦秋波水溜，泪滴春

翠袖佳人　白雪阳春　247

衫袖。似桃花带雨胭脂透，绿肥红瘦，正是愁时候。

〔并头莲〕风柔，帘垂玉钩。怕双双燕子，两两莺俦，对对时相守。薄情在何处秦楼？赢得旧病加新病，新愁拥旧愁。云山满目，羞上晚妆楼。

〔赛观音〕花含笑，柳带羞，舞场何处系离愁？欲传尺素仗谁修？把相思一笔都勾。见凄凉芳草增上万千愁。休休，肠断湘江欲尽头！

〔玉芙蓉〕寂寞几时休？盼音书天际头。加人病黄鸟枝头，助人愁渭城衰柳。满眼春江都是泪，也流不尽许多愁！若得归来后，同行共止，便是牡丹花下死，做鬼也风流。

〔余文〕东风一夜轻寒透，报道桃花逐水流，莫学东君不转头。

此曲写的是中国古典诗歌中传统形象之一的"弃妇"，以前的此类作品多出于男性作家之手，未免有些隔靴搔痒，而此曲由有深切体验的朱帘秀写成，自是不同凡响。如此佳人如此才情，当时与今日有多少女作者可望其项背呢？每诵此曲，我总是不免叹息：窥一斑可知全豹，如果朱帘秀的作品能多所留存，大致不会让李清照专美于前吧。而我也总是不免想入非非：可惜当时远远没有发明录音录像技术，不然制成VCD或DVD影碟，我们今日就不仅可以一饱眼福，而且也可以一饱耳福了。

妓女制度或歌伎制度，都是旧时代的产物，唐宋元三个时代的歌伎，她们对诗词曲特别是词与曲的作用，当然不完全是正面的，例如词曲中近乎色情的描写、轻薄调笑等不健康的审美趣味之类。但如果诉之于道德法庭，责任还是应该由以男性为中心的社会和男性词人与曲家来承担，何况我们今日对歌伎们在诗词曲发展过程中的积极作用，还没有能充分地"评功摆好"呢！元散曲与她们的不解之缘，我上面已经作了匆匆的历史回眸，而元曲家张可久也早在"酸斋"即元代散曲家贯云石为他饯行的筵席之上，热情赞美过歌伎们的舞蹈和歌唱了，那就是他所作的〔双调·折桂令〕《酸斋学士席上》：

岸风吹裂江云，迸一缕斜阳，照我离樽。倚徙西楼，留连北海，断送东君。传酒令金杯玉笋；傲诗坛羽扇纶巾。惊起波神，唤醒梅魂，翠袖佳人，白雪阳春。

好一个"翠袖佳人，白雪阳春"啊，张可久从"人"与"艺"两个方面，对歌女们极尽赞美之辞，情真而意切，我已经无法征求张可久的同意了，移花接木，便径行借用他漂亮的结句，作我这篇并不漂亮的文章的题目。

异性之情与同好之谊

中国的古典的缪斯，不仅有善于捕捉意象的慧眼，而且有声音美妙的歌喉。中国诗歌与音乐结下的是不解之缘，不仅可供阅读，也可供歌唱，美视而且美听。《诗经》被称为"乐经"，今人翻开它的扉页，欢乐的钟鼓之声还会从远古的黄河的沙洲水湄隐隐传来；《楚辞》是可以歌唱的，其中的"少歌日"就是乐章音节的名称；汉魏六朝的乐府，就是合诸新乐的乐章；而唐代的绝句都可以被之管弦，早就给我们留下了"旗亭画壁""阳关三叠"的故事；而"依声填词"的宋词呢，它的繁荣更是与歌伎们的歌唱分不开，如同一树繁花满园春色，那护花使者不仅是词作者本人，而且是众多的芳唇一启余音绕梁的红颜。

元曲的兴盛，更是由于曲作家与演唱者结下了美满的良缘。元曲，除了杂剧可供演出，其小令与散套还可供清唱。歌场与剧场，活跃者多为女性，当时称艺人为"角伎"或"歌伎"。而元曲家呢？大多仕途无望，地位低微，他们的失意与落魄，使他们少了一些以前读书人的清高与傲气，多了一分认同底层人物的平民意识，他们将创作作为自己灵魂的栖息地，将女艺人们当成自己精神的温柔乡。即使是身在官场的曲家，因为元代对于儒家礼乐文化的颠覆，思想的开放与人性的张扬，使他们也不像前代士人那样道貌岸然。异性之情与同好之谊交融在一起，促进了元曲的繁荣，也留下了许多芬芳甚至悱恻的故事，七百年后我们偶一回首，那风中的往事虽然已经十分遥远，但并未完全化作烟云。

一

元好问是金元之交的名诗人和散曲作家。蒙古大军压境，本为山西沂州人的他流徙河南登封，居停了六七年岁月，金亡后不仕，在家乡筑野史亭隐居著述。二十年间，山间晓月伴他吟哦，茅舍青灯陪他著述，他编撰《中州集》和《壬辰杂编》两部有关金国的文献，写出了许多传之后世的诗文。其中有支曲子名为〔双调·小圣乐〕，题为《骤雨打新荷》，是他晚年卜居之作。元人陶宗仪《辍耕录》说："〔小圣乐〕乃〔小石调〕曲，元遗山先生好问所制，而名姬多歌之，俗以为'骤雨打新荷'者是也。"可见此曲当时成了颇为流行的歌曲，但是它的艺术品位比今日许多流行歌曲高出许多，流行歌曲也多有佳品，但今日许多格调低俗词句不通的流行歌曲到底能流行多久呢？而元好问的上述名曲，却从元代一直流传也流行到今天。

元代的大都即今日的北京，南郊有一处名胜曰"万柳堂"。忽必烈至元年间夏季的一天，一位名廉野宪的官员邀请外号"疏斋"的名散曲家卢挚和外号"松雪道人"的名书画家兼诗人赵孟𫖯,去万柳堂赏景饮酒。开琼筵以坐花,飞羽觞而醉月,何况还有主人好客,歌女侑觞,真是美景良辰,赏心乐事。有一位刘姓歌女,艺名"解语花"——旧时以之比喻美人,如宋赵彦端《鹧鸪天·玉婉》之"清肌莹骨触香玉,艳质英姿解语花";关汉卿〔中吕·朝天子〕《从嫁媵婢》之"巧笑迎人,文谈回话,真如解语花"。其典出自五代王仁裕《开元天宝遗事·解语花》:高秋八月,唐明皇与贵戚观赏太液池盛开之千叶白莲,指贵妃而示于左右,说道"争如我解语花"。顾名思貌,足可见美人之光可以养目了,何况解语花还长于慢词的演唱,她左手持荷花,右手举酒杯,为众人浅吟低唱元好问《骤雨打新荷》之曲,字词因版本有异而略有不同:

绿叶阴浓,遍池塘水阁,偏趁凉多。海榴初绽,妖艳喷香罗。老燕携雏弄语,有高柳鸣蝉相和。骤雨过,有珍珠乱糁,打遍新荷。

人生有几?念良辰美景,一梦初过。穷通前定,何用苦张罗。命友邀宾玩赏,对芳樽浅酌低歌。且酩酊,任他两轮日月,来往如梭。

元遗山七岁能诗,有神童之誉,年方弱冠即名动京师,号为"元才子",后来曾入翰林知制诰。他志高行洁,学术贯通经史百家术数天文，诗文为一代宗师，诗作被誉为金代"诗史"，而且在金元易代之际，第一个变词为曲。可惜生不逢时，十多岁时家乡沦陷，长兄被蒙古军杀害，四十六岁时便迭遭时代之天崩地坼，最终埋没于草野之间。他现存之曲虽然只有九首，但明代朱权的曲论与曲谱专著《太和正音谱》，早已论定"元遗山之词，如穷崖孤竹"，可见其格调之峻洁。作者生逢金元乱世之际，身受国破家亡之苦，在对隐逸生活的歌吟与赞美之中，可见他对元蒙酷虐统治与民族压迫的不满。"人生有几？念良辰美景，一梦初过"，这固然是对人生短促宇宙无穷的传统悲剧主题的再次咏唱，我们今日的电视荧屏上，不是也打有"地球已有四十五亿年的历史，人只有短促的一生"的字幕吗？然而，联系到元遗山所在时代和他个人的遭逢，他的歌唱绝不仅仅是前人咏叹的重复，而是有他新的体验，饱含着铁与血，浸透了血与泪。

正因为曲中有作者寄寓的一腔辛酸，满腹忧愤，所以解语花一曲终了，别有会心的卢挚和赵孟頫在抚掌称善之余，也不免低首沉吟。尤其是赵孟頫——这位创造了"赵体"的书法大家，本是赵家王朝宗室，宋亡家居，后来应征出仕元朝，并试图劝降义士谢枋得，颇为士人所诟病。所以他的诗不免有故国之思、追悔之情、归隐之志。"重嗟出处寸心违"（《和姚子敬韵》），"在山为远志，出山为小草。古语已云然，见事苦不早"（《罪出》），就是他矛盾心理的写照，而仕元之前的《岳鄂王墓》更是他的名作："鄂王墓上草离离，秋日荒凉石兽危。南渡君臣轻社稷，中原父老望旌旗。英雄已死嗟何及？天下中分遂不支。莫向西湖歌此曲，水光山色不胜悲！"遗民心态也曾表露无遗。现在听解语花演唱元好问之曲，尚能内省的赵孟頫岂能无动于衷，于是，他赋《万柳堂即席》七言律诗一首，曲折地表达了他百感交集的心声：

> 万锦堂前数亩池，平铺云锦盖涟漪。
> 主人自有沧洲趣，游女仍歌白雪辞。
> 手把荷花来劝酒，步随芳草去寻诗。
> 谁知咫尺京城外，便有无穷万里思！

二

陶宗仪，浙江黄岩人，字九成，号南村，隐居松江，耕种自给。他是元末明初的文学家兼史学家，除了有《南村诗集》和编著有明代以前小说史志《说郛》之外，还著有《南村辍耕录》（即《辍耕录》），记载元代的文物建筑、典章制度，特别是记载了不少元代曲家与歌女的故事，让我们今日仍可翻开扉页走进七百年前的历史，回到那已经远逝的时代，一睹当时曲家的音容风采，重温歌女们的离合悲欢。

姚燧是河南洛阳人氏，三岁而孤，由于他的勤奋好学与个人机缘，他不仅罕见地以汉人身份跻身元代高官的行列，而且成为元代名儒、文章宗师、散曲巨匠，时人比为唐之韩昌黎、宋之欧阳修。据《辍耕录》记载，姚燧做翰林学士承旨时，翰林院曾举行盛宴，少不了歌女的轻歌曼舞，劝饮侑觞。有一位秀丽娴雅的歌伎名叫"真真"，说话中不脱闽地之音，她所唱的〔解三酲〕为〔仙吕调〕所属之南曲，由幽远之洞箫与清远之长笛伴奏，听来更是如怨如诉：

奴本是明珠擎掌，怎生的流落平康？对人前乔做作娇模样，背地里泪千行。三春南国怜飘荡，一事东风没主张，添悲怆。哪里有珍珠十斛，来赎云娘？

姚燧为当世名儒，非伪道学或登徒子，何况他自己是与卢挚号称"姚卢"的一代曲家，对真真的声情辞采，当然十分欣赏感动，更何况他年幼而孤，对如此孤苦无告的弱女子更平添一番同情怜爱，于是他再三询问真真的生平履历，真真不得已才泣而诉曰："妾乃建宁人氏，真西山之后也。父官朔方时，禄薄不足以给，侵贷公帑无偿，遂卖入娼家，流落至此。"原来她本是建宁（今福州市）官宦人家的千金小姐，"真西山"——真德秀之后。宋理宗时召真德秀为翰林学士，拜参知政事，正道直行，学者称"西山先生"。真真的父亲做地方官时俸禄微薄，因为"至元"以来地方官很少发甚至不发薪俸,他挪用公款而无力偿还,只得将其女卖为官妓,流落于官妓聚居之地。元代的官妓,要随时听命于官吏们的公私宴会,而元代的法律规定杀死官妓,处罚与私宰牛马大略相同,只判刑而不偿命,书香世家的真真沦落如此,她怎不泪落千行?孟郊《游子吟》说"谁言寸草心,报得三春晖",李贺《南园》有句道"可怜日暮嫣香落,嫁与东风不用媒",真真的"三春南国怜飘荡,一事东风没主张",是她的自怜自叹,也可见她腹有诗书,锦心绣口。但是,元代的有关律令一如前代,规定官妓不许从良,只能"乐人内匹配",真真渺茫的希望只能变成彻底的绝望,因为家人既无法用金钱为其赎身,她也无法嫁与士大夫而弃贱从良,她只好自比"云娘"——唐代澧州官妓崔云娘,因身心交瘁而形貌瘦瘠,事见唐人范摅《云溪友议》一书。然而,何来的珍珠十斛呢?熟谙典籍的真真,又引用了唐代孟棨《本事诗》中乔知之《绿珠篇》之"石家金谷重新声,明珠十斛买娉婷"句意,以寄寓自己在如黑夜般的绝望中对一线曙光的希望。全曲字字血、声声泪,绝非一般男性文人"代言"之作可比,是苦海里行将灭顶者求救的呼号,是火坑中不得全身而出者悲怆的呜咽。

作为群体的歌伎是不幸的,这是那个时代的普遍现象和一般规律,但真真却是不幸中的大幸人,普遍中的例外者,因为她遇到的是好心而有地位与声望的姚燧。姚燧之怜香惜玉,除了我以上所说的种种原因之外,大约还有感于她的身世,本身出于高门望族的姚燧，潜意识中也许还身在曹营而仍有汉人的故国之思吧。总之，根据《辍耕录》的记载是："公命之坐，乃遣使诣丞相三宝奴，请为落籍。丞相素敬燧公，意公欲以侍巾栉，即令教坊检籍除之。公得报，语一小吏曰：'我以此女为汝妻，女即以我为父也。'吏忻然从命，京师之人相传以为盛事云。"三宝奴一朝权在手，便把令来行，幸亏他此次行的是好令而非恶令，不过，他毕竟不免以小人之心，度君子之腹，姚燧远比他想象的要高尚。虽然姚燧自居父母之命并兼媒妁之言，但在那样一个时代，对被侮辱被损害的弱女子而言，那毕竟是一番难得的义举，而姚燧还包办了一切嫁妆，那更是少见的善行了。除了《辍耕录》，元人杨朝英的《太平乐府》也曾记载这一佳话，明初诗人贝阙与高启，还分别作有《真真曲》和《真氏女》诗以记其事，可见当时的热点新闻并未失效，竟成了后世的美谈。

二十世纪前期，传唱颇广的《天涯歌女》有句是："我们到处卖唱，我们到处献舞，尝尽了人生的苦味，歌女是永远的漂流……"近世尚且如此，古代情何以堪？真真真正幸运，姚燧门下的那位属官据说名叫王棣，后来也官至翰林待制，这些且不必去管它，我们要向姚燧这样清正乐善的官员致以隔代的敬意，向苦尽甜来的真真致以迟到的祝贺。只是不知她的洞房花烛之夜，高烛照红妆，那荧荧的烛光、艳艳的花光和盈盈的眸光，七百年后还在等待我前去观礼吗？

异性之情与同好之谊

三

"秀",是形容容貌秀美、才能优异的褒辞。早在《楚辞·大招》篇中,就有"容则秀雅"之语;《晋书·慕容超载记》也有"精彩秀发,容止可观"之辞;而韩愈《送李愿归盘谷序》中,李愿对富贵权势人家的姬妾女宠也有"曲眉丰颊,清声而便体,秀外而慧中"的描摹之句,以至于"秀外慧中"这一成语流传至今,而今日更有"作秀"之语。

元代的女艺人多以"秀"为艺名。当时声名最著的杂剧女演员,依次是朱帘秀、顺时秀、天然秀、赛时秀和燕山秀五位。顺时秀姓郭字顺卿,因排行第二而人称"二姐",在元代的女艺人中,是颇为杰出的一位。虽然那时还远远没有发明照相术,照相术迟至清代后期才传入中国,我们已无法领略她的姿容,但却不难想象她的丰采。陶宗仪《辍耕录》称她为"教坊之白眉","白眉"者,同侪之中最为优秀者也。夏庭芝《青楼集》谓之"姿态闲雅,杂剧为闺怨最高"。曲家刘时中为她写过赞美之曲,可惜全曲失传,只留下描状她声韵的"金簧玉管,凤吟鸾鸣"一语,金玉制作的乐器人间尚可求得,鸾凤是众生想象的吉祥之物,它们的声音即使美妙无比,恐怕也是人间哪得几回闻吧。无论如何,顺时秀如果生当今日,当是名噪国中的歌唱家与表演艺术家,乃艺苑真正的"大腕",那是不容任何怀疑的了。

毋庸置疑，当然还有当时之诗为证。身为江西庐陵人而先后在江浙与京都任职的诗人张昱，有机会欣赏到她的演出，曾写下一首题为《辇下曲》的诗，收入他的《庐陵集》中：

教坊女乐顺时秀，岂独歌传天下名？
意态由来看不足，揭帘半面已倾城。

汉代的名乐师李延年，因犯法而受腐刑，供职狗监替汉武帝管理猎犬，他存诗仅一首，就是向汉武帝推荐自己妹妹的《北方有佳人》："北方有佳人，绝世而独立。一顾倾人城，再顾倾人国。宁不知倾城与倾国，佳人难再得！"这一广告词或曰推荐书也够打动人的了，大约是虽不无夸张但基本属实，其妹遂贵幸于汉武帝，号"李夫人"。张昱变本加厉，竟然称顺时秀为"揭帘半面已倾城"，如果此诗曾当面请受者"批评指正"，至少也会博得红颜一笑吧。

不过，本文所写与顺时秀有关的主角是王元鼎。王元鼎是至大、皇庆年间（1308—1313年）国子学生员，后官至翰林学士，是元代著名的散曲作家。他对顺时秀也曾赠诗一首：

郭外寻著景物新，顺溪流水碧粼粼。
时时啼鸟催人去，秀领花开别是春。

异性之情与同好之谊　　**261**

这种诗体，是中国古典诗体正宗之外的"另类"。即所谓藏头诗，又称藏头体、凤冠体、鹤顶体、贯顶体，即诗的每一句的开始，依题旨嵌入所需之字，连贯而读即别饶情趣，另见深意。《水浒》第六十一回"吴用智赚玉麒麟，张顺夜闹金沙渡"中，吴用化装为算命先生于卢俊义家粉墙上题诗一首："芦花丛里一扁舟，俊杰俄从此地游。义士若能如此理，反躬逃难可无忧。"首字连读即为"卢俊义反"，卢俊义因此被管家告发而不得不反，可说是另一种形式的逼上梁山。当代台湾名诗人洛夫于此道也颇感兴趣，曾作一系列此类诗作，结集时题名为《隐题诗》在台湾出版。闲言少叙，言归正传。王元鼎此诗巧妙地将顺时秀的大姓芳名嵌于其中，而"景物新"与"别是春"，也分明表现了顺时秀的秀出群伦，不同流俗，充分表露了王元鼎对她的倾慕之情。卢梭的《忏悔录》说："当你真正感到对方的话是肺腑之言的时候，自己的心灵也一定会敞开来接受一个心灵真情的流露。"他们后来如胶似漆，在曲史上传为佳话，王元鼎此诗大约也功不可没吧。至少，这首诗当是他们定情的珍品，而今日一般人的定情物，大概已无法如此文采风流，而只能借助于珍珠钻戒之类的俗物了。

元代的妇女特别是歌伎，处于社会的下层，远远不是我们今日所说的"半边天"，但顺时秀当时确实是红透了半边天。在男权社会，才色双全的弱女子，自然少不了权贵与富豪的觊觎，顺时秀周旋其间而又要洁身自好，那真是难为她了。当时，阿鲁威也慕名而来，此公何许人也？他是元代社会最上层的"蒙古人"，又官拜"参知政事"即"宰相"之职，可谓一人之下万人之上，达官贵人们趋奉之尚且唯恐不及，何况是仅有色艺而无其他防卫力量的弱女子？顺时秀对阿鲁威只好以礼相对，只能虚与委蛇。不料阿鲁威却单刀直入，给她出了一道难题："闻尔与王元鼎恩情甚笃，以予方之，孰最？"这真是一个颇为棘手的问题，按题答问真如以手试刃，一不小心就会受到重创，何况阿鲁威不得答案心不死，"强之再四"。幸亏顺时秀蕙质兰心，玲珑剔透："以调和鼎鼐，燮理阴阳，则学士不如丞相；论怜香惜玉，嘲风弄月，则丞相稍次于学士。"对阿鲁威不乏恭维，对王元鼎情深一往。《太和正音谱》评价阿鲁威的作品"如鹤唳青霄"，阿鲁威毕竟也是一位散曲作家，算是有教养有胸怀，何况顺时秀的回答对他也做了一番心理按摩，他便"一笑而罢"，不然后事殊难逆料。

说起王元鼎的"怜香惜玉"，顺时秀当然深有体会。例如她有一次患病，忽然想吃"马板肠"而无处可得。王元鼎所骑之马乃"五花马"，"五花马，千金裘"，属于李白以诗注册过的马中上品，身价自然不菲，王元鼎曾写过一首〔双调·折桂令〕《桃花马》歌之赞之，但是，他却毫不犹豫地"杀所骑五花马，取肠以供"。明代冯梦龙《情史》也曾追记此事，并作四绝句，前两首是："驽马争如骏骨良，烹调一样板肠香。千金何事轻抛

异性之情与同好之谊

挪？只为趋承窈窕娘。""五花名马价无伦，欲媚香闺枉杀身。解道贵人而贱畜，爱姬换马是何人？"言外之意，对以妾换马的苏东坡都有所批评。后代的局外人都如此饶多感慨，何况是当事的局内人。至于说"嘲风弄月"，王元鼎写闺情闺怨的小令确实含蓄蕴藉，文采斐然，如〔越调·凭栏人〕《闺怨》："垂柳依依惹暮烟，素魄娟娟当绣轩。妾身独自眠，月圆人未圆。"尤其是他听说阿鲁威之事后，作了一首〔商调·河西后庭花〕：

〔河西后庭花〕走将来涎涎瞪瞪冷眼儿睃，矻矻答答热句儿浸。含不的缠头锦，心疼的买笑金。要你消任，鸳帏珊枕，凤凰杯翡翠衾。低低唱浅浅斟，休逞波李翰林。

〔么篇〕支楞弦断了绿绮琴，玎珰掂折了碧玉簪。嗨，堕落了题桥志，吁，阑珊了解佩心。走将来笑吟吟，妆呆妆婪。硬厮挣软厮禁，泥中刺绵里针，黑头虫黄口鹌。

〔凤鸾吟〕自古到今，恩多须怨深，你说的牙疼誓，不害碜。有酒时唵，有饭时啃，你来我跟前委实图甚。小的每声价儿低，身材儿婪，请先生别觅个知音。

〔柳叶儿〕走将来乜斜头撒嗳，不熨帖性儿希林。软处捏硬处挡甜处渗。休忐忑，莫沉吟，休辜负了柳影花阴。

阿鲁威曾官翰林侍读学士，王元鼎此曲假托青楼女子的口吻，以泼辣本色的语言，对前来买欢取乐又鄙吝薄情者冷嘲热讽，表现了沦落风尘的弱女子的无奈与尴尬。这支曲子写得事出有因而查无实据，明写"李翰林"，实寓阿鲁威，含沙射影而不留把柄；即使阿鲁威看了，也因无法对号入座而无可奈何，而据说别有慧心与会心的顺时秀读后，更平添了一番红颜知己之感。只是读后感究竟如何他们的后事亦如何，我现在已经无从问讯了。

四

意大利人马可·波罗远游中国，滞留十七年，回国后有人根据他的记忆与口述，整理成《马可波罗寰宇记》一书，汉译本作《马可波罗行记》。马可·波罗主要居留在元朝的京师大都，对大都的风物知之甚详，他说大都的歌女伶工在二万五千以上，其中不乏色艺双全的人物。但是，即使是其中的佼佼者，冠冕堂皇的正统文坛也不会有她们的一枝之栖，而只有流行一时的歌台曲苑，才有她们一展歌喉的英"雌"用"舞"之地。即使颇具叛逆姿态的钟嗣成，其《录鬼簿》著录曲家一百五十余人，为元曲留下了极为珍贵的资料，但也没有一笔及于对元曲的繁荣发展应予论功行赏的女曲家，幸而元人夏庭芝的《青楼集》、杨朝英的《太平乐府》以及明人张禄的《词林摘艳》有一些零星的记载。而《全元散曲》《元曲纪事》等书，辑录有作品传至于今日的元散曲歌伎作家虽只有寥寥几位，情况远不如唐诗宋词的女作家乐观，但吉光片羽，也仍弥足珍贵，我们还可以从中隐约朦胧地远眺一些女艺人的风采。居于海子（今什刹海）的京师名伶张怡云，就是其中的一位。

《青楼集》说："张怡云，能诗词，善谈资，艺绝流辈，名重京师。赵松雪、商正叔、高房山，皆为写《怡云图》以赠，诸名公卿题诗殆遍。"赵松雪即赵孟頫，字子昂，宋王室的后裔，一代书画大家，元世祖一见就称其为"神仙中人"，而其"粉丝"——爱好书画的元仁宗对他则更为赞赏，竟以唐有李白宋有苏轼相类比，并说他有七个方面人所不及：帝王苗裔，一也；状貌昳丽，二也；博学多闻知，三也；操履纯正，四也；文词高古，五也；书画绝伦，六也；旁通佛老之旨，造诣玄微，七也。其实，赵孟頫不仅有高古的文词，巍巍然若殿堂，也有旖旎的小曲，婉婉兮若洞箫，如〔黄钟·人月圆〕：

一枝仙桂香生玉，消得唤卿卿。缓歌金缕，轻敲象板，倾国倾城。　几时不见，红裙翠袖，多少闲情。想应如旧，春山澹澹，秋水盈盈。

在另一首《美人曲》中，赵孟頫还说"美人未可凋朱颜，朱颜但愿长如此"，可见这位大艺术家怜香惜玉之情，审美赏丽之意。上述小令虽不知具体意指为何，但恐怕其中也应有张怡云秋水春山的眉目吧。

据《青楼集》记载，当时的名士姚牧庵（姚燧）、阎静轩两人，也经常去张怡云家诗会小酌，一次赴会途中邂逅史中丞，史陪同前往时即命手下准备美酒佳肴送往张之住处。张怡云轻展歌喉，唱了一阕金代文学家蔡松年所作的《水调歌头》：

云间贵公子，玉骨秀横秋。十年流落冰雪，香暖紫貂裘。灯火春城咫尺，晓梦梅花消息，茧纸写银钩。老矣黄尘眼，如对白蘋洲。　世间物，惟有酒，可忘忧。萧闲一段，归计佳处著君侯。翠竹江村月上，但要纶巾鹤氅，来往亦风流。醉墨蔷薇露，洒遍酒家楼。

蔡松年是金代名词人，他的《念奴娇》（离骚痛饮，问人生佳处，能消何物）乃和苏轼原韵之作，元好问以为此词是蔡氏"乐府中最得意者"。张怡云选唱的是他另一首词《水调歌头》，此词咏一位贵胄公子的诗酒风流，张怡云唱来颇为切合当时的受众也即史中丞等几位听众的身份与心理，何况她的歌喉现在虽不可再闻，但当时对听众的巨大冲击波却可想而知，史中丞不仅当即付出了"银二锭"的可观出场费，而且连宴饮时全套金玉酒器都留赠给了这位俏佳人。

歌女毕竟身处社会的最底层，其地位远不及今日的歌星、影星，她们不可能时常创造佳话，而更多的时候是迭遭厄运。有一年秋日，张怡云服侍一个达官贵胄饮酒，在座的也有姚燧和阎静轩。姚燧触景生情,偶然说出"秋暮时"三字,阎静轩即请张怡云以此开篇促成一曲,张怡云锦心绣口,略一沉吟,便以〔小妇孩儿〕的曲调边续边唱:

暮秋时,菊残犹有傲霜枝,西风了却黄花事。

张怡云所续两句,前句出自苏轼的诗《赠刘景文》,后者出自同时代人张翥的《蜕庵词》,可见她颇有腹笥而又能随手拈来随口唱出。可恶的是,那位贵人不解风情不通人情也不懂文情,竟然叫她"且住"而引别的话题。宋代诗人谢逸向潘大临求示近作,潘刚吟出"满城风雨近重阳"的好句,即被催租人的到来打断诗兴而没有了下文,潘只好说明原委:"忽催租人至,遂败意。只此一句奉寄。"无独有偶,张怡云也是如此。李商隐在《义山杂纂》提出过许多事是"煞风景"的,如"花下晒裤"与"背山起楼"之类,元代这位官僚的举动,也真可以归入"煞风景"之列而且之最了。

五

在元代的女艺人中,艺名"珠帘秀"的朱帘秀应该是最大名鼎鼎的了,是所谓超级大腕或大牌明星,像她这样上台擅演下台能文的多才多艺者,求之于现在的艺苑恐怕也不多见。

元初，设在扬州的行教坊司总管江南乐伎，相对设在大都的教坊司，称南部。朱帘秀是南部行教坊司的名伎，也是诗人和散曲作家，主要活动地区在扬州。其弟子赛帘秀、燕山秀都是当时名角，而元代后辈艺人均称其为"朱娘娘"，如同木匠们尊鲁班为先师一样。元初名诗人、散曲作家王秋涧《浣溪纱·赠朱帘秀》就曾说"烟花百部旧知名"，胡祗遹的《朱氏诗卷序》，则对朱帘秀的才艺作了全面的评价与赞扬："学业专攻，积久而能；老于一艺，尚莫能精。以一女子，数艺兼并。危冠而道，圆颅不僧，褒衣而儒，武弁而兵；短袂则骏奔走，鱼笏则贵公卿；卜言祸福，医决死生；为母则慈贤，为妇则孝贞，媒妁则雍容巧辩，闺门则旖旎娉婷；九夷而蛮，百万神灵；五方之风俗，诸路之音声；往古之事迹，历代之典型；下吏污浊，官长公清；谈百货则行商坐贾，勤四体则女织男耕；居家则父慈子孝，立朝则君圣臣明；离筵绮席，别院闲庭；鼓春风之瑟，弄明月之筝；寒素则荆钗裙布，富艳则金屋银屏。九流百伎，众美群英，外则曲尽其态，内则详悉其情。心得三昧，天然老成，见一时之教养，乐百年之升平。"夏庭芝在《青楼集》中，则要言不烦地说她"当今独步"与"悉造其妙"，可见朱帘秀的才华如多棱形的钻石一样熠熠生辉，而其光辉当世无人可及。

因为表演与创作的关系如鱼之于水，加之元代的文人和歌女的生存状态近似，较之唐宋文人他们有更近的心理距离，何况朱帘秀绝代才华，一枝独秀，所以当时的散曲名家如关汉卿、王

异性之情与同好之谊

恽、胡祇遹、冯子振、卢挚等与她多有往还，并均有词曲相赠。让我像电影黑白片的倒带，一一倒来并道来：

> 满意韶华照乐棚，绿云红滟逐春生，卷帘一顾未忘情。丝竹东山如有乐，烟花南部旧知名。秋风吹醒惜离声。
> ——王恽《浣溪纱·赠朱帘秀》

字仲谋号秋涧的王恽并非等闲人物，他不仅官拜监察御史与翰林待制，有弹击之誉，具经纶之才，而且绾持文柄，独步一时。"卷帘一顾未忘情"，"卷帘"兼及朱帘秀之"帘"，看来这位王恽是儒雅书生兼多情种子，而且巧语双关。

> 锦织江边翠竹，绒穿海上明珠。月淡时，风清处，都隔断落红尘土。一片闲情任卷舒，挂尽朝云暮雨。
> ——胡祇遹《沉醉东风·赠妓朱帘秀》

胡祇遹对朱帘秀评价之高无以复加，前已引述。此词主要赞扬朱帘秀即使身在红尘，也仍然清华绝俗。"挂尽朝云暮雨"，胡祇遹也像大家私下约定了似的，其词中也暗含了"珠帘"二字。

> 凭倚东风远映楼，流莺窥面燕低头。虾须瘦影纤纤织，

龟背香纹细细浮。

红雾敛，彩云收，海霞为带月为钩。夜来卷尽西山雨，不着人间半点愁。

——冯子振《鹧鸪天·赠朱帘秀》

字海粟的冯子振是我的家乡湖南之攸县人氏，明初宋濂在《〈居庸赋〉跋》中曾说："海粟冯公以博学英词名于时，当其酒酣气豪，横厉奋发，一挥万余言，少亦不下数千，真一世之雄哉！"他与胡祗遹在扬州同访朱帘秀，此词结句从王勃《滕王阁诗》"朱帘暮卷西山雨"化出，可见诗心之细，词笔之妙。

关汉卿是一代戏剧大师，朱帘秀是一代戏剧表演大家，都是曲坛与剧场数一而非数二的人物。对朱帘秀，前人之述备矣，关汉卿当然不能不有所表示。他久闻芳名与艺名，晚年南下杭州，专程去扬州拜访了朱帘秀，两人惺惺相惜，如同王实甫《西厢记》所说的"方信道，惺惺的自古惜惺惺"，一见如故。当代剧作家田汉根据有关史实，创作了轰动一时的话剧《关汉卿》，粤剧曾作改编，粤剧名演员红线女扮演的朱帘秀，马师曾扮演的关汉卿，让观众如痴如醉，身在剧场之内，神驰七百年前。二十世纪五十年代末，我曾有幸在北京中国戏曲研究院的会场听过红线女和马师曾伉俪的清唱，余音至今在我心房缭绕。关汉卿一代才人，他当然不会让王恽等人之作专美于前或于后，他不仅在艺术上而且在篇幅上都要超越前人，后来居上：

异性之情与同好之谊　　271

轻裁虾万须，巧织珠千串。金钩光错落，绣带舞蹁跹。似雾非烟，妆点就深闺院，不许等那闲人取次展。摇四壁翡翠浓阴，射万瓦琉璃色浅。

〔梁州〕富贵似侯家紫帐，风流如谢府红莲，锁春愁不放双飞燕。绮窗相近，翠户相连，雕栊相映，绣幕相牵。拂苔痕满砌榆钱，惹杨花飞点如绵。愁的是抹回廊暮雨潇潇，恨的是筛曲槛西风剪剪，爱的是透长门夜月娟娟。凌波殿前，碧玲珑掩映湘妃面，没福怎能够见？十里扬州风物妍，出落着神仙。

〔尾〕恰便是一池秋水通宵展，一片朝云尽日悬。你个守户的先生肯相恋，煞是可怜，则要你手掌里奇擎着耐心儿卷。

——〔南吕·一枝花〕《赠朱帘秀》

全曲以"珠帘"为中心，句句咏物而又句句咏人。妙语双关，对朱帘秀的赞美则舌灿莲花，爱慕则溢于言表。但朱帘秀此时已红颜半老，沦落江湖，嫁给了一位道士（元代称道士为"先生"），即曲中暗示的"守户先生"，所以曲中之情只能点到为止，并希望得到她的人对她好好珍惜。此曲的尾声，使我想起普希金的名作《我曾经爱过你》的结尾，真是中外同心。王国维在《宋元戏曲史》中，曾说关汉卿的作品"自铸伟词，而其言曲尽人情，字字本色，故当为元人第一"。他的咏朱帘秀之篇较上述诸家的同题之作，如果要票决而定名次，我当然是投关汉卿一票。遗憾的是，数年前我有幸一游扬州，在扬州的大街小巷寻寻觅觅，热闹的扬州虽然绝不会冷冷清清，但我再也听不到朱帘秀的一声清唱，再也寻不到关汉卿的一枚履痕，看到的是车轮滚滚、红尘阵阵，听见的是流行音乐大行其道。

不过，和朱帘秀关系最铁的恐怕还是卢挚，他虽号疏斋，与朱帘秀却最为亲近。在元代文人中，卢挚官做到了集贤学士、大中大夫、翰林学士，这是少见的异数。他诗词曲文均有盛名，其时文章推许"姚（燧）卢（挚）"，论诗则"刘（因）卢（挚）"并举。卢挚赠朱帘秀的曲子现存两首，其一是〔双调·蟾宫曲〕《醉赠乐府朱帘秀》：

系行舟谁遣卿卿？爱林下风姿，云外歌声。宝髻堆云，冰弦散雨，总是才情。恰绿树南薰晚晴，险些儿羞杀啼莺。客散邮亭，楚调将成，醉梦初醒。

此曲写于何时，已不可确考，但下述的〔双调·寿阳曲〕《别朱帘秀》却是写于元成宗铁木耳大德八年（1034年），是卢挚的晚期作品，而朱帘秀已无奈地嫁给道士洪丹谷：

才欢悦，早间别，痛煞煞好难割舍。画船儿载将春去

异性之情与同好之谊 **273**

也，空留下半江明月。

朱帘秀的诗集今已不存，现存散曲也只有寥寥小令一首，套数〔正宫·醉西施〕《检点旧风流》一套，这在女艺人中已算不幸中的大幸了，而硕果仅存的小令，就是依韵相和的那首〔双调·落梅风〕《答卢疏斋》：

> 山无数，烟万缕，憔悴煞玉堂人物。倚篷窗一身儿活受苦，恨不得随大江东去。

"寿阳曲"又名"落梅风"，朱帘秀是同调相和。遥山隐隐，远水粼粼，两人都是写别情而且是江边送别，一个说"空留下半江明月"，使人忆起白居易《琵琶行》中"别时茫茫江浸月"的名句，以景结情，愁情无限；一个说"恨不得随大江东去"，使人想起李后主《虞美人》的"问君能有几多愁？恰似一江春水向东流"，情景交融，此恨绵绵。他们的唱和之作，在关系的亲密与感情的深度上都超过了前引诸君之篇。

元代女艺人流传至今的作品较少，仅存的作品也是封建专制、男权主义与无情时间联手制造的劫后余生。张怡云、张玉莲等人都只有残篇断句，异性之情与同好之谊，朱帘秀幸存的全璧与明珠，我们当然就应该视为珍贵的历史文物而倍加珍惜了。

花开三朵

自然界之春兰秋菊、冬梅夏荷、翠柏苍松、茂林修竹，它们有各自独异的风姿与气象，色彩与芬芳。一个时代有一个时代之文学，中国诗歌史以时代而冠名的唐诗宋词元曲，它们也有彼此不同的姿彩与风标。我钟爱唐诗与宋词，那盛唐之诗，更能让我在向老之年召回远去的青春与豪气，在夕阳西下之时重温那日之方升；宋词那柔情如水的婉约之词，使我心中如醉，那慷当以慷的豪放之曲，则令我热血如沸；而元曲呢？元代的"曲"毕竟与"唐诗""宋词"鼎足而三，成为一个时代的文学的代表而不可替代，向我们演奏的是另一番动人的风景。

　　诗词曲，有如花开三朵，有各自的美色，有各自传诸后世的理由。这里，我不能花开三朵，各表一枝，而是将它们采撷在一起而作综合的比较，追溯它们所由生长的不同的土壤与气候，欣赏它们怒放后各自的色彩与芬芳。

一

　　"黄金时代"，本是古希腊神话传说中人类所经历的第一个时代,即"幸福时代",后来的引申之义,则是泛指一个国家或民族科学技术或文学艺术的鼎盛时期。洋为中用,我们也可以说,唐代,是中国封建社会的黄金时代,也是中国诗歌史的黄金时代。

作为中国封建社会的黄金时代,唐代的主要特征就是国力强盛,社会开放,文化繁荣。李渊、李世民父子灭亡了两世而败的短命隋朝,彻底结束了自西晋以来二百七十多年南北对立与分裂的局面,统一了中国,并且进行了一系列政治与经济的改革,在长安城拉开了唐帝国壮丽的帷幕。经过近百年的"初唐"的积累和准备,到唐玄宗李隆基的"开元之治",唐王朝已是极一时之盛,达到了一览众山小的顶峰,成为当时世界上最强大的帝国之一。政治相对清明,经济十分繁荣,文化全面发展,民族空前团结,社会呈现出前所未有的"稳定"与"和谐"的局面,展现的是一派蓬勃向上的景象。国家如此,个人当然也是意兴飞扬,自以为天生我材必有用,以至一千多年后的今日,还有当代人在报刊上撰文,似乎是不知有汉,无论魏晋,题目就竟然是《我愿意生活在唐朝》。

唐代不仅国力空前强大,"忆昔开元全盛日,小邑犹藏万家室。稻米流脂粟米白,公私仓廪俱丰实"(杜甫:《忆昔》);文化也流光溢彩,书艺、绘画、音乐、舞蹈、围棋,都各自书写了黄金般的篇章,而诗歌尤其大放奇光异彩,被历史冠名美称为"唐诗"。

大哉唐诗，唐诗是大时代的产物。如同参天大树之枝繁叶茂，离不开树的本身的质地，也离不开培育它的土壤、雨露和阳光。唐诗的繁荣，外部原因是国力的强盛，帝王的提倡，科举的以诗取士，文艺政策的宽松，宗教思想的自由，社会风气的开放，物质生活的丰富；内部原因则是唐之前自《诗经》以来的一千六百多年的诗歌发展，已经为唐诗的登峰造极铺垫了攀登的石级，而北朝民歌的豪放刚健与南朝民歌的清新柔婉，也为唐诗人提供了最切近的参照系与最活跃的艺术资源，而沈约等人对音韵四声与诗歌格律形式的有益探索，也为唐诗中"绝句"与"律诗"这一近体诗的确立做了充分的准备。如同一座美轮美奂的大厦，已经先期准备停当了施工所必要的所有部件与蓝图。

前人曾经异口同声地赞美唐诗数量之多，杰出的诗人之众，作品品位之高，影响之广阔深远，认为唐诗既是唐代社会的风情画与风俗画，也是唐代社会生活的诗的百科全书，而且唐诗包括了后世除词与曲之外的所有诗歌形式，如果不论词曲，唐以后诗的体制并无新创。直至鲁迅先生，他甚至极而言之："我以为一切好诗，到唐已被做完。"（《致杨霁云》）这里，我无意将唐诗与元曲作全面的比较，那是一个全景式的浩大工程，我只拟从"知识分子心态"或者说"文人心态"的角度，从历史的后视镜中，去回顾探视唐诗人与元曲家的主要不同之处。

李白之诗，被学者兼诗人林庚教授美称为"盛唐之音"；台湾名诗人余光中在《寻李白》一诗中赞美李白，也要说："酒入豪肠，七分酿成了月光／余下的三分啸成剑气／绣口一吐就半个盛唐。"唐诗，尤其是盛唐之诗，感动并撼动我们的，是那种只有大时代的诗人才会有的宏阔的精神视野，那种大有希望的时代才会有的青春意识和生命力量：

前不见古人，后不见来者。
念天地之悠悠，独怆然而涕下！
——陈子昂《登幽州台歌》

海内存知己，天涯若比邻。
无为在歧路，儿女共沾巾。
——王勃《送杜少府之任蜀川》

雪暗凋旗画，风多杂鼓声。
宁为百夫长，胜作一书生。
——杨炯《从军行》

秦时明月汉时关，万里长征人未还。
但使龙城飞将在，不教胡马度阴山！
——王昌龄《出塞》

长风破浪会有时,直挂云帆济沧海!

——李白《行路难》

自谓颇挺出,立登要路津。
致君尧舜上,再使风俗淳。

——杜甫《奉赠韦左丞文二十二韵》

像平野一样开朗,像火焰一样热烈,像岩石一样自信,像飓风一样意兴飞扬,像朝暾一样青春勃发,诗人们都渴望建功立业,以不辜负有为的时代和自己有为的生命。读唐诗特别是盛唐之诗,少年读者会更加少年不识愁滋味,中年读者不会感叹人到中年万事休,而老年读者呢,即使是暮色苍茫,但那无限好的夕阳也仍会令他们追怀飞腾而上的白日。

元代的曲家们和元曲呢?人生不满百的元朝,是中国历史上第一个由非汉族而是少数民族统治的王朝,他们重新洗牌,把全国之人依次分为蒙古人、色目人、汉人(北方汉人)、南人(南方汉人)四等,而且废除科举长达八十多年,即使偶尔短暂施行,取录的人数极少,同时仍有许多民族歧视的规定。汉族知识分子失去了传统的优越地位与往日的晋身之阶,一个筋斗从五彩斑斓的天堂跌入了前途无亮的地狱,血液都从往昔的沸点降到当下的冰点。于是他们感时伤逝,抚今叹古,不满现实,鼓吹隐遁,满肚皮不合时宜:

采莲人和采莲歌，柳外兰舟过。不管鸳鸯梦惊破。夜如何？有人独上江楼卧。伤心莫唱，南朝旧曲，司马泪痕多。

——杨果〔越调·小桃红〕

布衣中，问英雄，王图霸业成何用？禾黍高低六代宫，楸梧远近千官冢。一场恶梦！

——马致远〔双调·拨不断〕

鹏抟九万，腰缠十万，扬州鹤背骑来惯。事间关，景阑珊，黄金不富英雄汉。一片世情天地间。白，也是眼；青，也是眼。

——乔吉〔中吕·山坡羊〕《寓兴》

结庐移石动云根，不受红尘。落花流水绕柴门，桃源近，犹有避秦人。〔么〕草堂时共渔樵论，笑儿曹富贵浮云。椰子瓢，松花酝，山中风韵，乐道岂忧贫。

——任昱〔正宫·小梁州〕《闲居》

唐诗是进取的，元曲是退隐的；唐诗是外向的，元曲是内敛的；唐诗是乐观的，元曲是愤怒的；唐诗是意兴高扬的，元曲是情绪低沉的；唐诗是忧国忧民的，元曲是冷眼旁观的。总而言之统而言之,唐诗属于热烈的盛夏,元曲属于萧索的晚秋。

二

如果说唐诗是中国诗歌史上的黄金时代,那么,由诗而一变为词,化用一个舶来的名词,宋词就是中国诗歌史的"白银时代"了;诗词双美,诗的黄金与词的白银相映生辉。中国由古及今的文学创作,尽管不乏佳篇胜构,但如果不论个人而论时代,似乎还没有哪一个时代的文学作品,像唐诗宋词那样具有强大的艺术魅力、永恒的生命力和深广的影响力,照亮照花后世广大读者的眼睛,成为他们永远的精神家园。

文史学家赞唐代为"盛唐",唐代特别是唐代的全盛时期,确实可以当之无愧;然而,誉宋代为"隆宋",所谓"宋于汉唐,盖无让焉",却多少有些名不副实。宋代在建国之初以及之后相当一段历史时期,始终没有恢复前期失去的燕云十六州的北方土地,令其重归中国的版图,而北宋的皇旗被金人的箭弩射落之后,南宋又于元蒙的马蹄声中覆亡。但是,这个积贫积弱的国家,虽是赵姓的江山,却毕竟是汉民族生息与心灵之所寄。苏轼早就在《江城子·密州出猎》中高唱过"会挽雕弓如满月,西北望,射天狼"了;每当大敌当前,身为汉族的文人们当然就会同仇敌忾,他们以笔为旗,也以笔为枪。在他们的诗中与词中,抒写英雄的壮曲、志士的悲歌,特别是在豪放派词家的词中,那慨当以慷的英雄气魄,令我们今日读来依然都会为之神往,如果是弱者当可立志,如果是壮士呢,那就会闻声起舞了。且不要说李纲、韩世忠、岳飞那些抗金名将的有名词作了,且听陆游、辛弃疾以及他的字同父的友人陈亮这些文人的歌唱:

当年万里觅封侯,匹马戍梁州。关河梦断何处?尘暗旧貂裘。　　胡未灭,鬓先秋,泪空流。此生谁料,心在天山,身老沧洲!
　　　　　　　　　　——陆游《诉衷情》

老大哪堪说?似而今、元龙臭味,孟公瓜葛。我病君来高歌饮,惊散楼头飞雪。笑富贵、千钧如发。硬语盘空谁来听?记当时、只有西窗月。重进酒,换鸣瑟。

事无两样人心别。问渠侬:神州毕竟,几番离合?汗血盐车无人顾,千里空收骏骨。正目断、关河路绝。我最怜君中宵舞,道"男儿到死心如铁"。看试手,补天裂!
　　　　——辛弃疾《贺新郎·同父见和,再用韵答之》

不见南师久,漫说北群空。当场只手,毕竟还我万夫雄。自笑堂堂汉使,得似洋洋河水,依旧只流东?且复穹庐拜,会向藁街逢。

尧之都,舜之壤,禹之封。于中应有,一个半个耻臣戎。万里腥膻如许,千古英灵安在,磅礴几时通?胡运何须问,赫日自当中!

——陈亮《水调歌头·送章德茂大卿使虏》

宋词中这种爱国忧时的壮士之歌、救亡图存的英雄之曲,在元曲中是绝对不可与闻的。当短命的元蒙王朝在红巾起义刮起的"风暴眼"中行将崩盘之时,为它送行的不是挽歌而是葬歌:

堂堂大元,奸佞专权。开河变钞祸根源,惹红巾万千。官法滥、刑法重、黎民怨。人吃人,钞买钞,何曾见?贼做官,官做贼,混愚贤。哀哉可怜!

——无名氏〔正宫·醉太平〕

"哀哉可怜"即"呜呼哀哉"的同义语。作者"无名氏"不知何许人也,而正是这位姓名不传的民间作者,却表达了在异族统治下汉族百姓包括汉族文人的共同心声。

较之唐朝,宋代尽管积贫积弱,规模、国力与气派都无法与泱泱大唐相比,就像虽是大户人家却比不上钟鸣鼎食的豪门望族。但是,宋代的经济特别是南宋的经济,依然有长足的发展,大中城市如雨后春笋般兴起,艺术的众多门类都趋向繁荣,这就给词人们的活动提供了更为广阔的空间。更重要的是,宋太祖赵匡胤虽然发动陈桥兵变而黄袍加身,但他却明白"可以马上得天下，安能马上治天下"的道理，他立下不可杀戮士大夫与言事者的铁律，定下重文轻武的国策，所以宋代崇文抑武之风甚盛，知识分子受到的优待空前绝后，书生治国典天下的现象为前朝后代所仅见。唐代还有陈子昂的冤死、王昌龄的被杀，而宋代则是中国历史上最具有人文精神的王朝，也是中国历史上知识分子待遇最为优厚、人身最为安全的时代。即使是身陷"乌台诗案"而饱尝牢狱之灾的苏东坡，最后也只是有惊无险，终于全身而退。因此，表现在词的创作中，除了上述国势艰危时企图力挽狂澜的英声壮曲之外，更多的是优游山水俯仰天地的境界开张之作，是从容抒写生之欢愉别之愁苦的儿女情长之歌：

> 大江东去，浪淘尽、千古风流人物。故垒西边，人道是、三国周郎赤壁。乱石穿空，惊涛拍岸，卷起千堆雪。江山如画，一时多少豪杰。
>
> 遥想公瑾当年，小乔初嫁了，雄姿英发。羽扇纶巾，谈笑间、樯橹灰飞烟灭。故国神游，多情应笑我、早生华发。人生如梦，一樽还酹江月！
>
> ——苏轼《念奴娇·赤壁怀古》

> 东南形胜，三吴都会，钱塘自古繁华。烟柳画桥，风帘翠幕，参差十万人家。云树绕堤沙，怒涛卷霜雪，天堑无涯。市列珠玑，户盈罗绮，竞豪奢。

花开三朵　285

重湖叠巘清嘉。有三秋桂子，十里荷花。羌管弄晴，菱歌泛夜，嬉嬉钓叟莲娃。千骑拥高牙。乘醉听箫鼓，吟赏烟霞。异日图将好景，归去凤池夸。

——柳永《望海潮》

我住长江头，君住江之尾。日日思君不见君，共饮长江水。

此水几时休？此恨何时已？只愿君心似我心，定不负相思意。

——李之仪《卜算子》

红藕香残玉簟秋。轻解罗裳，独上兰舟。云中谁寄锦书来？雁字回时，月满西楼。

花自飘零水自流。一种相思，两处闲愁。此情无计可消除，才下眉头，却上心头。

——李清照《一剪梅》

中国的两条圣水，一条是长江，一条是黄河。余光中早就在《戏李白》一诗的"后记"中说过："诗赞黄河，太白独步千古；词美长江，东坡凌驾前人，因此就未遑安置屈原和杜甫，就径尊李白为河伯，僭举苏轼作江神。"上引苏轼之《念奴娇·赤壁怀古》即是明证。而"上有天堂，下有苏杭"的杭州呢？那时西方还远远没有发明摄影术，人类历史上第一台照相机迟至1839年才由法国人盖达尔制成。但柳永就以词为绝胜的湖光山色立此存照了。当年"此词流播，金主亮闻歌，欣然有慕于'三秋桂子，十里荷花'，遂起投鞭渡江之志"（宋人罗大经：《鹤林玉露》），这种负面作用的"国际影响"，大约是柳永所始料不及或者说做梦也没有想到的吧。

时至元代，元曲家们对佳山胜水已经难得有如此审美的豪情与气魄了，山水往往成为他们事实上与精神上的退隐之地、遁世之乡。而宋词人柔肠百转地歌咏爱情，元曲家们也大都没有那种心境与情韵了，他们的有关咏唱更为世俗直接，泼辣清新：

朝吟暮醉两相宜，花落花开总不知，虚名嚼破无滋味，比闲人惹是非。淡家私付与山妻。水碓里春来米，山庄上线了鸡，事事休提。

——孙周卿〔双调·水仙子〕《山居自乐》

想人生最苦离别。唱到阳关，休唱三叠。急煎煎抹泪揉眵；意迟迟揉腮挼耳。呆答孩闭口藏舌。"情儿份儿你心里记者，病儿痛儿我身上添些，家儿活儿既是抛撇，书儿信儿是必休绝。花儿草儿打听的风声，车儿马儿我亲自来也。"

——刘庭信〔双调·折桂令〕《忆别》

攀出墙朵朵花，折临路枝枝柳。花攀红蕊嫩，柳折翠条柔。浪子风流，凭着我折柳攀花手，直熬得花残柳败休。半生来折柳攀花，一世里眠花卧柳。

〔尾曲〕我是个蒸不烂、煮不熟、捶不扁、炒不爆、响当当一粒铜豌豆。

——关汉卿〔南吕·一枝花〕《不伏老》

古代的中国盛行隐士之风，但有大隐、中隐、小隐之别，所谓"大隐隐于朝，中隐隐于市，小隐隐于山"，同时，也还有假隐与真隐之分；然而，却没有哪一个朝代的诗歌，"隐逸"像在元曲中一样成为重要的旋律。山水已不是直接歌唱的审美对象，而成了许多人肉体与灵魂远避乱世的皈依之所，这正是那个无望的时代知识分子集体意识的表现。元曲中的爱情也不像宋词中那样温文尔雅，情致绵绵，虽然主人公仍多是文人雅士淑女歌伎，但对爱情的抒写却是通俗直露、大胆无忌。如刘庭信之曲，主人公大约是市井女子，对外出远行的男子既有嘱咐，也有叮咛，更有在外不许拈花惹草否则即兴师问罪的警告。唐代的诗人和宋代的词人虽然也颇为风流，在男女关系上相当宽松自由，但如刘庭信这样假托女子声口而颇具雌威的作品，则见所未见。至于关汉卿的名篇《不伏老》中的二十三字的名句，固然有正话反说的对元代统治者不满的个人反抗，但"铜豌豆"毕竟是元代妓院中称老狎客的切口，关汉卿引之入曲，并以此自居，可见其玩世不恭，真是"帅呆"了而且"酷毙"了。宋代不得志的"有井水处皆歌柳词"的布衣卿相、风流才子柳永，如果知道会有这样的颇具出蓝之胜的后辈，恐怕也会甘拜下风吧。

三

对于读书人，蒙古统治者入主中原的元朝，应该属于强权与暴力肆虐的"黑铁时代"。

元代在中国历史上是一个大一统的却相当短命的王朝。蒙古民族的武功罕有其匹，他们的铁骑可以横扫欧亚非大陆，兵锋直达北方的莫斯科和西方的蓝色多瑙河，至于今日中东地区正值多事之秋的伊拉克与伊朗，当年也未能阻挡那顺我者不昌逆我者必亡的飓风。时至1271年，忽必烈根据《易经》中"大哉乾元"之语，定国号为"元"。元朝大则大矣，然而大未必久，从建元到朱元璋的部将徐达北伐而追奔逐北，元顺帝马蹄生烟而遁入沙漠，从哪里来到哪里去，本来逐水草而居的元蒙统治者，只在龙廷上摇摇晃晃地坐了九十七年，应了汉民族那句"人生不满百年"的老话。这样一个其祚不永的王朝，本来应该来不及在文学上有什么突出的建树；但虽非有如神迹至少却堪称奇迹的是，这个时代竟然出现了一大批剧作家和散曲作家，他们创造的一种新兴的可以清唱的诗歌样式，包括"小令""带过曲"与"套数"的散曲，加上由散套组成曲文而间以对话独白（宾白）与动作（科白）专在舞台演出的杂剧，被后人总称为"元曲"。它居然还与"唐诗""宋词"并称，鼎足而三，一代学术巨匠王国维在《宋元戏曲考》中说得好："唐之诗，宋之词，元之曲，皆所谓一代之文学，而后世莫能继焉者也。"

像一条浩荡的大江由许多溪河汇聚而成，元曲创作的繁荣，自然也有诸多原因：例如各民族文化的相互交流与融合，特别是北方民族刚健清新的乐曲与中原民间小调缔结新缘，使新声新词的新诗体这一宁馨儿得以诞生，取代了已具僵态已趋老化的诗词的地位；又如元代十分重视商业与海外贸易，海运的创行、大运河的沟通，带来了城市经济的繁荣，不少大中城市纷纷涌现，形成了一个人口众多的市民阶层，提供了元杂剧赖以演出的剧场舞台，催生了继承宋金话本传统以编写剧本谋生的作家，以及购票进场的戏迷"粉丝"和一般观众。然而，除了文学本身和社会经济的因素之外，居庙堂之高，处江湖之远，另一个重要的原因，却要从元蒙统治者与元代文人这两方面去探寻。

元蒙统治者来自漠北，由蒙古早期的奴隶制进入成熟的中原封建社会，犹如进入速成培训班，短时间就完成了历史的三级跳。他们许多人不识汉字，不习汉文，对汉民族传统文化相当陌生和隔膜，他们只崇拜"枪杆子"，尚不知"文字狱"为何物，更不像后来的统治者那样对"笔杆子"有近于病态的敏感与恐惧，让文字之狱遍于国中。元蒙统治者因为本民族粗豪不文，少受羁勒，因此，他们虽然像暴发户一样定都北京掌握了国家的权柄，但封建传统观念仍然比较淡薄，宗教信仰相当自由，佛教、道教、儒教、基督教、伊斯兰教一律平等，并没有强行统一思想定于一尊，而且文化政策相当开明，对于文学创作基本上持不理会、不干预的姿态。这样，包括知识分子在内的元代人思想也就比较自由开放，不像思想专制文网森严的明清，即使"夹起尾巴做人"也不知何时会祸从天降。试想，如果客观上元蒙统治者对文学创作不提供宽松的环境，元代的曲家们即使吃了豹子胆，即使有人说"元曲是愤怒的艺术"，睢景臣也定然不敢去写指桑骂槐的〔般涉调·哨遍〕《高祖还乡》，关汉卿也不会去写揭露地方官吏与地痞流氓狼狈为奸的黑暗现实、为草野小民鸣冤叫屈的《窦娥冤》，无名氏也不能写揭露衙内纵容子婿欺压良善残害无辜的《陈州粜米》，刘时中也不想写为人民鼓与呼的〔正宫·端正好〕《上高监司》了……

元代从太宗九年（1237年）到仁宗延祐二年（1315年），近八十年间不设科举，即使偶设科举也是三天打鱼，两天晒网，元朝整整几代读书人不是"偶失龙头望"，而是失去了平步青云的晋身之阶。书中已没有黄金屋了，书中已没有千钟粟了，九儒十丐的身份，让他们从幻梦的云霄跌落到平地之上与平民之中。他们中间的一些人不甘沦落，不甘才华埋没，不甘虚度仅此一生的生命，同时也是为了谋生，于是在勾栏瓦舍寻找安身立命之所，并成立了历史上最早的作家团体"书会"。如大都就有关汉卿、杨显之等作家为主力的"玉京书会"，以马致远、刘时中等作家为台柱的"元贞书会";一些人就成了创作剧本与散曲的"书会才人"或"书会先生",即今日所谓之"自由写作者"。而少数有幸为官作宦的汉族读书人,他们的思想观念也仍然会受到社会现实与时代思潮的影响,他们也难免有与元蒙统治者同床异梦的潜意识,其作品当然也成了他们抒情寄意的载体。元代曲家与戏剧史家钟嗣成,著有《录鬼簿》二卷,著录杂剧散曲作家一百五十二人,杂剧名目四百余种,作品有四千三百一十首(套),而流传至今日的杂剧也还有一百六十多种。失之东隅,收之桑榆,元代知识分子不必再嗟叹生不逢时怀才不遇了,他们断绝了于个人颇为重要于后代无足轻重的仕宦之途,却创造了于时人虽不看重于后世则彪炳千秋的元曲——那永恒的说不尽的文学的瑰宝!

花开三朵,各为国色与天香。元曲与唐诗宋词相较,它创造了新的诗体,扩大了题材的领域,增进了反映社会现实的广度与深度,加强了作品的平民意识和民主色彩,丰富了语言的表现功能,为戏剧与俗文学开辟了金光大道。那个武功赫赫的朝代早已烟消云逝了,连它的缔造者成吉思汗的埋骨之地都成了永远的谜团,众说纷纭,亦真亦幻,不知有谁能够破译。只有用那个朝代冠名的有别于唐诗宋词的诗作,如同开不败的花朵,生气勃勃地繁茂到今天。我们蓦然回首,仍会惊艳于它那丰富的色彩和泼辣的格调,叹赏于它那冷峻的风骨与独异的芬芳。

春兰秋菊不同时

在造化所营建的四季花园中，既有春兰秋菊，也有冬梅夏荷。兰花被尊为国香，它是君子的化身、高洁品质的象征，屈子在《离骚》中，早就低吟过"结幽兰而延伫"了。夏荷人称"绝代佳人"，不同于一般的凡花俗卉，"要看，就看荷去吧／我就喜欢看你撑着一把碧油伞／从水中升起"，台湾名诗人洛夫也继历代许多诗人的后尘，以诗篇《众荷喧哗》与散文《一朵午荷》为其传神写照。秋菊呢，春生夏茂秋开，多在重阳佳节前后举行开放典礼，"待到重阳节，还来就菊花"，中国人有爱菊赏菊的传统，以至张艺谋的一部电影，都叫《秋菊打官司》，其主人公的芳名就是"秋菊"。冬梅呢，在远古的《诗经》中，早就有"山有嘉卉，侯栗侯梅"之句，至今品种已繁衍至二百三十种之多，在"梅兰竹菊四君子"之中，它光荣地高居榜首，为君子行之冠。且不要说百花之中其他花的家族了，仅是以上的四支与四枝，就可以惊艳惊奇惊诧我们的眼睛。

在中国诗歌的园地里，如同造化之钟灵毓秀，我们拥有的是无价之宝的唐诗、宋词和元曲。作为诗，它们有许多共通之处，因为它们同属于诗的华贵的家族，作为不同时代不同样式的诗,它们当然也有许多相异之点,因为即使同出一源、同为一脉,时间与时代都会留下不同的深刻印记。总的风貌有别,在语言及语言运用的方式方面,何尝不是如此呢?

一

语言,是文学的载体,也是文学的本体。没有高明华妙的语言,就没有高品位的文学作品,何况是被视为文学中的文学的诗歌呢?我爱唐诗的语言,唐诗的语言如星汉灿烂,光华四射,如果要浓缩成一两个词语来形容,那就该是"庄雅高华"吧。例如唐代的咏蝉之作不少,但公认的三首名作或称代表作,依年代顺序首先是初唐虞世南的五绝《咏蝉》:"垂緌饮清露,流响出疏桐。居高声自远,非是藉秋风。"虞世南位高权重而品格端正博学多才,清人施补华《岘佣说诗》称此作为"清华人语"。其次是初唐四杰之一骆宾王的五律《咏蝉》(或称《在狱咏蝉》):"西陆蝉声唱,南冠客思深。不堪玄鬓影,来对白头吟。露重飞难进,风多响易沉。无人信高洁,谁为表予心?"骆宾王因多次讽谏武则天而下狱,心怀忧愤,施补华称此作为"患难人语"。最后是晚唐李商隐的五律《蝉》:"本以高难饱,徒劳恨费声。五更疏欲断,一树碧无情。薄宦梗犹泛,故园芜已平。烦君最相警,我亦举家清。"李商隐挣扎在牛(僧孺)、李(德裕)党争的旋涡中,载沉载浮,郁郁而不得志,施补华称此作是"牢骚人语"。然而，不论是被定性为哪种内涵有别之语，它们的共同特色却无一不是"庄雅高华"。毕竟是大唐之音，毕竟是大唐时代的名诗人，他们即使是抒写一己的胸襟，倾吐自我的块垒，都有一种贵族式的雍容的气度，举手投足均不同凡俗。

我也爱宋词的语言。宋词的风格，传统的说法是分为"豪放"与"婉约"两派的。其实，豪放派的作家也有婉约之作，如陆游与辛弃疾，婉约派的作家也有豪放之篇，如欧阳修与李清照；而且就宋词的整体而言，可谓姹紫嫣红，百花开遍，不是"豪放"与"婉约"这两张大网可以尽数打尽。仅就语言而论，宋词的语言也美不胜收，让人目迷五色，如果要精练到用一两个词语来描状它的主要特征，是否可以称其为"典雅精工"呢？如下述三首词牌同为"长相思"的词：

> 来匆匆，去匆匆，短梦无凭春又空。难随郎马踪。
> 山重重，水重重，飞絮流云西复东。音书何处通？
> ——王灼《长相思》

> 红花飞，白花飞，郎与春风同别离。春归郎不归。
> 雨霏霏，雪霏霏，又是黄昏独掩扉。孤灯隔翠微。
> ——邓肃《长相思》

> 风凄凄，雨霏霏，风雨夜寒人别离。梦回还自疑。

蛩声悲，漏声迟，一点青灯明更微。照人双泪垂！

——王之道《长相思》

三首词均是所谓"代言体"，即男性词作者代词中的女主人公传情达意。三首词的抒情主人公，均是送别情郎空闺独守的女子，因为作品出于不同作者之手，故构思与写法都各有不同；但相同或相似的是，它们的语言都精工典丽，与唐诗语言的基本格调有别。虽然唐诗也不乏语言精工典丽之作，但正如即使同是蓝色，我们仍可指认出水的"柔蓝"与天之"蔚蓝"有异。

我同样也爱元曲的语言。好像听惯了古典的音乐之后，你的耳鼓忽然敲响当代的摇滚乐曲，如同听久了美声唱法之后，忽然通俗唱法破空而来，又有似从气象宏阔的原野或曲径通幽的园林，忽然走进了风情顿异的里闾和人声鼎沸的市井，元曲向我们展示的是一个大不相同于唐诗宋词的崭新的世界，它的语言呈现的是通俗质朴之姿与活泼诙谐之趣：

青青子儿枝上结，引惹人攀折。其中全子仁，就里滋味别，只为你酸留意儿难弃舍。

——刘婆惜〔双调·清江引〕

我为你吃娘打骂，你为我弃业抛家。我为你胭脂不曾搽，你为我休了媳妇，我为你剪了头发。咱俩个一般的憔悴煞!

——无名氏〔中吕·红绣鞋〕

鲁庵撒里,字子仁,曾任礼部尚书,赣州路达鲁花赤,此人为官尚称清廉,只是喜爱寻花问柳。歌伎刘婆惜以青梅喻己,其中"全子仁"一语双关,既指梅核之仁,也指鲁庵撒里,情意单纯而又复杂,语言俚俗而又谐趣,完全是元人元曲的声口。无名氏之曲,"你""我"对举成文,结尾再绾合为"咱两个一般的憔悴煞"。从其中"你为我休了媳妇"一语来看,曲中的女主人公应该属于现代的"第三者",她所爱的男子的"媳妇"即使不去法院起诉她,她至少也会被送上"道德法庭"而受到舆论的审判。但好在我们只是替古人担忧而已,我们现在奇文共欣赏的只是:曲中之情固然真实炽烈,语言更是脱口而出,直率自然,充分显示了元曲语言的当行本色。

二

乡野间柴门中的村姑粗头乱服,布衣荆钗,她们虽没有城市的女子那样敷粉涂脂,雍容华贵,但却有一番淳朴天然的风韵。大体说来,元曲的语言就有如村姑,通俗自然,富于生活的气息与泥土的芬芳,因为元曲大量地运用了元代的寻常口语和方言俗语。

诗词是雅文化，诗词的语言是雅语言。然而，唐宋两代的诗人与词人，也总是努力提炼生活中的口语入诗，从而使自己的作品活色生香，如同花苞上饱含着黎明的露水，绿叶上闪耀着春日的阳光。诗圣杜甫群书万卷常暗诵，其作品被人誉为"无一字无来历"，具有深厚的文化历史底蕴，但他也注意博采口语，吸收不少唐代的民间语言进入诗的殿堂，如"两个黄鹂鸣翠柳，一行白鹭上青天"（《绝句》）、"百年浑得醉，一月不梳头"（《屏迹》）之类。白居易的诗风更是平易通俗，所谓"元轻白俗郊寒岛瘦"，就是对他和元稹以及孟郊、贾岛诗风的形容之辞。据说白居易写诗力求"老妪能解"，宋人陈辅（字辅之）在《陈辅之诗话》中曾引述王安石的意见，说"世间俗言语，已被乐天道尽"。李后主虽贵为帝王，但他的诗词多用白描，好为口语，如《一斛珠》中的"一曲清歌，暂引樱桃破"，其中的"破"字本来很俗，但李后主用来描状大周后清歌一曲，小巧的朱唇如樱桃乍破，却去俗生新，形象宛然如见。其《浣溪沙》中有"酒恶时拈花蕊嗅，别殿遥闻箫鼓奏"之句，宋人赵德麟在《侯鲭录》中说："金陵人谓中酒曰'酒恶'，则知后主词曰'酒恶时拈花蕊嗅'，用乡人语也。"李清照虽然出身书香门第，腹笥深厚，但她也很喜欢用白话入词，如"肥"字本是日常的口语，但她的《如梦令》中的"知否？知否？应是绿肥红瘦"却传情摹景，妙手拈来。《声声慢》的开篇连用"寻寻觅觅，冷冷清清，凄凄惨惨戚戚"十四个叠字，虽是家常言语，却如珠走

春兰秋菊不同时　299

玉盘，而结句的"守着窗儿，独自怎生得黑"，更是摇曳着民间语言与谣谚的风韵，表现了她内心深处的怨绪哀思。对她颇为欣赏的辛弃疾后来写《丑奴儿近》一词，自注"效李易安体"，也是效法她用歌谣式的白话。南宋的杨万里，他作诗讲究"活法"，也被称为"白话诗人"，就是因为他的作品大量地运用浅俗之语，发清新之思。不过，从整体而言，唐诗宋词的语言主要还是书面语言，是文人雅化了的语言，唐诗人宋词人只是间用俗语，以增强作品的新鲜感和生活气息，不像元曲家对传统的诗词语言进行了一次几乎翻天覆地的"革命"，尽管元代中后期有一些作家如张可久、乔吉等人力求雅俗结合，语言趋向书面与典雅，成为企图以词绳曲的"清丽派"，然而，在元曲的语言的国土，飘扬的旗帜上大书的毕竟还是一个"俗"字。

元曲家的作品真是如鲁迅所说的，"将活人的唇舌作为源泉"，他们的作品多用口语、俚语、市语、方语、家常语，甚至是蛮语、嗑语、讥诮语乃至粗言俗语和谑言浪语，新鲜泼辣，一派天机云锦，一派活法奇情，使得诗坛出现了前所未有的奇异的审美风尚，也迎合与培养了新时代的读者新异的审美趣味。因为诗歌从庙堂从庭院从舞榭歌台从文人学士，走向了江湖走向了草根走向了平民走向了市民大众，而大多数曲家也已经黄金榜上早失龙头望，他们早已沦落于市井勾栏，既已经没有中国人素所看重的"面子"，潜意识里也自以为是市民的代言人。于是，相对于唐诗宋词的语言而论，元曲的语言等于是重新"洗牌"；如果另行比喻，那么，方言俗语如洪水般涌至，使得诗歌固有的河床都变向改道了。古人说窥一斑而知全豹，那么，我也可以说观一浪而知全流，我且撷取几朵浪花，以观测整条河流的水文与流向：

害的是相思病，灵丹妙药怎地医？害的是珊瑚枕上丁香寐，害的是鸾凰被里鸳鸯会，害的是鲛鮹帐里成憔悴。害的是刚才相见又别离，害的是神前共设山盟誓。
——无名氏〔仙吕·寄生草〕

相思病，怎地医？只除是有情人调理。相偎相抱诊脉息，不服药自然圆备。
——马致远〔双调·寿阳春〕

风调雨顺民安乐，都不似俺庄家快活。桑蚕五谷十分收，官司无甚差科。当村许下还心愿，来到城中买些纸火。正打街头过，见吊个花碌碌纸榜，不似那答儿闹穰穰人多。

〔六煞〕见一个人手撑着椽做的门，高高的叫"请请"，道："迟来的满了无处停坐"。说道"前截儿院本《调风月》，背后么末敷演《刘耍和》"。高声叫："赶散易得，难得的妆合。"

〔五煞〕要了二百钱放过咱，入得门上个木坡，见层层

春兰秋菊不同时 301

叠叠团圆坐。抬头觑是个钟楼模样，往下觑却是人旋涡。见几个妇女向台儿上坐。又不是迎神赛社，不住的擂鼓筛锣。

〔四煞〕一个女孩儿转了几遭，不多时引出一伙。中间里一个央人货，裹着枚皂头巾顶门上插一管笔，满脸石灰更着些黑道儿抹。知他待是如何过？浑身上下，则穿领花布直裰。

〔三煞〕念了会诗共词，说了会赋与歌，无差错。唇天口地无高下，巧语花言记许多。临绝末，道了低头撮脚，爨罢将么拨。

〔二煞〕一个妆做张太公，他改做小二哥，行行行说向城中过。见个年少的妇女向帘儿下立，那老子用意铺谋待取做老婆。教小二哥相说合，但要的豆谷米麦，问甚布绢纱罗。

〔一煞〕教太公往前挪不敢往后挪，抬左脚不敢抬右脚，翻来覆去由他一个。太公心下实焦躁，把一个皮棒槌则一下打做两半个。我则道脑袋天灵破，则道兴词告状，划地大笑呵呵。

〔尾〕则被一泡尿，爆的我没奈何。刚挨刚忍更待看些几个，枉被这驴颓笑杀我。

——杜仁杰〔般涉调·耍孩儿〕《庄家不识勾阑》

世上有一种病，不属于生理而属于心理，病情深重时当然也有害于身体健康,但此病即使是高明的心理医生也大都无能为力,病入膏肓时更是任何名医也无力回天,这种病的大名就叫作"相思"。唐诗宋词中写相思的作品不少,但语言像上述两支曲子这样直率通俗而直抉肺腑,恐怕也绝难一见。无名氏之曲提出了病名,在以疑问句否定了"灵丹妙药"之后,以五个排比句申述了具体病情。如此的病症如此的病情,即使是扁鹊华佗来望闻问切,大约也只能宣告不治吧。马致远之曲开篇两句,是无名氏之曲开篇的异口同心的缩略,但他不仅诊断出了病情,而且也开出了"最高明"的处方:"只除是有情人调理。"果真这样,自然不药而愈。这种处方,任何此类病症的患者都会一看即明,乐于以身试"方",不像现在有些医生在病历与处方笺上龙飞凤舞,有如莫测高深的天书。至于杜仁杰之作,不仅所写的庄稼汉进城看戏的题材为唐诗宋词所无,而且语言之极度生活化与平民化,在唐诗宋词中也无由得见。作者博学多才而不求闻达,隐居山林而朝廷屡征不就,他应该对乡村农民的生活与城市剧场的情况知之甚详,才能创作出这一别开生面生动搞笑的作品,不仅留下了研究中国戏曲史的珍贵资料,即使置诸今日的舞台去参加全国小品大奖赛,也定会拿到可观的名次。我应该向杜仁杰致以隔代而又隔代的敬意,因为他的这一作品富于原创性,即使在元曲中也独一无二,同时,还因为他对后世的影响。我私心以为,曹雪芹在《红楼梦》中写到刘姥姥二进大观园特别是一进大观园,潜意识中肯定有前贤的这一作品的影响。刘姥姥

春兰秋菊不同时

形象的神态心理与喜剧效果，与这位数百年前的庄稼汉何其相似乃尔？当然，真相如何、真情怎样，权威答案就只能启曹公于地下而问之了。

三

武士的利器是刀剑，木匠的利器是绳墨，渔人的利器是网罟，作家的利器是语言。珠玉要玲珑剔透，莹光照人，需要工匠如切如磋，语言要精光四射，生动感人，就有赖于作者如琢如磨。琢磨的重要方式与手段就是修辞。元曲的修辞自有一些特殊的习用的手段，而鼎足对与重叠则是元曲常见的修辞方式，它们虽非元曲的首创，却为元曲所发扬光大，是元曲语言通俗而翻新、自然而出奇的催化剂。

由于汉语是由单音节所构成，所以较之世界上其他民族的语言，"对偶"是汉语言独具的美质与专利。文中的对偶之语，诗中的对偶之句，乃至自五代以来源远流长的对联，都是对偶这一株合欢树上开放的缤纷的花朵。犹忆某年秋日远游位于湖南郴州的"南洞庭"，水波浩阔，连山如环，岸边新建的"揖石轩"临水而立，山头古老的"兜率寺"居高望远，我作联一副，请家父李伏波先生书写，由当地主管部门镌刻而悬于轩之两侧："揖石轩轩窗揖千环翠碧，兜率寺寺门兜一捧汪洋。"对联，可说是诗词中对偶句的放大扩容，是对偶的一支偏师或奇兵；那些名宗正派的对偶，还是要到诗词曲中去寻觅，例如元曲中的"鼎足对"。

"鼎足对"又称"救尾对"，顾名思义，它不是两两成对而是三个词组或短语三三成对。在五律与七律中，颔联与颈联上下句作对成双，"第三者"的鼎足对没有插足之地，只有在散言体的词中，鼎足对才应运而生，特别是在《行香子》《诉衷情》《柳梢青》《水龙吟》这些词牌中。如辛弃疾《水龙吟》中的"绿野风烟，平泉草木，东山歌酒"，如葛长庚《行香子》中的"晋时人，唐时调，汉时仙"，陆游《诉衷情》中的"胡未灭，鬓先秋，泪空流"，刘辰翁《柳梢青·春感》中的"辇下风光，山中岁月，海上心情"，等等。不过，词中的鼎足对还只是在少数词牌中出现，而且大都是三字句或四字句，有如梅花虽然报春，但却是在冰雪早寒之中，春天毕竟要到阳春三月才会繁红艳紫盛妆登场，鼎足对也要到元曲之中，才蔚为壮观与大观：

对一缕绿杨烟，看一湾梨花月，卧一枕海棠风。似这般闲受用，再谁想丞相府帝王宫。
——张养浩〔最高歌兼喜春来〕《咏碧玉簪》

伴的是银筝女银台前理银筝笑倚银屏，伴的是玉天仙携玉手并玉肩同登玉楼，伴的是金钗客歌《金缕》捧金樽满泛金瓯。
——关汉卿〔南吕·一枝花〕《不伏老》

看看的挨不过如年长夜,好姻缘恶间谍。七条弦断数十截,九曲肠拴千万结,六幅裙揾三四折。

——兰楚芳〔黄钟·愿成双〕《春思》

〔拨不断〕利名竭,是非绝。红尘不向门前惹,绿树偏宜屋角遮,青山正补墙头缺。更那堪竹篱茅舍。

〔离亭宴煞〕蛩吟罢一觉才宁贴,鸡鸣时万事无休歇,何年是彻?看密匝匝蚁排兵,乱纷纷蜂酿蜜,急攘攘蝇争血。裴公绿野堂,陶令白莲社。爱秋来时那些:和露摘黄花,带霜分紫蟹,煮酒烧红叶。想人生有限杯,浑几个重阳节?人问我顽童记者:便北海探吾来,道东篱醉了也!

——马致远〔双调·夜行船〕《秋思》

或写退休林泉的悠闲,或写歌舞生涯的愉悦,或写有情人不得终成眷属的痛苦,或写争名逐利与优游林下的对照,行文已都不是成双的对偶而是成三的对偶,如同溪水之与河流,虽然同是流水,而且各有可观之处,但它们的河床、流量与气派,也毕竟各有不同了。

诗歌是时间艺术,它不仅要有"可视性",而且要有"可听性",不仅要"美视",而且要"美听"。美国当代诗人费林格蒂曾说:"印刷已使诗变得冷寂无声,我们遂忘记诗曾是口头传讯的那种力量了。"诗的音乐美，是诗通向读者的桥梁，是诗可以振羽而飞的翅膀；而回环复沓的重叠，就是桥梁的重要支柱，是翅膀值得珍惜的羽毛。元曲的语言之美，在"重叠"这一修辞格上也得到了充分的体现，它甚至"铤而走险"，形成了所谓"叠字体"，如乔吉的〔越调·天净沙〕《即事》："莺莺燕燕春春，花花柳柳真真。事事风风韵韵，娇娇嫩嫩，停停当当人人。"但更多的则是曲中用韵：

呀，愁的是雨声儿渐零零落滴滴点点碧碧卜卜洒芭蕉，则见那梧叶儿滴溜溜飘悠悠荡荡纷纷扬扬下溪桥，见一个宿鸟儿忒楞楞腾出出律律忽忽闪闪串过花梢。不觉的泪珠儿浸淋淋漉漉扑扑簌簌捏湿鲛绡。今宵，今宵睡不着，辗转伤怀抱。

——王廷秀〔中吕·粉蝶儿〕《怨别》

侧着耳朵儿听，蹑着脚步儿行，悄悄冥冥，潜潜等等，等待那齐齐整整，袅袅婷婷，姐姐莺莺。

——王实甫《西厢记》第一本第三折

我只见黑黯黯天涯云布，更那堪湿淋淋倾盆骤雨。早是那窄窄狭狭沟沟堑堑路崎岖，知奔向何方所！犹喜的潇潇洒洒断断续续出出律律忽忽噜噜阴云开处，我只见霍霍闪闪电

春兰秋菊不同时　307

光星炷。怎禁那萧萧瑟瑟风，点点滴滴雨，送的来高高下下凹凹凸凸一搭模糊，早做了扑扑簌簌湿湿渌渌疏林人物。倒与他妆就了一幅昏昏惨惨潇湘水墨图。

——无名氏《货郎担》第四折

王廷秀抒写闺中少女或少妇对恋人的殷切思念之情，王实甫描状张生躲在太湖石后偷看莺莺的紧张小心之态，都得益于叠字不少。无名氏写雨骤风狂云暗天低之景，一气而下用了三十六双叠字，那大珠小珠走玉盘的音韵有如交响曲，即使不能说情味远胜也可说音响远过于唐诗宋词，"漠漠水田飞白鹭，阴阴夏木啭黄鹂"，"庭院深深深几许，杨柳堆烟，帘幕无重数"，怎么有元曲这种盛大的音乐景观呢！

春兰秋菊不同时。如果要在当代文学中举出叠字运用的范例去和元曲媲美，那就应该首推台湾名诗人、散文家余光中的《听听那冷雨》。此文题目中的"听听"即是叠字，而文中形容不同情境之下的雨声，其叠字运用之妙，也绝不让元代的曲家专美于前，如开篇和其中的片断：

惊蛰一过，春寒加剧。先是料料峭峭，继而雨季开始，时而淋淋漓漓，时而淅淅沥沥，天潮潮地湿湿，即连在梦里，也似乎把伞撑着。而就凭一把伞，躲过一阵潇潇的冷雨，也躲不过整个雨季，连思想也都是潮润润的。每天回家，曲折穿过金门街到厦门街迷宫式的长街短巷，雨里风里，走入霏霏令人更想入非非。

在日式的古屋里听雨，春雨绵绵听到秋雨潇潇，从少年听到中年，听听那冷雨。雨是一种单调而耐听的音乐，是室内乐是室外乐，户内听听，户外听听，冷冷，那音乐。雨是一种回忆的音乐，听听那冷雨，回忆江南的雨下得满地是江湖下在桥上和船上，也下在四川在秧田和蛙塘下肥了嘉陵江下湿布谷咕咕的啼声。雨是潮潮润润的音乐下在渴望的唇上舐舐那冷雨。

叠词如雨，文章的开始就已经滴滴答答敲叩我们的听觉神经了，全文抒写数十年来在不同环境与心境下听到的雨声，真是有如一阕由叠词所构成的淅淅沥沥滂滂沛沛铿铿锵锵的交响乐，让我们读来行迈靡靡啊中心摇摇，恍恍惚惚回到了元曲啊走进了元朝。

春兰秋菊不同时

桃李东风蝴蝶梦

一

白天，是阳光照耀的现实的世界；夜晚，是月光抚慰的梦幻的天地。远承庄子梦蝶的余绪，元人郝经在《落花》一诗中，早就说过"桃李春风蝴蝶梦，关山明月杜鹃魂"了。

心理学家告诉我们，梦，是睡眠中大脑局部皮层的活动没有完全停止时所引发的脑中表象活动。俗语有云：日有所思，夜有所梦。南宋词人朱敦儒《行香子》词也说："心中想，梦中寻。"人的梦境虽然光怪陆离，缤纷五彩，有所谓正梦、好梦、春梦、美梦、甜梦、酣梦、喜梦、绮梦，也有所谓噩梦、惧梦、迷梦、幻梦、痴梦等，然而，它们无非或是现实生活的幻化，或是思想感情的折射，或是理想追求的闪光。除了禀赋特异从来与梦境无缘的人，有谁不在进入了苏轼所说的"黑甜乡"之后，做他们版本各异的蝴蝶梦或南柯一梦呢？

西方的文学作品暂不细论，莎士比亚的一出名剧题名就是《仲夏夜之梦》。中国文学中写梦之作源远流长，数不胜数，足可编成一部中国梦文学史。这部特殊的文学史的江河之源，就是《诗经》《楚辞》与诸子散文中的《庄子》。诗经开篇的《周南·关雎》，就是中国梦幻文学的最早的闪亮登场："窈窕淑女，君子好逑。求之不得，寤寐思服。""参差荇菜，左右流之。窈窕淑女，寤寐求之。"这位古君子对自己的意中人，做的是白日接夜晚的连环相思梦。按照传统的说法，《诗经》属于现实主义的门庭，《楚辞》则归于浪漫主义的家族，因此，《楚辞》当然有更多的梦幻的飞翔。屈原不必多说了，"昔余梦登天兮，魂中道而无杭"（《九章·惜诵》），"惟郢路之辽远兮，魂一夕而九逝"（《九章·哀郢》），他的《离骚》中上天入地的幻想，实际上写的不仅是幻境也是梦境，虽然有别于睡梦，但至少是与睡梦关系暧昧的白日梦。而屈原的学生宋玉呢？他的《高唐赋》与《神女赋》，分别写了楚怀王与楚襄王梦巫山神女之事，"旦为朝云，暮为行雨。朝朝暮暮，阳台之下"，高唐神女成为男女爱情的象征与代称，几千年来，不知刺激了多少男士的柔情绮梦，而高唐梦、阳台梦、巫山云雨梦、朝云暮雨梦之类的说法，也多近百种，有如一个财大气粗的财团，除了总公司之外，还开办了无数的分公司。楚人的先贤庄子先生呢？可以给他颁发"中国梦文学与梦理论奠基人"的荣衔。《庄子》三十三篇，竟有十篇与梦有关，在先秦诸子中未曾有。而他在《齐物论》中以庄生梦蝶写哲学性的物化之理，创造了一种么妙而神秘的文学境界，成了有名的"庄生梦蝶"之典，以至今日台湾一位以玄想见长的周姓诗人，也仍以"梦蝶"为名。

在唐诗宋词中，记梦之作如繁花之盛开，似繁星之照眼。"我欲因之梦吴越，一夜飞度镜湖月"，李白的《梦游天姥吟留别》惝恍幽奇，是游仙诗也是记梦诗。杜甫写了十四首诗给李白，但是，"魂来枫林青，魂返关塞黑""三夜频梦君，情亲见君意"，其中最动人情肠的，莫过他于安史之乱中流落秦川时所写的《梦李白二首》了。岑参是盛唐边塞诗的掌门人之一，然而，他的《春梦》却写得空灵华妙，柔情绮旎："洞房昨夜春风起，遥忆美人湘江水。枕上片时春梦中，行尽江南数千里。"至于李贺"黄尘清水三山下，更变千年如走马。遥望齐州九点烟，一泓海水杯中泻"的《梦天》，金昌绪"打起黄莺儿，莫教枝上啼。啼时惊妾梦，不得到辽西"的《春怨》，陈陶的"誓扫匈奴不顾身，五千貂锦丧胡尘。可怜无定河边骨，犹是春闺梦里人"的《陇西行》，都是唐诗中记梦之作的无上妙品，我们今日只要设身处地而曼声长吟，意醉神迷恍兮惚兮，当会立时回到遥远的唐朝。

诗庄而词媚。南唐李后主的词是宋词的先声，流传至今的有三十多首，"多少恨，昨夜梦魂中"，写到梦境的竟占全部作品的三分之一。强调言情遣兴更内心化个人化的宋词，记梦之作的数量自然大大超过唐诗。男欢女爱或男思女忆，是宋代记梦词的重要内容："香断锦屏新别，人闲玉簟初秋。多少旧欢新恨，书杳杳，梦悠悠"（欧阳修：《圣无忧》）；"夜来幽梦忽还乡。小轩窗，正梳妆。相顾无言，惟有泪干行"（苏轼：《江城子·乙卯正月二十日记梦》）；"良宵谁与共，赖有窗间梦"（贺铸：《菩萨蛮》）；"春光漫漫人千里，归梦绕长安"（曾觌：《眼儿媚》）；"暴雨生凉，做成好梦，飞到伊行"（杨无咎：《柳梢青》）；"人间离别易多时，见梅枝，忽相思。几度小窗，幽梦手同携"（姜夔：《江梅引》）。一年四季，春夏秋冬，诗人们在不停地做着相思之梦。然而，如果这样，那宋代的记梦之作也太单调了，最终只能疲劳读者的眼睛和心理，试想，你一天到晚一年到头看到的是同一种景色，哪怕风景这边独好，你的审美心理恐怕也会疲劳和厌倦吧。

时至南宋，山河破碎，家国飘摇，壮士挥戈，英雄抗敌，时代的苦难和诗人的苦闷，使记梦词出现了前所未有的新的天地。"梦中原，挥老泪，遍南州"（《水调歌头》），这是张元干的悲唱；"昨夜寒蛩不住鸣，惊回千里梦，已三更"（《小重山》），这是岳飞的低吟；"醉里挑灯看剑，梦回吹角连营。八百里分麾下炙，五十弦翻塞外声。沙场秋点兵"（《破阵子》），这是辛弃疾中年时的志士回眸；"雪晓清笳乱起，梦游处，不知何地。铁骑无声望似水。想关河：雁门西，青海际"（《夜游宫》），这是陆游暮年时的壮心不已。据清代诗人兼诗论家赵翼的统计，陆游诗词中的记梦之作共有九十九首之多，直到他最后蛰居山阴，生命已经如一丸落日，西天的云彩已经在进行落幕典礼的准备了，他仍以《记梦》为题，写出了"征人忽入夜来梦，意气尚如年少时。绝塞但惊天似水,流年不觉鬓成丝"的悲壮诗句,更不要说那首妇孺皆知的"僵卧孤村不自哀,尚思为国戍轮台。夜阑卧听风吹雨,铁马冰河入梦来"的《十一月四日风雨大作》了。他的记梦,多为写实,有的则是假托,然而都是现实生活和他感情世界的特殊折光,是那一个内忧外患灾难深重的时代的定格显影,是一代有志之士收复失地的雄图和壮士不酬的悲愤所涌起之洪波巨浪。

二

生活无尽,梦亦无穷。在唐诗人宋词人之后,就轮到元曲家们登场来演绎他们的幻梦,并向同代和后代的读者说梦了。

明代戏曲作家汤显祖有所谓"玉茗堂四梦",即《紫钗记》《牡丹亭》《邯郸记》《南柯记》四部传奇,他谈到四梦时曾说:"因情生梦,因梦生戏。"元代是中国古典戏剧文学的鼎盛时期,第一大家关汉卿就创作杂剧六十多种,其中许多都与梦有关,如《西蜀梦》《绯衣梦》《蝴蝶梦》等,而最著名的则是《窦娥冤》,写的是窦天章梦女儿窦娥的鬼魂而为之申雪的故事,千百年来演唱不衰,烫痛了演员的嘴唇和读者的耳朵。其他如马致远的《梧桐雨》、王实甫的《西厢记》,都分别描绘记写了不同人物的不同梦境,其中的套曲所构成的唱词,本质上就是诗,是戏曲中诗的歌唱。

元人的散曲无论是小曲还是套数，当然都是属于诗的范畴，元人散曲中的许多写梦之作，可说是"因情生梦，因梦生诗"。元代，是一个等级极为森严的时代，汉族知识分子包括文人从原来的黄金变成了锈铜烂铁，政治上的危机感、生命的不安全感、人生如梦的虚幻感和及时行乐的现世感，便成了那一时代知识分子的"主流意识形态"，加之元代统治者武而不文，许多皇帝对于汉文大字不认得几个，他们还来不及或者是还想不到像后世的一些统治者那样编织文网，设置万劫不复的文字狱。于是，元代曲家就有许多涉及梦幻的作品，约占《全元散曲》的十分之一。而许多记梦之作，就是以梦写真，以梦记意，他们已经既没有理想更没有追求了，便借助梦境的描写揭露和讽刺黑暗的现实，抒发自己心头的郁积和愤慨。例如关汉卿《窦娥冤》第四折，写窦天章及第后官拜参知政事到楚州审囚刷卷，窦娥的鬼魂和他在梦中相见，诉说自己的沉冤大屈。窦娥在公堂上的唱词总共五曲，其中的两曲是：

〔梅花酒〕你道是咱不该"这招状供写的明白"，本一点孝顺的心怀，倒做了惹祸的胚胎。我只道官吏每还覆勘，怎将咱屈斩首在长街。第一要素旗枪鲜血洒，第二要三尺雪将死尸埋，第三要三年旱示天灾。咱誓愿委实大。

〔收江南〕呀，这的是衙门从古向南开，就中无个不冤哉！痛杀我娇姿弱体闭泉台，早三年以外，则落的悠悠流

桃李东风蝴蝶梦　317

恨似长淮!

关汉卿为弱女子申冤,为底层人物呐喊,所表现的正是对封建统治的否定,对黑暗吏治的批判。"这的是衙门从古向南开,就中无个不冤哉"的警语,流传后世成了"衙门八字开,有理无钱莫进来"的俗谚口碑。对于后世吏治的种种黑暗,以及时至今日的种种腐败现象,关汉卿当年所写的曲词,乃是一曲并不过时也未作废的警世的洪钟。

又如刘致的〔双调·殿前欢〕《道情》:

> 醉颜酡,水边林下且婆娑。醉时拍手随腔和。一曲狂歌,除渔樵两个,无灾祸。此一着谁参破?南柯梦绕,梦绕南柯。

曲家马谦斋〔越调·柳营曲〕《楚汉遗事》的结尾,就是"江山空寂寞,宫殿久荒凉。君试详,都一枕黄粱",而张可久〔黄钟·人月圆〕《山中书事》的开篇,则是"兴亡千古繁华梦,诗眼倦天涯",细至具体的楚汉相争,大至广义的千古兴亡,都离不开一个"梦"字。刘致此曲也是如此,结尾的反复咏唱,不仅表现了语言的反复回旋的音韵之美,更以梦境的形式,针砭了政治的险恶与现实的丑恶。

又如同周文质的〔正宫·叨叨令〕《自叹》:

筑墙的曾入高宗梦，钓鱼的也应飞熊梦，受贫的是个凄凉梦，做官的是个荣华梦。笑煞人也么哥，笑煞人也么哥，梦中又说人间梦。

这支曲子是所谓"独木桥体"，亦称为"独韵诗"，就是通首用同一字作韵脚。这种体式屡见于宋词，如黄庭坚〔鹤瑞仙〕檃栝欧阳修《醉翁亭记》，通篇皆用"也"字押韵，蒋捷〔声声慢〕《秋声》，通篇皆用"声"字押韵，辛弃疾〔水龙吟〕《用些语再题瓢泉》一首，此词在原来每句韵脚之下加一"些"字，共十个"些"字，这是学楚辞《招魂》多用"些"字作词尾助词之体，在词中称为"长尾韵"。元代社会是黄钟毁弃而瓦釜雷鸣的社会，周文质此曲开篇用了傅说和吕尚的典故：傅说为殷高宗所识，吕尚被周文王所用，均是得其所哉。逝者如斯夫，而元代现实中则是有才有德之人受贫，无才无德之人当官，贫者自贫，富者自富，清者自清，浊者自浊。作者在"他嘲"之后还不禁"自嘲"，"梦中又说人间梦"，自己何尝不一样也在梦中？这是顿悟的超然，也是刻骨的伤痛，这是跳出于红尘之外，也是拘囿于尘世之中。人生如梦，梦亦如人生，文学之梦所表现的，归根结底是人生之梦，正如镜花水月并非水月镜花，镜中与水中所反映的，毕竟是地上的春花与高空的明月。

桃李东风蝴蝶梦

三

马致远〔双调·寿阳曲〕写道:"从别后,音信杳,薄情种害杀人也。逢一个见一个因话说,不信你耳轮不热","从别后,音信杳,梦儿里也曾来到。问人知行到一万遭,不信你眼皮儿不跳。"谁念叨谁,谁就耳轮发热或眼皮跳动,台湾作家余光中在他的一篇散文中就曾经这样写过。而男女之间相思成梦,这是古往今来的有情人都在梦中上演过的节目,而在元代曲家的记梦之作中,也是长演不衰的主题。

《全元散曲》中关于梦幻的作品,大约占十分之一,而在这十分之一中,写男女之情的又占了十之七八,而在这十之七八中,写女子思念男子的又占了绝大多数。从普泛的意义而言,封建专制的正统观念固然对男女性爱长期予以歪曲和压制,但性爱作为人类生存与延续的一种本能,却也如同离离的原上之草,野火烧不尽而春风吹又生;从具体的元代社会而论,由于元代城市商品经济较前代发达,市民意识蓬勃滋长,反理学的思潮开始勃兴,而元代的读书人仕途无望,他们只有从现实的爱情和梦中的爱情寻找精神的慰藉与补偿。于是,元曲中写爱情的作品大增,以梦幻来表现对爱情的渴望与追求的作品,当然亦复不少,较之唐诗宋词中雍容典雅细腻缠绵的有关之作,元曲洋溢的是原始的活力、草根的野性、泥土的芳香。

有如变幻多姿的万花筒，元曲中写梦境之作角度不同，写法各异，可以说多姿多彩。有的直接描写梦境，如刘秉忠的〔南吕·干荷叶〕之四："夜来个，醉如酡，不记花前过。醒来呵，二更过，春衫惹定茨藦科，绊倒花抓破。"有的则渲染梦醒之后的情景，如陈草菴的〔中吕·山坡羊〕之二："林泉高攀，齑盐贫过，官囚身虑皆参破。富如何？贵如何？闲中自有闲中乐。天地一壶宽又阔。东，也在我，西，也在我。"有的表现其甜如蜜的甜梦，如查德卿的〔仙吕·一半儿〕《春梦》："梨花云绕锦香亭，蝴蝶春融软玉屏。花外鸟啼三四声，梦初惊，一半儿昏迷一半儿醒。"有的则是苦比莲心的苦梦，如吕止庵的〔仙吕·后庭花〕："西风黄叶疏，一年音讯无。要见除非梦，梦回总是虚。梦虽虚，犹兀自暂时节相聚，新近来和梦无。"喝酒过多，有"醉乡"可到，而以上曲家心神向往的，看来则多是"梦乡"了。

何以解忧，唯有杜康吗？在民间作者和一些曲家充满柔情蜜意的心中，何以解忧是唯有梦乡了。谓予不信，请看无名氏的〔中吕·齐天乐过红衫儿〕《闺怨》：

孤眠冷冷清清，恰才则人初静。又被和风吹灭残灯，不由得见景生情。伤心，暗想才郎，全无些志诚。月下星前，海誓山盟。想起来，添愁闷，不觉的倒枕翻衾。

窗外寒风劲，吹觉南柯梦。好伤情，好伤情。独自珊瑚枕。泪如倾，泪如倾，眼见的我今春瘦损。

桃李东风蝴蝶梦　321

对她的"南柯梦"没有具体的描绘，读者可以想象得之，作者重在人物心理世界的揭示和刻画，她让我们倾听的，是被"才郎"疏远甚至遗弃的弱女子所吟唱的一曲哀歌。又如曲家倪瓒的散曲〔双调·殿前欢〕与词作《江城子·感旧》：

> 揾啼红，杏花消息雨声中。十年一觉扬州梦，春水如空，雁波寒写去踪。离愁重，南浦行云送。冰弦玉柱，弹怨东风。

> 窗前翠影湿芭蕉，雨潇潇，思无聊。梦入故园，山水碧迢迢。依旧当年行乐地，香径杳，绿苔饶。
> 沉香火底坐吹箫，忆妖娆，想风标。同步芙蓉，花畔赤栏桥。渔唱一声惊梦觉，无觅处，不堪招！

倪瓒现存词二十余首，写到梦境的竟多达十处。此词写的是旧梦，将眼前的梦境与往事的回想交织在一起，表述梦前、梦中与梦后，层次分明而焦点集中，记梦怀人，情深一往。而前引之曲是写实，也是写往日之梦，词与曲可以互参。"世事一场大梦，人生几度秋凉"，这是苏轼的感叹，而倪瓒所咏叹的，不就是人生大梦中的爱情小梦吗？

在中国古代的诗人之中，"梦中得句"屡有所闻，"记梦"

之作也有不少，标明"梦中作"的诗词在唐诗宋词中也多有所见。元曲家郑光祖有一组三首〔双调·蟾宫曲〕，在曲牌之下就明确题为《梦中作》，如其中之一：

> 半窗幽梦微茫，歌罢钱塘，赋罢高塘。风动罗帏，爽入疏棂，月照纱窗。缥缈见梨花淡妆，依稀闻兰麝余香。唤起思量，待不思量，怎不思量！

郑光祖与关汉卿、马致远、白朴曾并称"元曲四大家"，但他的成就较其他三位相差甚远，不知怎么将座次排在了一起，这也许是历史的误会吧，这种名实不副的情况，今日的文坛不仍然比比皆是吗？不过，郑光祖这首双调之曲确实还可圈可点。梦，是现实与心理的曲折反映，此作写梦中和情人的欢会，醒后的怅惘与追怀，作者以幻写真，以真写幻，令人疑幻疑真，特别具有美学上所谓的朦胧之美。朦胧美是诗美的一种形态，诗经中的《陈风·月出》和《秦风·蒹葭》两篇，就是中国诗歌朦胧美的源头，而郑光祖的《蟾宫曲》，则是千年后的一朵波浪。我们的读者大都有在梦中与恋人或情人相逢相聚的经验，捧读这一朵动人的波浪，我们难道不会在"怎不思量"之余回首梦境而心旌摇摇吗？

爱情，不仅甜如甘醴，有时也苦胜黄连。以上所引多为有名有姓的文人作品，让我们再请出一位民间的无名氏，听她演唱她的〔越调·寨儿令〕《恨负心贼》吧：

> 鸳帐里，梦初回。见狞神几恶严像仪。手执金槌，鬼使跟随，打着面独脚皂纛旗。犯由牌写得精细，匹先里拿下王魁，省会了陈殿直、李勉那厮听者：奉帝敕来斩你伙负心贼！

抒情女主人公的恋人或丈夫，就是曲中直斥的时至今日仍然高产的"负心贼"，另一曲无名氏的〔双调·水仙子〕《转寻思转恨负心贼》，也是如此。而当时没有妇联可以申告，没有法院可以起诉，没有报纸网络电台电视台等媒体可以披露与声援，弱女子只好借助梦境来表示自己的伤心、愤怒与抗争。王魁、陈殿直、李勉是前代和当时负心人的典型，分别是宋官本杂剧和元人杂剧中众所周知的热点负面人物。全曲写对梦境的回忆，一灯愁里梦啊，对这位几百年前爱极生恨的弱女子，我们只能寄去迟到的同情和慰问了。

梦，是爱情的守护神，是人生的避难所，是精神的理想国，是基于现实又超越现实的世外桃源。往事已成空，还如一梦中吗？人似秋鸿来有信，事如春梦了无痕吗？不，不，古希腊哲学家希波克拉底早就说过："艺术长存，而我们的生命短暂。"唐诗宋词元曲中写梦的许多优秀之作，为古人的好梦美梦噩梦留下了众多长存的诗证与实证，让今日的读者一卷在手，可以一一寻踪按迹，旧梦重温。

好花看到半开时

元散曲中的曲牌既多且美，有如缤纷的落英，不仅可以照花你的眼睛，而且也会听亮你的耳朵。例如"醉花阴""喜迁莺""人月圆""塞鸿秋""鹊踏枝""满庭芳""红绣鞋"等，这些美视而且美听的曲牌之名是如何诞生的呢？是谁的锦心绣口，最早为它们命以嘉名？这真是令人遐想。还有一个曲牌，什么名称不好取呢，偏偏取名叫作"一半儿"。今日流传的一句熟语就是"男人的一半是女人"，"一半儿"也多表男女之情，又名"忆王孙"，用于剧曲和小令，末句定格嵌入两个"一半儿"，这个曲名大约就是由此而来的吧。

"一半"，这个词义有多解，但主要是表示居中一半的程度（二分之一）或不完全之意。它和我国儒家的"中庸之道"的关系颇为暧昧，清代字歌振的李密庵就曾写有一首有名的《半半歌》："看破浮生过半，半之受用无边。半中岁月尽幽闲，半里乾坤宽展。半郭半乡村舍，半山半水田园。半耕半读半经廛，半士半民姻眷。半雅半粗器具，半华半实亭轩。衾裳半素半轻鲜，肴馔半丰半俭。童仆半能半拙，妻儿半朴半贤。心情半佛半神仙，姓字半藏半显。一半还之天地，让将一半人间。半思后代与沧田，半想阎罗怎见。酒饮半酣正好，花开半吐偏妍。帆张半扇免翻颠，马放半缰稳便。半少却饶滋味，半多反厌纠缠。百年苦乐半相参，会占便宜只半。"这首诗形象地表现了折中调和的中庸哲学，知足常乐的人生态度和人生理想，所以颇得读者的喜爱，其中也包括林语堂的欣赏，林语堂曾将它写进自己的著作《生活的艺术》之中，作为他所理解与认同的"诗意的栖居"。

如果将这种表现了中庸之道的"半半哲学"置之不论，而单说其中"半"字的运用，却颇饶文字情趣，尤其在古典诗词中，"半"字还真是能者多劳，不时可以见到它们勇于担当方面之任；而许多"半"字的运用，的确能让我们半惊半喜，感叹于汉字的魔力，文词的魅力，"半"字的奥妙。如"锦城丝管日纷纷，半入江风半入云"（杜甫：《赠花卿》），"半湿半晴梅雨道，乍寒乍暖麦秋天"（宋黄公度：《道间即事》），"小姑昨夜巧妆束，新月半痕玉梳小"（元贯云石：《彭郎词》），"萧索半春愁里过，一天风雨尽啼痕"（明沈宜修：《绝句五首》）等，都是如此。李白当年离开家乡四川，作有一首《发渝州》："峨嵋山月半轮秋，影入平羌江水流。夜发清溪下三峡，思君不见下渝州。"对于故乡的明月，他用的是"半轮"而非"一轮"，这也许是写实，但更多的则可能是艺术的需要，因为未满的"半轮"比已经圆满的"一轮"，更能激发作者自己和读者的审美联想与审美期待。"半轮"是留有余地的别样境界，"一轮"则是一览无余的水尽山穷，所以李大诗人的后辈同乡与同道苏轼，在他的《送人守嘉州》中还要对前贤之作大加称道："峨嵋山月半轮秋，影入平羌江水流。谪仙此语谁解道？请君见月时登楼。"千年之后我如此"解道"谪仙的"半轮"之语，不知坡仙是否会欣然同意而抚髯一笑？

其实，在唐诗中"半"字的运用之妙，在乎一心，许多诗人对此都是情有"半"钟。白居易的《暮江吟》写道："一道残阳铺水中，半江瑟瑟半江红。可怜九月初三夜，露似珍珠月似弓。"夕阳秋水的美景历历如见。张继的《枫桥夜泊》吟道："月落乌啼霜满天，江枫渔火对愁眠。姑苏城外寒山寺，夜半钟声到客船。"他的夜半钟声，余音袅袅，引起不少诗人的钟声于午夜共鸣，如温庭筠之"无复疏窗半夜钟"，陈羽之"隔水悠悠半夜钟"，许浑之"月照千山半夜钟"等，汇成一阕夜半钟声的交响曲。以至千年以后，我的前辈同乡王夫之在他的《读甘蔗生遣兴诗次韵而和之》一诗中，还要有疑而问："刚吹楚水三生笛，谁打姑苏半夜钟？"又如晚唐诗人任翻（一作"蕃"）游浙江天台山巾子峰，宿于禅寺，作《宿巾子山禅寺》之诗："绝顶新秋生夜凉，鹤翻松露滴衣裳。前峰月映一江水，僧在翠微开竹房。"这是得到后人"任翻题后无人胜，寂寞空山二百年"的赞誉的好诗，但诗中的"一江水"，就曾被人改为"半江水"，易"一"为"半"，大约是月出东山，山峰遮住了半江水月，这是实有之景，同时，恐怕也是月下之"半江"比"一江"色彩与层次更为丰富多样，也更为刺激读者的想象吧。对此一字之师，任翻口服心服，以后他又作《再游巾子山寺》诗："灵江江上帻峰寺，三十年来两度登。野鹤尚巢松树遍，竹房不见归时僧。"可一而可再，日后他复作《三游巾子山寺感述》之诗："清秋绝顶竹房开，松鹤何年去不回。惟有前峰明月在，夜深犹过半江来。"此诗的结句固然有刘禹锡《石头城》的"夜深犹过女墙来"的流风余韵，但也可见他对于"半江"意象之念念不能忘情。

诗是年长的姐姐，联语为晚出的妹妹，但由于她们有嫡亲的血缘关系，所以风景胜地的联语用"半"字之处也很多。"四面荷花三面柳，一城山色半城湖"，这是山东济南大明湖的名联，为清人刘凤诰所撰，刘鹗就曾将它引用在其名著《老残游记》里。"两树梅花一潭水，四时烟雨半山云"，这是云南昆明市郊龙泉山麓黑龙潭公园的联语，为嘉庆举人硕庆所作，令人想起大观楼上，康熙时的布衣孙髯所撰长联中的"只赢得几杵疏钟半江渔火两行秋雁一枕清霜"。而苏州的"闲吟亭"呢？它拥有的亭联是："千朵红莲三尺水，一弯新月半亭风。"以上数联，可以说都深得"半"字之妙。据云宋代的开国宰相赵普，还曾说过"半部论语治天下"。天下的诗与联当然绝非都以"半"字取胜，如杭州的三潭印月，其联语则是："波上平临三塔影，湖中倒浸一轮秋。""一轮秋"之月色可疑，应该是从李白的"半轮秋"偷取转化而来，但它为水中的秋月传神写照，广阔平面之湖与玲珑团圞之月大小映照，读来也别是一番滋味。

宋代理学家邵雍有一首诗，题为《安乐窝》，其中有句是："美酒饮教微醉后，好花看到半开时。"他原意虽仍是表现儒家中庸之道的哲学，但酒之"微醉"与花之"半开"的意象，也说明生活与艺术都应该留有余地，不要太满太溢，如此反而更令人想象，促人寻索。我想，元代曲家的〔仙吕·一半儿〕曲牌及曲词，大约就是深得"半开"的艺术的奥秘吧。如作者分别为张可久与徐再思的两首：

> 海棠香雨污吟袍，薜荔空墙闲酒瓢，杨柳晓风凉野桥。放诗豪，一半儿行书一半儿草。
>
> ——〔仙吕·一半儿〕《野桥酬耿子春》

> 河阳香散唤吟壶，金谷魂消啼鹧鸪，隋苑春归闻杜宇。片红无，一半儿狂风一半儿雨。
>
> ——〔仙吕·一半儿〕《落花》

耿子春是张可久的朋友，生平不详。此曲写文朋诗友之间的聚会，少不了吟诗作赋，互相唱和题赠。"一半儿行书一半儿草"，可见他们以酒助诗以诗助酒挥毫落纸如云烟的逸兴遄飞之情状。徐再思之曲写暮春景象，"河阳香散"，用晋代潘岳任河阳令在城中遍植桃李花的故实；"金谷魂消"则指晋代石崇的爱妾绿珠被逼跳楼而亡，暗用杜牧《金谷园》之"日暮东风怨啼鸟，落花犹似坠楼人"诗意;"隋苑春归",说的则是骄奢的隋炀帝早已败亡,而今隋代园囿之花木凋零,唯闻子规的啼鸣。"一半儿狂风一半儿雨",这既是写自然景象,不也是借落花而抒情寄意,暗寓历史的雨骤风狂吗?

一般性的写景抒情如此,写男女之情时,不论是恋情与欢情,或是离情与悲情,〔一半儿〕曲牌则有更多大显身手的英雄用武之地。美酒饮教微醉,好花看到半开,许多名篇俊句就络绎而来,构成了元曲中的另一番旖旎风光,别一道亮丽风景。在元曲的百花园里,在"一半儿"这一花种盛开的角落,我不妨一并摘来关汉卿手植的名为〔仙吕·一半儿〕《题情》的四株:

云鬟雾鬓胜堆鸦,浅露金莲簌绛纱,不比等闲墙外花。骂你个俏冤家,一半儿难当一半儿耍。

碧纱窗外静无人,跪在床前忙要亲,骂了个负心回转身。虽是我话儿嗔,一半儿推辞一半儿肯。

银台灯灭篆烟残,独入罗帏淹泪眼,乍孤眠好教人情兴懒。薄设设被儿单,一半儿温和一半儿寒。

多情多绪小冤家,拖逗得人来憔悴煞,说来的话先瞒过咱。怎知他,一半儿真实一半儿假。

这是由四支曲子缀为一篇的组曲，以抒情女主人公之"情"贯串全篇，刻画的是一位热恋与苦恋中的善良多感的少女形象，寥寥四首，足可抵现代的一篇出色的心理小说。而"一半儿难当一半儿耍""一半儿推辞一半儿肯""一半儿温和一半儿寒""一半儿真实一半儿假"，全是从抒情女主人公内心的矛盾着笔，矛盾而统一，相反而相成，不仅使曲词富于心理活动的张力，也颇有心理表现的深度。郑振铎在《插图本中国文学史》中说："像一半儿四首的《题情》，几乎没有一首是不好的，足当《子夜》《读曲》里最隽永的珠玉。"如果还要内部纷争，评定高下，那么，哪一首能排名第一呢？我以为是第二首，它抒写男女爱情的泼辣大胆固然远胜唐诗宋词中的有关描写，令人心旌摇荡，它描状人物心理的曲折变化，也可说妙到毫巅，难怪郑振铎在其另一部著作《中国俗文学史》中，要赞扬此曲表现男欢女爱是"俊语连篇，逸情飞荡"。七情六欲，本是人之常情，而男女之情更是天经地义，百咏不衰。但是，对于这种人生普遍共有的"艳情"，关汉卿也只写到"一半儿推辞一半儿肯"便戛然而止，留给读者许多想象的余地，这就是美，而当今那些不堪入目的所谓"下半身写作"的诗作，与之比较相去何止云泥！

关汉卿不愧是元曲最重要的启幕人与主持人，不愧是中国古典戏曲的奠基者。明代何良俊《四友斋丛说》虽率先提出"元人乐府称马东篱、郑德辉、关汉卿、白仁甫为四大家"；后来又有人认为四大家中应列入王实甫,如明人王骥德《曲律》就提出"王马关郑"之说;但应该还是以王国维的看法最为权威,可称定论,他说:"关汉卿一空依傍,自铸伟词,而其言曲尽人情,字字本色,故当为元人第一。"即以〔一半儿〕曲牌作词而论,正是因为有关汉卿示范于前,所以后人才接踵而来,才有不少可圈可点之作,如查德卿〔仙吕·一半儿〕《拟美人八咏》《春情》和徐再思的〔仙吕·一半儿〕《春情》:

自调花露染霜毫,一种春心无处托,欲写写残三四遭。絮叨叨,一半儿连真一半儿草。

眉传雨恨母先疑,眼送云情人早知,口散风声谁唤起?这别离,一半儿因咱一半儿你。

德国大诗人歌德在《少年维特之烦恼》中曾经说过:"青年男子谁个不善钟情?妙龄少女谁个不善怀春?"查德卿之曲写一位少女给情人写信的情景,其过程是写而复撕,撕而复写,其字迹是一半端正一半潦草,表现热恋中的心理可谓丝丝入扣。云情雨恨,眉目传情,这在今天可说是小菜一碟,但在封建社会却是男女之大防,异性之禁忌。徐冉思曲写小儿女的眼去眉来,终于被人识破而以分离的悲剧收场,"一半儿因咱一半儿你",自责与他责之中,蕴含了多少相思之情、怀念之绪、懊恼之思和

好花看到半开时 333

怨恨之意啊！

然而，我以为最得关汉卿真传而且也最引人遐想的，是宋方壶的〔仙吕·一半儿〕《别时容易见时难》：

别时容易见时难，玉减香消衣带宽。夜深绣户犹未拴。待他还，一半儿微开一半儿关。

前两句，化用李商隐《无题》诗"相见时难别亦难"和柳永《蝶恋花》"衣带渐宽终不悔，为伊消得人憔悴"之意，写思妇因怀人而香消玉减。夜已深沉，绣户犹未上栓，"一半儿微开一半儿关"，此情可待，颇有元稹《莺莺传》的"待月西厢下，迎风户半开"之遗意。那天晚上后事究竟如何？她的意中人最终来了没有？作者写到门户"微开"与"半关"就戛然而止，作者既然隐身幕后，不作交代，其他的当然就只能让读者自己去想象了。

文学创作中有所谓"母题"，即传统的甚至是永恒的题材与主题，不同时代的作者都可以争相抒写而一展身手。以〔一半儿〕的曲牌歌咏爱情，与关汉卿、查德卿等人一脉相承，清人杨瑛昶的〔北仙吕·一半儿〕和同是清人的冯云鹏之〔北仙吕·一半儿〕《新嫁娘》，也可以顺便拈出而供读者奇曲共欣赏：

郎如春光妾如舟，河水清波一处流。情长情短几时休？思悠悠，一半儿莲红一半儿藕。

宝奁装就待春风，鸳枕鸯衾色色红。怎样鱼游春浪中？觑朦胧，一半儿猜疑一半儿懂。

前一首颇具民歌风，"莲"谐音"怜"，"藕"谐音"偶"，那是南朝乐府民歌的首创与惯技了。曲的抒情主人公是一位女子，也许还真是一位江南船娘？她和恋人的这一段情既然已经开花，最后结果了没有呢？作者只写到"一半儿莲红一半儿藕"，便没有了下文，对他们的过去既未详写，对他们的未来也更未涉笔，然而在短短的篇幅中，提供了广阔的联想与想象的天地。冯云鹏的〔北仙吕·一半儿〕《新嫁娘》，是共由十六支小令构成的组曲，上引者为第一首。它写新嫁娘对婚后生活的想象，似懂非懂，若明若暗，虽明白而神秘，既向往而忐忑，"一半儿猜疑一半儿懂"，真是恰到好处。

"一半儿"就是不到顶点，留有审美期待，刺激审美想象，中国美学所倡导的"含蓄""意在言外""有余不尽"等，正是如此。台湾散文女作家张晓风在她的《星星都已经到齐了》一书中，有一文就是以"一半儿春愁，一半儿水"为题，这大约是上述古代曲家所始料未及的吧。艺术的原理中外相通，十八世纪德国文艺理论家莱辛著有《拉奥孔，论绘画与诗的界限》一书，在这部文艺美学著作里，他以希腊雕像"拉奥孔"为例，认为作家艺术家应该"选择富有包孕性的那一顷刻"，而要避免描写

好花看到半开时

"顶点"。他说:"在一种激情的整个过程里,最不能显现它的好处的莫过于它的顶点。到了顶点就到了止境,眼睛就不能朝更远的地方去看,想象就被捆住了翅膀。"承前启后的顷刻,将临顶点之前的顷刻,包含过去暗示未来的顷刻,刺激读者的联想与想象的顷刻,如酒之微醉如花之半开的顷刻,元曲中的"一半儿"啊!

语言艺术的奇葩

一

诗歌需要比喻,有如飞鸟需要振羽万里长天的翅膀,没有乘风而起的翅膀,鸟儿怎么能在高空作滑翔的表演、逍遥的游行?诗歌需要比喻,有如花朵需要动人的色泽与芬芳,没有诉之于视觉的色彩与诉之于嗅觉的清芬,花朵怎能得到众生的欣赏、诗人群起而歌之的赞美?

比喻,就是"借彼喻此"而妙语生花。长于幽默的作家林语堂讽刺有的人发言或演讲,总是滔滔不绝,长而乏味,他采取的是一个非常有效的表达策略,即运用比喻,而且是匪夷所思出人意表的比喻:"男人的演讲,就像女人的裙子,越短越好。"没有中间那个妙不可言的比喻,鸟儿岂不是只能匍匐于地上?花儿岂不是顿然失却了迷人的色彩与芬芳?

比喻,建立在心理学利用旧经验引起新经验的"类化作用"的基础之上,就是"借彼喻此"地形象地形容和表现,把抽象的意义事理说得浅显具体,把艰难深奥的道理说得明白易知,把不易尽相传神的事物描绘得活灵活现，从而给人以鲜明深刻的美的印象，产生联翩的审美联想。我国古籍论及比喻，最资深的大约数墨子的《小取》篇："辟也者，举也物（引者注，"也"与"他"通）而以明之也。"稍后的荀子的《非相》篇涉及"谈话之术"，也提出过"分别以喻之，譬称以明之"的意见，时至刘勰《文心雕龙》，其"比兴"篇之"比"就是专论比喻，他于此篇论说了比兴的意义及其异同，还说明了"比"的内涵及运用的原则，是论比喻的里程碑。宋代陈骙的《文则》一书，不仅将比喻分为十类，而且还大声疾呼："文之作也，可无喻乎？"而当代浙江省修辞学会编著的《修辞方式例解词典》，竟将比喻分为二十四种，令人叹为观止，真是其比洋洋者矣！

对于域外之西人，我们可以统称为"碧眼黄髯"，但对于比喻，碧眼却也投以青眼，可谓中外同心。两千多年前的希腊哲人亚里士多德，在他的名著《修辞学》中不仅认为"诗与文之中，比喻之为用大矣哉"，而且还将比喻与生动、对比并列在一起，作为修辞的三大原则，他甚至还将比喻与天才相提并论："世间唯比喻大师最不易得，诸事皆可学，独作比喻之事不可学，盖此乃天才之标志也。"时至十九世纪，英国浪漫主义诗人雪莱也说："诗的语言的基础是比喻性。诗的语言揭示的，是还没有任何人觉察的事物的关系，并使其为人永记不忘。"而在美国当代学者勃鲁克斯与华伦合著的《现代修辞学》中，也强调："比喻是首要的表达手法。用比喻往往是述说某一事物的唯一方式。"举例为证,英国十七世纪玄学派诗人邓恩有《临别劝卿勿悲伤》一诗,他以"圆规"为喻,远行的男人如画圆的脚,围绕圆心,始终如一,最后仍然回到起点;在家的女子为圆心所在的不动的脚,坚贞如一,日夕侧身遥望远行之人,而且侧耳倾听游子归来的消息。这种智比趣喻,别开生面,不仅在西方诗歌中比所未比,与中国古典诗歌中写男女离情的比喻,如卢照邻的"得成比目何辞死,愿作鸳鸯不羡仙",如李商隐的"春蚕到死丝方尽,蜡炬成灰泪始干"等,也大异其趣。虽然不要问风从哪里来,但雪莱的西风颂与李商隐的飒飒东风原自有别啊!

"白茅纯束,有女如玉"(《召南·野有死麕》),"心之忧矣,如匪澣衣"(《邶风·柏舟》),这是《诗经》之譬;

"何昔日之芳草兮,今直为此萧艾也"(《离骚》),"山中人兮芳杜若,饮石泉兮荫松柏,君思我兮然疑作"(《山鬼》),这是《楚辞》之喻;

"羁鸟恋旧林,池鱼思故渊"(陶渊明《归田园居》),"余霞散成绮,澄江静如练"(《谢朓《晚登三山》》),这是汉魏六朝诗歌之比;

"飞流直下三千尺,疑是银河落九天"(李白《望庐山瀑布》),"停车坐爱枫林晚,霜叶红于二月花"(杜牧《山行》),"试问闲愁都几许?一川烟草,满城风絮,梅子黄时雨"(贺铸《青玉案·暮春》),"旧恨春江流不尽,新恨云山千叠"(辛弃疾

《念奴娇》),这是唐诗宋词之喻。

《诗经》与《楚辞》中的比喻如花之始开,汉魏乐府与唐诗宋词中的比喻如繁花照眼,在它们之后,元曲中比喻之繁多且富于新意,则有如夜空中的满天星斗——天神所放的烟火了。

二

比喻,有如花中的三色堇,有如物中的三连环,它一般是由所要说明的事物本身的"本体",以作比方的另一事物的"喻体",以及连接本体与喻体的"喻词"所构成。但是,有的比喻既省略了本体,也节约了喻词,只剩下喻体单打独斗,这大约就是修辞学中所说的"借喻"吧。《论语·子罕》中说:"岁寒,然后知松柏之后凋也。"孔子的本意,是在说明君子之坚贞守正如雪压霜欺中之青松翠柏,然而,本体与喻词全部都省略了。又如阮籍《咏怀》诗中之喻:"宁与燕雀翔,不随黄鹄飞。黄鹄游四海,中路将安归?"诗句所喻者何?没有点破,刺激的是读者的联想。在元散曲中,有的通篇就是一个借喻,或者说整首散曲就是由一个喻体结撰成章,如王和卿的〔仙吕·醉中天〕《咏大蝴蝶》:

挣破庄周梦,两翅驾东风。三百座名园,一采一个空。谁道风流种?唬杀寻芳的蜜蜂。轻轻飞动,把卖花人扇过墙东。

现实生活中有如此硕大无朋的蝴蝶吗？汉代广东番禺人杨孚的《岭南异物志》记载："人于海中，见有物如帆过海，将行舟，竟以物击，破碎堕下，乃蝴蝶也，去其翅足，得肉八十斤，啖之极肥。"这种蝴蝶，大约只能飞翔在子虚乌有的神话里和浪漫不羁的想象中，如《庄子·逍遥游》中徙于南溟其翅若垂天之云的鲲鹏。元人陶宗仪《辍耕录》记载说："大名王和卿，滑稽佻达，传播四方。中统初，燕市有一蝴蝶，其大异常。王赋《醉中天》小令'挣破庄周梦'云云，由是其名益著。"陶宗仪说明了此曲创作的缘起，除他之外，徐燉的《徐氏笔精》、杨朝英《朝野新声太平乐府》及蒋一葵《尧山堂外纪》等书均有记载，可见其名之盛。然而，王和卿的"大蝴蝶"到底喻指什么呢？今人有的认为"蝴蝶实际上是作者理想人物的象征"，有的则认为"这只'大蝴蝶'不就是写'高衙内'式的花花太岁吗"，有的人根据陶宗仪所说的"时有关汉卿者，亦多才风流人也，王常以讥谑加之，关虽极意还答，终不能胜"，认为此曲是"对关汉卿寻芳采花的风流生活进行善意的戏谑"。以上诸说似乎是"公说公有理，婆说理又长"，虽然好诗可以义有多解而不是单解，西谚早就说过"有一千个读者就有一千个哈姆雷特"，但怎么解释才合于或接近作者创作的本意呢？可惜我只知道他是大名（今河北大名市）人，今存小令二十一首，套数一套，其他一切因为人去楼空而无从考索了。

不过，王和卿还有一首〔双调·拨不断〕《大鱼》，与上述之曲同一机杼：

> 胜神鳌，卷风涛，脊梁上轻负着蓬莱岛。万里夕阳锦背高，翻身犹恨东洋小。太公怎钓？

此曲也全是由一个喻体构成。《列子·汤问》记载的神话说，渤海之东有五座仙山随波飘浮，天帝派十五只神龟（神鳌）轮流上班顶住。而王和卿笔下的大鱼更胜神鳌，漫卷风涛，以一己之力背负着蓬莱仙山，浩浩大洋其大莫测，尚且容不得它翻身掉尾，如此大鱼，姜太公如何下钓？不仅是姜太公，恐怕自称"海上钓鳌客"的以明月为钩以天下不义之人为饵的李白也无从措手吧。作者在比喻什么呢？说它是被压抑的作者的自况与自我宣泄，说它可能是元代空有抱负生不逢时只得在精神领域中寻求自由不羁的知识分子的象征，恐怕都不无道理吧？元曲中两首有名而各不相同的"喻体曲"，均出自王和卿的笔下，可一而可再地成为联璧双珠，观赏之余，我们不免惊叹作者真是长于比喻的高手。

比喻如果是一条江河，其重要支流之一便是"隐喻"。"老苍龙，避乖高卧此山中，岁寒心不肯为梁栋"，徐再思的〔双调·殿前欢〕《观音山眠松》，隐喻的是不与元蒙统治者合作的

语言艺术的奇葩　　343

知识分子的高标;"为俺未遂封侯,把它久耽误,有一日修文用武,驱蛮靖虏,好与清时定边土",施惠〔南吕·一枝花〕《咏剑》描绘宝剑,抒发的是怀念故国有志不伸的时代的感叹。然而,与隐喻遥相呼应的另一条最重要的支流却是"明喻",即"本体""喻词""喻体"三者俱备的比喻。明喻,应该是比喻中的主力军,担当的是正面战场或主战场的重任,在唐诗宋词中,如贺知章《咏柳》的"不知细叶谁裁出?二月春风似剪刀",如柳宗元《与浩初上人同看山寄京华亲故》的"海畔尖山似剑铓,秋来处处割愁肠",如张先《浣溪沙》之"楼倚春江百尺高,烟中还未见归桡,几时期信似江潮",如秦观《浣溪沙》之"自在飞花轻似梦,无边丝雨细如愁"等,均是明喻之花。而在元曲中,明喻也大有才人用武之地,我们且观赏一些曲家们的不凡身手:

〔尾〕恰便似一池秋水通宵展,一片朝云尽日悬。你个守户的先生肯相恋,煞是可怜!则要你手掌里奇擎着耐心儿卷。

——关汉卿〔南吕·一枝花〕《赠朱帘秀》

〔三煞〕画一画如阵云,点一点似怪石,撇一撇如展鲲鹏翼。弯环怒偃乖龙骨,峻峭横拖巨蟒皮。特殊异,似神符堪咒,蚯蚓蟠泥。

——马致远〔般涉调·哨遍〕《张玉岩草书》

〔秃厮儿〕其声壮,似铁骑刀枪冗冗;其声幽,似落花流水溶溶;其声高,似风清月朗鹤唳空;其声低,似听儿女语,小窗中,喁喁。

——王实甫《西厢记》

长江万里白如练,淮山数点青如淀,江帆几片疾如箭,山泉千尺飞如电。晚云都变露,新月初学扇,塞鸿一字来如线。

——周德清〔塞鸿·正宫秋〕《浔阳即景》

酒乍醒,月初明,谁家小楼调玉筝?指拨轻清,音律和平,一字字诉衷情。恰流莺花底叮咛,又孤鸿云外悲鸣。滴碎金砌雨,敲碎玉壶冰。听,尽是断肠声!

——汤式〔越调·柳营曲〕《听筝》

用今日流行的称谓来说,朱帘秀是当时的"著名表演艺术家"。春风十里扬州路,卷上珠帘总不如,关汉卿的套曲《赠朱帘秀》巧妙地以她芳名中的"帘"字为中心意象,全篇以咏帘的华美脱俗来赞扬她。朱帘秀人面桃花,佳人命薄,婚姻不幸,所嫁非偶——后来在杭州嫁给了一个道士。上引片段,是套曲的尾声。别时容易见时难,关汉卿出之以明喻,将朱帘秀比之为"一池秋水""一片朝云"。元代称道士为"先生"或"守户先生",关汉卿希望得到她的人对其要倍加珍惜。我每读至此,总不免要想到俄国大诗人普希金的《我曾经爱过你》一诗:"我曾经爱过你,爱情,也许还没有在我心头完全熄灭,但是,让它不要再来惊动你吧,我不愿给你带来丝毫的烦恼和悲伤!我曾经无言地、无望地爱过你,但愿有一个人爱你,就像我爱你一样。"中外同心,于斯可见。

马致远的套曲,盛赞同时代的张玉岩草书的高明神妙,追踪晋唐,是"四海纵横第一管笔"。其生动传神的描写,使我不禁想起唐代的"颠张狂素",想起唐人写他们的"张旭三杯草圣传,脱帽露顶王公前,挥毫落纸如云烟"(杜甫《饮中八仙歌》),和"人谓尔从江东来,我谓尔从天上来,负颠狂之墨妙,有墨狂之逸才"(任华《怀素上人草书歌》)等篇章。马致远全曲之比喻多达二十余个,而〔三煞〕状张玉岩草书的笔法韵致,七个比喻都是以明喻构成,真是可谓累累如贯珠。不过,时光如流水,流水无情,张玉岩其人生平已无可详考,其字也片纸不传,真令我只能遥望历史的渺渺烟云而临风叹息!

由红娘策划,穿针引线,张生于月明之夜琴挑莺莺。在《崔莺莺待月西厢记》第二本第四折中,王实甫以一连串的暗喻描绘莺莺所听到的琴音,等到莺莺逐步走近西厢,"潜身再听在墙角东",她终于明白"原来是近西厢理结丝桐",于是又惊又喜,又盼又惧。此时,王实甫的才子生花之笔,由一串暗喻而变为一串明喻，他没有重复前人，也没有重复自己，而是从琴音的"壮""幽""高""低"四个方面，一石而二鸟，既抒写了张生的情之所寄，也表现了听琴者莺莺之心有灵犀。在唐诗宋词中，写弹琴或琴声的佳作不少，如李颀的《听李凭弹箜篌兼寄语房给事》、韩愈的《听颖师弹琴》、李贺的《李凭箜篌引》、苏轼的应章质夫家琵琶手之请所写的《水调歌头》，但王实甫却可谓更上层楼，而且在元杂剧中将琴声描状得如此精妙绝伦，将弹者与听者的心理刻画得如此细致入微，并使它们和故事情节的发展融为一体，恐怕也是绝无而仅有的了。

散曲一般不要求含蓄蕴藉，而是要显露痛快，而且散曲的句数较多，可多用衬字，与绝句律诗那些带着镣铐跳舞的形式相比，可以手之舞之足之蹈之，相对自由得多，因此散曲中比喻特多而明喻不少，甚至一首散曲竟全部以明喻结撰成章，像周德清的〔正宫·塞鸿秋〕《浔阳即景》就是如此。浔阳即今日之江西九江，浔阳江即流经九江的长江，作者于傍晚登浔阳江楼眺望大江而作此曲。前四句为"联璧对"，五六句为"合璧对"，全曲的景物是"长江""淮山""江帆""山泉""晚云""新月""塞鸿"，远近高低错落有致，七种景物，不但六句对偶，还出之以六个明喻，一景一喻。如果那些比喻像颗颗明珠，那么，作者明快豪放的审美意念，就是贯穿明珠的红线了。

汤式的〔越调　柳营曲〕《听筝》呢？没有重复前人与同类乐器所用过的意象，而完全是别调独弹，戛戛独造。曲中描摹

语言艺术的奇葩　347

筝声连用了四个明喻,美如缤纷的落花。

由曲家们之善用比喻特别是明喻,我不由得想起明人朱权的《涵虚子曲品》,他对许多元曲家的作品,均是以一个明喻让他们对号入座:"马东篱如朝阳鸣凤;张小山如瑶天笙鹤;白仁甫如鹏抟九霄;李寿卿如洞天春晓;乔孟符如神鳌鼓浪;费唐臣如三峡波涛;宫大用如西风鹏鹗;王实甫如花间美人;张鸣善如彩凤刷羽;关汉卿如琼筵醉客;郑德辉如九天珠玉;白无咎如太华孤峰;贯酸斋如天马脱羁。"评之以喻,这,也可以说是另一种意义的"以其人之道还治其人之身"了。

三

比喻如花,但其中别具奇芬与异彩的一朵,中国叫"博喻"或"多项喻",西方称为"莎士比亚式比喻"。

博喻,就是以三个以上的"喻体",从不同的角度与侧面去说明、描绘和表现同一个"本体"。莎士比亚是善于运用博喻的大师,信手拈来,例如《哈姆雷特》中主人公的独白:"人是件多么了不起的杰作!多么高贵的理性!多么伟大的力量!多么优美的仪表!多么文雅的举动!在行为上多么像一个天使!在智慧上多么像一个天神!宇宙的精华,万物的灵长!"虽然世上的芸芸众生,有太多的人愧对莎士比亚对人的赞美,但莎士比亚对"人"的礼赞,传扬的是人本主义的理念,闪耀的是真正的理想的光辉。

元代以前,博喻早已在唐诗宋词中大显身手了,白居易的《琵琶行》描写商人妇演奏的琵琶声音之美,从"大弦嘈嘈如急雨,小弦切切如私语"至"曲终收拨当心划,四弦一声如裂帛",前后用了八个比喻来敲叩读者的耳鼓;苏轼的《百步洪二首》之一形容徐州东南百步洪之水激石乱,开篇八句连用了八个比喻:"长洪斗落生跳波,轻舟南下如投梭。水师绝叫凫雁起,乱石一线争磋磨。有如兔走鹰隼落,骏马下注千丈坡。断弦离柱箭脱手,飞电过隙珠翻荷。"波澜迭起,穷形尽相,令人不得不感叹那位眉山才子的才气与才情,当代学者钱钟书在《宋诗选注》中也曾经赞美过他的这种莎士比亚式比喻。然而,元曲家们并不甘心让唐宋名贤专美于前,他们在元曲这种更为自由活泼的诗的形式中,也以博喻作了精彩纷呈的演出。关汉卿的〔南吕·一枝花〕《不伏老》全套四曲,共用了十多个比喻自比自况,其中最名的就是"我是个蒸不烂煮不熟捶不扁炒不爆响当当一粒铜豌豆","铜豌豆"几乎成了一代才人与浪子关汉卿的注册商标。班惟志〔南吕·一枝花〕《秋夜闻筝》较之前引汤式的〔越调·柳营曲〕《听筝》,虽然同是写筝,却是广用博喻另有胜长的异曲,如其中的〔梁州〕一节:"恰便似溅石窟寒泉乱涌,集瑶台鸾凤和鸣,走金盘乱撒骊珠迸。嘶风骏偃,潜沼鱼惊,天边雁落,树杪云停。早则是字样分明,更那堪音律关情。凄凉比汉昭君塞上琵琶,清韵如王子乔风前玉笙,悠扬似张君

语言艺术的奇葩　　**349**

瑞月下琴声。再听，愈惊，叮咛一曲阳关令。感离愁，动别兴，万事萦怀百样增，一洗尘清。"刘庭信的〔中吕·粉蝶儿〕《美色》，以八支小令为一位少女画像，竟然用了三十多个比喻，数量为单篇的诗词曲的比喻之最，今天各种各样的"选美"活动，真该请他去当策划人或首席评委。曲家徐再思也是一位向美色献殷勤的歌手，他笔下的美女成阵，如下述两首：

> 荆山一片玲珑，分付冯夷，捧出波中。白羽香寒，琼衣露重，粉面冰融。知造化私加密宠，为风流洗尽娇红。月对芙蓉，人在帘栊，太华朝云，太液秋风。
>
> ——〔双调·蟾宫曲〕《名姬玉莲》

> 温柔乡里娉婷，清比梅花，更有余清。玉蕊含香，琼蕤沁月，瑶萼裁冰。冠杨柳东风媚景，赋芙蓉月夜幽情。花下苏卿，月下崔莺，世上飞琼，天上双成。
>
> ——〔双调·蟾宫曲〕《赠粉英》

当代台湾旅美名诗人纪弦，有一首名作题为《你的名字》："用了世界上最轻最轻的声音，轻轻地唤你的名字每夜每夜。写你的名字，画你的名字，而梦见的是你发光的名字。如日，如星，你的名字。如灯，如钻石，你的名字。如缤纷的火花，如闪电，你的名字。如原始森林的燃烧，你的名字。刻你

的名字。刻你的名字在树上。刻你的名字在不凋的生命树上。当这植物长成了参天的古木时，呵呵，多好，多好，你的名字也大起来。大起来了，你的名字。亮起来了，你的名字。于是，轻轻轻轻轻轻轻地唤你的名字。"元曲咏美人，也往往从名字入手喻人之美，前一首正是如此，作者以"荆山之玉"和"出水芙蓉"来比况"玉莲"，以至近人吴梅在《顾曲麈谈》中说"此曲与他的另一首《春情》为镂心刻骨之作，直开玉茗、粲花一派矣"。而对于另一位佳人粉英，作者更是浓墨重彩，不惜工本，全曲十二句，句句是比，行行是喻，美人而美喻，相映而生辉。名作家郁达夫咏西湖有句说"江山也要文人捧，堤柳而今尚姓苏"(《乙亥夏日楼外楼坐雨》)，我说岂止是江山，美人同样也要文人捧，只是不知粉英得了徐再思的"秀才人情纸半张"之后，究竟如何酬谢？

  元曲中缤纷的比喻啊，有如春来时争相吐蕊的繁花，有如夜空中腾空怒放的焰火，照亮照花了我们数百年后凝神观赏的眼睛。

美如缤纷的礼花

有一年远游西湖，湖光山色固然美不胜收，苏东坡早已有言在先了，许多与山色湖光媲美的联语也惊艳了我的眼睛。西湖十景之一的"三潭印月"，就有这样一副对联："三面湖光，四围山色；一帘松翠，十里荷香。"我对同游的朋友说："十六个字中就用了四个数字，本来枯燥的数字忽然如灵珠四颗，使全联生辉啊！"朋友点头称是，并说中国特有的联语就是诗的分支，至少也是诗的近亲，西湖就有许多中含数字而流光溢彩的联语。他见我是湘人，就举同是湘人的清代湘军名将彭玉麟《题杭州岳庙联》为证："史笔炳丹书，真耶？伪耶？莫问那十二金牌，七百年志士仁人，更何等悲歌感泣；墓门凄碧草，是也？非也？看跪此一双顽铁，千万世奸臣贼妇，受几多恶报阴诛！"

表面上看起来枯燥无味的数字，并非只在理论数学与实用数学中才不可一日无此君，而是如水银泻地渗透到社会生活精神文化的各个领域，在经济范畴更是起着举足轻重的作用。中国的《周易》早就提出了有关数的观念："参（三）天两地而依数，观变阴阳而立卦。"古希腊毕达哥拉斯学派则认为"万物皆数""通晓数，可知万物"。随着经济的发展和生活节奏的加快，今日社会数字化的程度也越来越高,如身份证、老年证、门牌号、电话号、手机号等,都一律实行编码,芸芸众生无一不是呼吸甚至喘息在数字的天罗地网之中,真是"数网恢恢,疏而不漏"。不过,数字虽说是地球人的共同财产,如古希腊哲学家赫拉克利特曾说过的"人不能同时两次走进同一条河流"这一警语箴言,就颇得力于"两"与"一"的数字的妙用;然而,数字似乎更是中国人的一种重要的文化语言,乃至数文化竟成了中国文化的一个重要组成部分,尤其是当它们和诗缔结美满姻缘之时。

除了联语这一别系旁支,正宗的诗歌就是诗词曲了。"万壑树参天,千山响杜鹃。山中一夜雨,树杪百重泉",这是王维《送梓州李使君》开篇四句,且不说每一句的第一字连读为"万千山树",其中的"万壑"与"千山"又互文见义,"一夜"与"百重"复多寡对比,清人王士禛赞其为"兴来神来,天然入妙"(《带经堂诗话》),清人纪昀美之为"起四句高调摩云"(《唐宋诗举要》)。"日照香炉生紫烟,遥看瀑布挂前川。飞流直下三千尺,疑是银河落九天",在李白的《望庐山瀑布》诗中,如果"三"与"九"两个数字不前来凑兴并助兴,庐山的壮观与李白的豪情之表现,恐怕就会大打折扣。"两个黄鹂鸣翠柳,一行白鹭上青天。窗含西岭千秋雪,门泊东吴万里船",同样,在杜甫的《绝句》中,如果"两""一""千""万"四个数字缺席而不上岗,如何能构成点线与大小相反而复相成的既优美又壮丽的图画?至于柳宗元的"千山鸟飞绝,万径人踪灭。孤舟蓑笠

美如缤纷的礼花

翁，独钓寒江雪"（《江雪》），除了每句第一个字连读为"万千孤独"而暗寓全诗的主旨之外，如果少了"千山"与"万径"的烘托，恐怕也难以表现渔父也即柳宗元寒江独钓的不屈不挠的精神。即以写西湖的诗词而论，白居易的七律《春题湖上》的"松排山面千重翠，月点波心一颗珠"，正是由于"千重翠"与"一颗珠"的大小反形，才动人地表现了"湖上春来似画图"的西湖之美。而柳永的《望海潮》是咏西湖的名作，其中有许多数字组成的美妙词组，如"三吴都会""十万人家""三秋桂子""十里荷花""千骑拥高牙"之类，此词一出，不但喧传众口，而且引发了金主完颜亮的觊觎之心，宋人罗大经的《鹤林玉露》就记载说："此词流播，金主亮闻歌，欣然有慕于'三秋桂子，十里荷花'，遂起投鞭渡江之志。"这种负面作用，大约是本意作正面宣传的柳永所始料不及的了。

数字，在诗词中发挥了它们的妙用，而在曲中则有更广阔的用武之地。因为曲除了小令之外，篇幅一般较诗词为长，而且曲本就来自民间，体裁与格调都偏于俗，数字入曲的机会就更多。例如"一"这个数词吧，《史记·律书》早就说过"数始于一"，"一"，应该是数词家族中的长老或元老，以"一"起始的词语、俗语与成语不知凡几。清代的高官张伯行有《禁止馈送檄》一文，可以为今日官员们的座右铭，其中的"一"字真是一线贯穿："一丝一毫，我之名节；一厘一毫，民之脂膏。宽一分，民受赐不止一分；取一文，我为人不值一文。虽云交际之常,清廉实伤;倘非不义之财,此物何来?"通篇五十六字,"一"字就有八个之多,他言行如一,可见一片冰心。除了文章,"一"在诗词中的踪影也无处不在,最早它在诗经的《王风·采葛》篇中出场,"一日不见,如三秋兮",由此而来的成语"一日三秋"至今仍有很高的引用率。"一叫一回肠一断,三春三月忆三巴",李白的《宣城见杜鹃花》写旅人念远怀乡之情,得益于"一"字不少;温庭筠的《更漏子》写秋夜的思妇怀人,"一叶叶,一声声,空阶滴到明","一"字的重复状写风声雨声和梧叶之声,真是声情两至;"试问闲愁都几许?一川烟草,满城风絮,梅子黄时雨",宋词人贺铸的《青玉案》写愁情,其博喻中的首喻也曾借助于"一川"的荒烟蔓草。

然而,"一"字贯串全篇,而且反之复之,回之环之,这却是元人独特的创造:

> 一年老一年,一日没一日。一秋又一秋,一辈催一辈。一聚一离别,一喜一伤悲。一榻一身卧,一生一梦里。寻一伙相识,他一会咱一会;都一般相知,吹一回唱一回。
> ——无名氏〔雁儿落带得胜令〕

无名氏叹老嗟卑,伤离怨别,六十个字之中,"一"字竟然出现了二十二次,密度甚高,可称罕见。曲家汤式对"一"字的运用,却别具一番情味:

冷清清人在西厢，叫一声张郎，骂一声张郎。乱纷纷花落东墙，问一会红娘，絮一会红娘。枕儿余，衾儿剩，温一半绣床，间一半绣床。月儿斜，风儿细，开一扇纱窗，掩一扇纱窗。荡悠悠梦绕高唐，萦一寸柔肠，断一寸柔肠。

——汤式〔双调·蟾宫曲〕

王实甫的《西厢记》问世之后，张生与莺莺成了热门人物，元曲家也多所借题发挥。汤式此曲，就是借《西厢记》第四本张生与莺莺月下幽期密约的故事，对莺莺形象作艺术的再创造。全曲以"一声""一会""一半""一扇""一寸"五个数量词的重复贯串，加强了主人公感情的激动性和全曲结构的完整性，全曲好比是一座美轮美奂的楼台，但如果没有这些数量词的支撑，这座楼台恐怕早就坍塌了。

"一"如此，"七"也是这样。由"七"而曼衍的"七十"，大约是因杜甫在《曲江二首》中说过"人生七十古来稀"而成为经典名言之故吧，宋人王观的《红芍药》就曾经写道："人生百岁，七十稀少。更除十年孩童小，又十年昏老。都来五十岁，一半被睡魔分了。那二十五载之中，宁无些个烦恼？"这一生命的数学，在元代卢挚的〔双调·蟾宫曲〕中得到进一步的运算和发挥：

想人生七十犹稀，百岁光阴，先过了三十。七十年间，十岁顽童，十载尪羸。五十岁除分昼黑，刚分得一半儿白日，风雨相催，兔走乌飞。仔细沉吟，都不如快活了便宜。

只图自己"快活"，未免只顾利己而不利人，但宇宙永恒而人生短促，这本来是人之常感常情，也是中外文学的永恒的主题，何况卢挚生在那个注定让人无所作为的时代，如此这般，我们对他看破红尘享受人生的"快活主义"，也就不必多所责备了。

别绪离愁，闺思春怨，是古典诗歌永远也不会厌倦的传统母题，不同时代的诗人，都纷纷以自己的体验和才能，对这一母题做出了不同的诠释，如同现在的电视荧屏的"同一首歌"节目，不同的歌手演唱同一首歌可以做出各不相同的表现。薛昂夫也是如此，他是西域回鹘（今新疆维吾尔族）人，但他的〔正宫·端正好〕《闺怨》表现的却是汉民族诗歌的"闺怨"母题，这组套曲写闺中少妇与外出求取功名的丈夫离别之后的思念与忧愁，尤其动人的是第五曲的〔二错煞〕：

料忧愁一日加了十等，想茶饭三停里减了二停。白日犹闲，怕黄昏睡卧不宁。则我这泪点儿安排下半枯井，也滴不到天明。

"一"与"十"，"三"与"二"，深愁苦恨与时俱进，情怀苦闷

美如缤纷的礼花　359

茶饭不思，作者通过数字对此作了具体感人的表现，特别是一之半的"半"字的运用，即安排半个枯井之深，眼泪也滴不到天亮时刻，堪称无理而妙。

西域人兰楚芳，元末为"江西元帅"，这位赳赳武夫却彬彬文质，其现存小令九首多以《风情》与《相思》为题，而套曲〔黄钟·愿成双〕的题目竟然也是《春思》。不过，这组套曲写的是爱情的悲剧而非喜剧，在这一悲剧的歌哭中，数字又挺身而出，担当起表意传情的重任，特别是见之于其中的〔么篇〕：

> 看看的挨不过如年长夜，好姻缘恶间谍，七条弦断数十截，九曲肠拴千万结，六幅裙搊三四折。

柔肠不是普通所说的百结而是千结万结，六幅裙也因为伊消得人憔悴而宽大了一半以上，正由于"七""十""九""千""万""三""四"等数字的联袂操办演出这一爱情悲剧，更显得局内的主人公柔肠寸断，如果是多情种子，局外人的读者读来也不免会黯然神伤。

嘉兴人氏徐再思，因性好甜食而号"甜斋"，有人将他与贯云石（号"酸斋"）相提并论，称他们的作品为"酸甜乐府"。徐再思之曲，好用数字。其实，历代许多诗人都喜欢在诗中用数，骆宾王就是其中的一位，唐代张鹫的笔记《朝野佥载》说："骆宾王好以数对，如'秦塞重关一百二，汉家离宫三十六'，时人号为'算博士'。"言下有讥嘲之意。问题不在用数与否，而在于"数"用得好不好，如果想得也妙，用得也妙，当然作者与读者都会皆大欢喜。徐再思的作品中，数字用得比其他曲家更多，不少都恰到好处，由生活而过渡到诗，数字架设的是美丽的彩虹，如〔黄钟·红锦袍〕套曲的第四首：

> 那老子觑功名如梦蝶，五斗米腰懒折，百里侯心便舍。十年事可嗟，九日酒须赊。种着三径黄花，栽着五株杨柳，望东篱归去也。

全曲四首，在先分别写了严光、范蠡、张良三位历史上著名的退隐人物之后，第四首便到了陶渊明的名下。此曲先引用了《庄子·齐物论》中庄周梦蝶的典故，表现陶渊明对功名的态度，然后连下"五""百""十""九""三""五"共六个数字，写陶渊明"岂能为五斗米来折腰向乡里小儿"，弃百里侯之彭泽县令如敝屣，不再为"误落尘网中，一去三十年"的红尘世俗所累。九月九日重阳节，独坐宅边菊丛之中，有王弘派仆人前来送酒。"三径黄花"，化用陶渊明《归去来兮辞》的"三径就荒，松菊犹存"，而"五株杨柳"则源于诗人自传的《五柳先生传》。如同山泉自山中涌出而流淌，以上的数字都是从陶渊明的行事和文章中来，自然而贴切，中国诗歌史上这位"隐逸之宗"也就如闻纸上有人了。

美如缤纷的礼花　361

徐再思写前人如此,写自己浪迹江湖十年的〔双调·水仙子〕《夜雨》,其数字的运用之妙,也出自他的慧眼与灵心:

> 一声梧叶一声秋。一点芭蕉一点愁。三更归梦三更后。落灯花棋未收,叹新丰孤馆淹留。枕上十年事,江南二老忧,都到心头。

如果说赞美陶渊明是表现隐逸之思,叙写自己是抒发漂泊之苦,那么,描状他人的爱恋之情呢?徐再思也调动了数字来供他驱遣,如〔双调·水仙子〕《春情》:

> 九分恩爱九分忧,两处相思两处愁,十年拖逗十年受。几遍成几遍休,半点事半点惭羞。三秋恨三秋感旧,三春怨三春病酒,一世害一世风流。

几乎每一句都用数字,淋漓尽致地表现了相思成病的女主人公的内心世界。明代的杨慎对唐诗人杜牧的喜用数词曾有微词:"大抵牧之诗,好用数目堆集。如'南朝四百八十寺''二十四桥明月夜''故乡七十五长亭'。"清代诗人王渔洋反驳他说:"唐诗如'故乡七十五长亭''红阑四百九十桥',皆妙,虽'算博士'何妨?……高手驱使,故不觉也。"我想知道杨慎读到徐再思上述曲作的感想,但可惜才人已杳,无从打听了。

数字本来是用于计算的，单纯的算术题与高深的数学题，恐怕只有勤学的学子与专门的专家才会有兴趣，但诗词曲中的另类算术则是诗意的算术，在诗人的灵心巧思之中，平日枯燥的数字有如鲜花含苞而放。同是徐再思，他的上述《春情》本来就已经十分精彩了，但比较他的另一首〔双调·清江引〕《相思》，则不免显得有些平铺直叙，像一道没有多少曲折的流水，在构思的巧妙上还略逊一筹：

> 相思有如少债的，每日相催逼。常挑着一担愁，准不了三分利。这本钱见他时才算得。

他将相思比为负债，既沉重又高压，这种将无形之愁化为具形的债务的通感比喻，是创造性的，在他之前似乎还没有人用过。而"一"与"三"的数词和量词"担"以及"分"的综合运用，更设想新奇地表现了抒情女主人公相思的殷切与痛苦，而结尾的与恋人相见时算清本息的超前预想，更是将相思揭示得刻骨铭心。有过恋爱经历和相思经验的读者，读来当会更加感同身受，别是一番滋味在心头。

据说有人编纂了一册《中国历代诗词数字佳句集锦》，在层见叠出的有关诗词的书籍中，可谓别具一格，可惜我至今无缘一读，不知其中的"诗词"中是否包括了"曲"和曲中的"元曲"？其实，用数字而使全篇生色的，岂止是古典诗词而已，在新诗中也屡见不鲜，如郭小川写于二十世纪五十年代末期的《望星空》，其中就有"走千山，涉万水，登不上你的殿堂。过大海，越重洋，饮不到你的酒浆。千堆火，万盏灯，不如一颗星光亮。千条路，万座桥，不如银河一节长"的妙句，而在他的《祝酒歌》中，也有"三杯酒，三杯欢喜泪；五杯酒，豪情胜似长江水。……且饮酒，莫停杯！七杯酒，豪情与大雪齐飞；十杯酒，红心和朝日同辉"的豪语。诗人叶文福歌颂建设青藏铁路的宏伟而悲壮的工程，写有令人荡气回肠的组诗《向拉萨》，铁道兵七师在修建青藏铁路的第一期工程中，牺牲了一百〇八位指战员，诗人在《唐古拉》一诗中写道："二十多年前／为把铁路修到拉萨／108个战友／倒在了你的脚下／108条枕木／扛着铁路——向拉萨／108行诗／在讴歌这壮丽的图画／每一条枕木都在喊——向拉萨／每一颗石子都在喊——向拉萨／每一条钢轨都在喊——向拉萨／每一块路碑都在喊——向拉萨！"豪情如火，浩气如虹，从这些数字中，你难道看不到火焰的燃烧、彩虹的绚丽和江潮的澎湃吗？

　　数字如果与诗结成美好的姻缘，婉约的诗就好像待嫁的少女，豪放的诗就有如凯旋的壮士，而诗化的数字就是那轰鸣的礼炮和缤纷的礼花！

缪斯的点金术

中国诗歌的长河，波澜浩荡。在诗经、楚辞、汉魏乐府民歌与文人诗歌的三大潮头之后，迎来了自己的黄金河段，那就是以时代而命名的三分天下：唐诗，宋词，元曲。

元曲的勃然而兴，固然有诸多原因，但前代诗歌特别是唐诗宋词的艺术积累，使得元曲家们拥有一份丰厚的遗产资本，他们挹彼注兹，取精用宏，就像新开张而生意兴隆的店铺公司，使原有的资产增值与翻番。唐代诗僧皎然在《诗式》中提出"偷语""偷意"和"偷势"的三偷之说，英美现代派诗宗艾略特在他的《传统与个人才能》的名文中，也说过"不成熟的诗人会模仿，成熟的诗人会偷盗"。许多元曲家都很善于从唐诗宋词中顺手牵羊，或据为己有之后不发表任何声明，或改头换面气象一新后完全视为己出，或脱胎换骨自铸新意再创新高，总之，不是"天下无贼"而是"诗坛有盗"，他们不愧是来去有踪的跨代神偷手。

虽然年代湮远，早已过了追诉之期，而且我这篇文章是诗旅随笔而非起诉文书，但我仍不妨对他们高明而高尚的"偷艺"略做调查，将某些曲家的神乎其技记述于文而非记录在案。

一

元代曲家拥有前人留下的价值连城的文化宝藏，他们当然会自觉或不自觉地前去支取，借本生利。支取方式之一，就是袭用陈词，为我所用。

马致远〔双调·夜行船〕《秋思》中的"便北海探吾来，道东篱醉了也"，化用辛弃疾《一枝花·醉中戏作》的"怕有人来，但只道今朝中酒"；徐再思〔中吕·喜春来〕《闺怨》中的"别时只说到东吴，三载余，却得广州书"，化自唐代歌女刘采春《罗唝曲》的"那年离别日，只道住桐庐。桐庐人不见，今得广州书"；张可久〔双调·折桂令〕《西陵送别》中的"画船儿载不起离愁，人到西陵，恨满东州"，源于李清照《武陵春》的"只恐双溪舴艋舟，载不动，许多愁"；薛昂夫〔正宫·塞鸿秋〕说"尽道便休官，林下何曾见"，借用的便是唐代释灵彻《东林寺酬韦丹刺史》的"相逢尽道便休官，林下何曾见一人"，以及杜牧《怀紫阁山》的"人道青山归去好，青山曾有几人归"；任昱〔南吕·金字经〕《秋宵宴坐》写秋夜江边宴集时的感受："秋夜凉如水，天河白似银。风露清清湿簟纹。论，半生名利奔。窥吟鬓，江清月近人"，结尾就是引用孟浩然《宿建德江》中的原句；王元鼎〔正宫·醉太平〕《寒食》"声声啼乳鸦，生叫破韶华。夜深微雨润堤沙，香风万家。画楼洗净鸳鸯瓦，彩绳半湿

缪斯的点金术　367

秋千架。觉来红日上窗纱,听街头卖杏花。""夜深微雨"之句,令人想起杜甫《春夜喜雨》的"随风潜入夜,润物细无声",而"听街头"的结句,则是陆游《临安春雨初霁》中的名句"小楼一夜听春雨,深巷明朝卖杏花"的化用,也表现了寒食、清明前后卖花的宋元风俗。前已引马致远为例,他的〔双调·拨不断〕《叹世》之六还曾写道:"布衣中,问英雄,王图霸业成何用?禾黍高低六代宫,楸梧远近千官冢,一场恶梦。"其中的"禾黍"两句,就是唐诗人许浑《金陵怀古》中的"松楸远近千官冢,禾黍高低六代宫"的颠倒引用,马致远明知许浑无法追问"版权所有"的问题,所以索性连借条也省而不具。

字元镇号云林的倪瓒,常州无锡人,是元末著名的画家与书家,与黄公望、吴镇、王蒙合称"元四家",如他的〔双调·殿前欢〕:

揾啼红,杏花消息雨声中。十年一觉扬州梦,春水如空。雁波寒写去踪。离愁重,南浦行云送。冰弦玉柱,弹怨东风。

关于倪瓒送别之作,一说元人贾仲明一说明初无名氏所作之《录鬼簿续编》,认为他"所作乐府,有送行〔水仙子〕二篇,脍炙人口"。除此之外,我也看好他上述这首〔殿前欢〕。它抒写的是久客他乡怀念故里,但又不忍与意中人互道别离的景况。南宋诗人陈与义有《怀天经智老因访之》一诗，其中的名句是"客子光阴诗卷里，杏花消息雨声中"，倪瓒加以引用，却赋予了"好景不长，韶光易逝"的感慨；而杜牧《遣怀》中有"十年一觉扬州梦，赢得青楼薄幸名"之语，倪瓒信手拈来，借以抒写自己浪迹江湖的生涯。至于"春水""南浦"之句，则更是遥承六朝江淹《别赋》中的"春草碧色，春水渌波。送君南浦，伤如之何"。如此引用，使读者既回顾了前人成句的原有内涵，又联想到后来作者的别有寄托，这就是艾略特所说的引用传统的"同存结构"的效应；不过，这一西方诗学的术语，当然是为元曲家们所始料未及的了。

二

古语再铸，翻出新意。南宋诗人杨万里在《诚斋诗话》中概括江西诗派的诗法，提出"以故为新，夺胎换骨"之说，可见引用之妙，上焉者在"夺"与"换"之后，或赋予故典以新的内涵与意义，或以此为契机而创造出全新的境界。否则，一味援引前人陈句，就不免有掉书袋之嫌，甚至一失足掉入"抄袭"那不清不白的泥沼。

南宋词人吕渭老有《卜算子》一词："一日抵三秋，半月如千岁。自夏经秋到雪飞，一向都无计。 续续说相思，不尽无穷意。若写幽怀一段愁，应用天为纸。"元代号"酸斋"的曲家贯云石，他有〔双调·清江引〕《惜别》五首，其中之一是：

> 若还与他相见时，道个真传示：不是不修书，不是无才思，绕清江买不得天样纸！

贯云石题为"惜别"的小令前后有九首之多，但这一首却木秀于林，勇夺冠军，原因是两次"不是"的否定之后，出之以并非纸短情长而是无情长之纸的精妙结句。这一结句却是从吕渭老的词化出，吕渭老说"应用"天为纸，贯云石却说走遍清江之地，也"买不到"天样之纸，这就不是单纯的引用，而是从银行贷款而另行投资经营的创造性的转化了。

好像是同一株树上隔年的花，新花似乎比故花更为夺目。元初的卢挚有一首〔双调·沉醉东风〕《秋景》：

> 挂绝壁枯松倒倚，落残霞孤鹜齐飞。四围不尽山，一望无穷水。散西风满天秋意。夜静云帆月影低，载我在潇湘画里。

这是一幅潇湘秋景图，绘于他在湖南宪使任上。首句出于李白《蜀道难》的"连峰去天不盈尺，枯松倒挂倚绝壁"，次句出于王勃《滕王阁序》中的名句"落霞与孤鹜齐飞，秋水共长天一色"，但李诗之句有如恐怖片的精彩布景，王序之语有如奏鸣曲之华彩乐段,各有其特定的内涵与情调。卢挚"年及弱冠"就"已登仕版",先后出任地方要员与中央大吏,在元代沉沦下僚或市井的曲家中,算是少见的"另类"。所以元代畏兀儿族(今之维吾尔族)曲家贯云石在《阳春白雪序》中,说卢挚的作品"媚妩如仙女寻春,自然笑傲"。而上述之曲歌咏我的家乡的秋日风光,没有肃杀凄凉而只有明丽清旷,即使是前人的陈句,也经过他的改造而别是一番滋味。

前文已引倪瓒一曲,可一而可再,在今日的晚会或联欢会上,对于优秀的表演者,观众不是常常鼓掌要求再来一个节目吗?下面所述是他的〔黄钟·人月圆〕:

伤心莫问前朝事,重上越王台。鹧鸪啼处,东风草绿,残照花开。怅然孤啸,青山故国,乔木苍苔。当时明月,依依素影,何处飞来?

倪瓒此曲抒写的是故国之思,但他心目中的"故国"不是元朝而是宋朝。倪瓒作为南宋遗民的后代,一生未曾出仕元朝,而是浪游江海,隐迹山林,何况他出生的江南,原来就是南宋的政治文化中心,而且有越王勾践卧薪尝胆复国雪耻的历史传统。有人说倪瓒生于元末,历经元灭明兴,他怀念的是元朝,倪瓒地下有知,恐怕也会因论者的牛头不对马嘴而笑出声来。他寄迹杭州时,曾写过一首《竹枝词》,有道是"阿翁因说国兴

缪斯的点金术

亡，记得钱王与岳王。日暮狂风吹折柳，满湖烟雨绿茫茫"。唐诗人窦巩《南游感兴》一诗说："伤心莫问前朝事，惟见江流去不回。日暮东风春草绿，鹧鸪飞上越王台。"倪瓒此曲的前五句，就或明或暗用了窦巩之诗，而后三句呢？南宋词人姜夔《扬州慢》词中有"自胡马窥江去后，废池乔木，犹厌言兵。渐黄昏，清角吹寒，都在江城"之句，倪瓒化用而借以表现自己隔代的故国之念，如盐入水，几乎了无痕迹。北宋词人晏几道《临江仙》的结尾是："当时明月在，曾照彩云归。"他写的是意中人明月下归去的身影，乃儿女之私情。故国不堪回首月明中，"当时明月，依依素影，何处飞来"，倪瓒化用入曲，自出见明月如同见故国之新意，系家国之大爱。如此脱胎换骨，化旧为新，就像有出息的后代，虽然在血缘上承袭了祖宗先辈，音容笑貌甚至都有些依稀仿佛，但已经是或有出蓝之美，或另自有一番面目了。

唐诗人金昌绪的《闺怨》，是读书人尽人皆知的了："打起黄莺儿，莫教枝上啼。啼时惊妾梦，不得到辽西。"在唐诗特别是唐诗的爱情诗中，如果有今日流行的所谓"排行榜"，它当是居于前列的吧？元人曾瑞的〔南吕·骂玉郎过感皇恩采茶歌〕《闺中闻杜鹃》，是一篇与它关系暧昧的作品：

> 无情杜宇闲淘气，头直上耳根底。声声聒得人心碎。你怎知，我就里，愁无际？帘幕低垂，重门深闭。曲栏边，

雕檐外，画楼西。把春酲唤起，将晓梦惊回。无明夜，闲聒噪，厮禁持。我几曾离，这绣罗帏，没来由劝我道不如归。狂客江南正着迷，这声儿好去对俺那人啼。

曾瑞还有一"带过曲"，同样是由〔骂玉郎〕〔感皇恩〕〔采茶歌〕组成，题为《闺情》，写得也不错，但知名度不及上述这首。这首曲词以"鸟啼人怨"为主线而贯串全篇，对春日怀人念远这一传统爱情主题作了新颖的表现，其构思应该借鉴了金昌绪的《闺怨》。我揣想曾瑞到金昌绪的府上去取过经，他该不会否认吧，但他的作品绝不是前人的重复。重复是没有出息的，创新才是艺术的光荣和生命。曾瑞此作，正是以它有所传承的新创，赢得了时人的称颂，后人的赞赏，以及我在此文中对它的褒扬。

三

元代曲家到前辈的宝库中去偷珠窃玉，为己所用，真是各显其能，除了以上种种，他们还将自己的点金术美其名曰"集"，曰"翻"，曰"隐栝"，我们不妨分别欣赏他们的另一番手段。

在元曲的众多体式中，有所谓集剧名体、集调名体和集句体。所谓集剧名体，就是集元杂剧或南戏之剧名而成一曲，近似于今日的艺人集电影名而创作成的快板或相声，如孙季昌〔正宫·端正好〕《集杂剧名咏情》，全篇总共十曲，却如艺术品上镶嵌珠宝一般，镶入六十多个杂剧之名，凭借如王实甫的《西厢记》、关汉卿的《蝴蝶梦》、马致远的《汉宫秋》、白朴的《崔护谒浆》等剧名，以展开叙事与抒情。诗有集歌曲名而成诗，词有集词牌名而成词，集调名体则是集剧名体的姐妹行，就是集曲牌名而成句成篇，故也叫作"集曲牌名"，例如王仲元就有〔粉蝶儿〕《集曲名题秋怨》与〔粉蝶儿〕《集曲名题情》，其前篇的首曲是："《双雁儿》声悲，景潇潇《楚江秋》意。胜《阳关》《刮地风》吹。《满庭芳》，《梧桐树》，《金蕉叶》坠。《庆东原》，《金菊香》，《满滴金》帏，那更醉西湖《干荷叶》失翠。"——以上两种方式的"集"，不能完全以游戏文字视之，因为除了文史与文献的价值，从中还可窥见作者的创作智慧与文字魔方。

我所说的更具有继承发展意义的"集"，一是集前人之句，二是自创新体。诗词中的集句诗、集句词并不少见，但集取前人诗、词、文赋以成曲的却不多，因为曲的句式参差而乡变，集句曲更非高手莫办，如薛昂夫的〔双调·双飞燕〕：

几年无事傍江湖，醉倒黄公旧酒垆。人间纵有伤心处，也不到刘伶坟上土。醉乡中不辨贤愚，对风流人物，看江山画图，便醉倒何如？

唐诗人陆龟蒙《和袭美春夕酒醒》诗是："几年无事傍江湖，醉倒黄公旧酒垆。觉后不知明月上，满身花影倩人扶。"温庭筠《寄卢生》诗，也有"他年犹似金貂换，寄语黄公旧酒垆"之语。刘禹锡《西塞山怀古》，有"人世几回伤往事"之句，李贺《将进酒》诗，有"劝君终日酩酊醉，酒不到刘伶坟上土"之辞，而苏轼《念奴娇·赤壁怀古》中的"浪淘尽、千古风流人物"与"江山如画、一时多少豪杰"，更是人所熟知的了。薛昂夫这位少数民族诗人（西域回鹘，今新疆维吾尔族），驱遣汉族诗词典籍如同搬运自己家中的珍宝，真可谓偷裘白狐的西部高人。

还有一种特殊的点金手段是"櫽栝"。"櫽栝"，本来是一种矫正曲木的工具，使弯曲的竹木平直或成形。刘勰在《文心雕龙·熔裁》篇中，说"櫽栝情理，矫揉文采"，其"櫽栝"则是指对作品素材及内涵的剪裁组织。而保留前人作品的题旨与文句从而熔铸成新的体裁的"櫽栝"，借用今日的广告语，"国内首创，誉满全球"的则是苏轼，他的《哨遍》一词，就自注是"櫽栝"陶渊明的《归去来兮辞》。元曲之中，如乔吉的小令〔沉醉东风〕脱胎自柳宗元的《江雪》，其题目即标明《题扇头櫽栝古诗》：

万树枯林冻折，千山高鸟飞绝，兔径迷，人踪灭。载梨云小舟一叶，蓑笠渔翁耐冷的别，独钓寒江暮雪。

又如字吉甫的庾天锡之〔蟾宫曲〕小令二首：

> 环滁秀列诸峰，山有名泉，泻出其中。泉上危亭，僧仙好事，缔构成功。四景朝暮不同，宴酣之乐无穷，酒饮千钟，能醉能文，太守欧翁。

> 滕王高阁江干，佩玉鸣鸾，歌舞阑珊。画栋朱帘，朝云暮雨，南浦西山。物换星移几番，阁中帝子应笑，独倚危栏。槛外长江，东注无还。

前者骤栝欧阳修的散文名篇《醉翁亭记》，咏位于安徽滁州的醉翁亭，后者骤栝王勃的少年英发之文《滕王阁并序诗》，咏位于江西南昌的滕王阁，贾仲明〔凌波仙〕曲赞之为"寻章摘句，腾今换古，噀玉喷珠"。这，既是宋词人将诗、散文、骈文骤栝为词以被之管弦的遗风，也是元曲家争奇斗艳一逞才情的时尚。

以上的骤栝前人之文，还可以说是绘景抒情，回眸以往，而吕济民的〔双调·蟾宫曲〕《赠楚云》，则是为人物立传，注目当今：

寄襄王雁字安排，出岫无心，蔽月多才。目极潇湘，家迷秦岭，梦到天台。浮碧汉阴晴体态，逐西风聚散情怀，卷又还开，去又还来。雨罢巫山，飞下阳台。

"楚云"，是一位妓女之名，顾名思义，当生于楚地，此曲是吕济民书赠给她的"纪念品"，无一句及于"云"字，而几乎无一句不关乎"云"。全曲开始标举的"襄王"与结尾提及的"巫山"与"阳台"，均櫽栝自宋玉的《高唐赋》并序。第二句出自陶渊明《归去来兮辞》中的"云无心以出岫"，第三句出自曹子建《洛神赋》中的"仿佛兮若轻云之蔽月"，第四、五、六句，分别化自范仲淹《岳阳楼记》中的"南极潇湘"，韩愈《左迁蓝关示侄孙湘》中的"云横秦岭家何在"，以及六朝（宋）刘义庆撰《幽明录》中有关阮肇、刘晨天台山采药而遇见仙女的故事。第七、八两句分别出自王维《终南山》的"阴晴众壑殊"与古诗中的"西风送离人"。楚云何处？早已了无痕迹，幸而有吕济民以多方面的櫽栝功夫，为这一底层人物以及他们的情爱写照传神，让我们今天仍然如闻纸上有人。

在这一方面，值得一提的还有蒙古族曲家阿鲁威櫽栝《楚辞·九歌》的九首〔蟾宫曲〕，张可久的〔仙吕·点绛唇〕《翻归去来辞》，李致远的〔中吕·粉蝶儿〕《拟渊明》；但工程落成堪称美轮美奂的，还是应数孙季昌的套数〔仙吕·点绛唇〕《集赤壁赋》：

缪斯的点金术

万里长江，半空烟浪。惊涛响，东去茫茫，远水天一样。

〔混江龙〕壬戌秋七月既望，泛舟属客乐何方？过黄泥之坂，游赤壁之傍。银汉无声秋气爽，水波不动晚风凉。诵明月之句，歌窈窕之章。少焉间月出东山上，紫微贯斗，白露横江。

〔油葫芦〕四顾山光接水光，天一方。山川相缪郁苍苍，浪淘尽风流千古人凋丧。天连接崔嵬，一带山雄壮。西望见夏口，东望见武昌。我则见沿江杀气三千丈，此非是曹孟德困周郎？

〔天下乐〕隐隐云间见汉阳，荆襄，几战场。下江陵顺流金鼓响，旌旗一片遮，舳舻千里长，则落的渔樵每做话讲。

〔哪吒令〕见横槊赋诗是皇家栋梁，见临江酾酒是将军虎狼，见修文偃武是朝廷纪纲。如今安在哉？做一世英雄将，空留下水国鱼邦。

〔鹊踏枝〕我则见水茫茫，树苍苍。大火西流，乌鹊南翔。浩浩乎不知所往，飘飘乎似觉飞扬。

〔寄生草〕渺沧海之一粟，哀吾生之几场。举匏樽痛饮偏惆怅，挟飞仙羽化偏舒畅，沂流光长叹偏悒怏。当年不为小乔羞，只今惟有长江浪。

〔尾声〕谩把洞箫吹,再把词章唱。苏子正襟坐掀髯鼓掌,洗盏重新更举觞。眼纵横醉倚篷窗,怕疏狂错乱了宫商。肴核盘空夜未央,酒人在醉乡。枕藉乎舟上,不觉的朗然红日出东方!

宋代文豪苏轼因"乌台诗案"而被贬为黄州(今湖北黄冈)团练副使,仕途陷入低谷,创作迎来高潮。《前赤壁赋》与《后赤壁赋》两篇千古名文,就是写于游览黄州城外长江之边的赤壁之后。宋人林正大以及无名氏都曾檃栝苏轼之文为词,孙季昌文名虽不如苏轼远甚,但他却敢于泰山头上动土,将苏公的《前赤壁赋》檃栝成散套,还化用了《后赤壁赋》与《念奴娇·赤壁怀古》中的一些词句。用今日的语言,他的改作贯彻了苏文的"指导思想",领会表现了苏文的"精神实质",不仅没有画虎类犬,而且几乎可以乱真,不敢说神工鬼斧,但足称锦上添花。同样可贵的是,苏文是散文,不押韵,文字高华典雅,且不讲究对仗;而孙季昌之作是散曲,文字更为口语化,注意对偶,而且押"江阳"之韵,一韵到底,读来更觉抑扬抗坠,口颊生香。如果陈乐队于赤壁之上,孙季昌执后辈弟子之礼请苏东坡前来入座,并邀歌唱名家引吭而歌此曲,酒酣耳热之余,苏东坡该会抚髯一笑而连呼"不亦快哉"吧?

诗文贵独创,这不仅是文学创作的准则,更是文学创作的铁律。然而,独创并不是空穴来风,不是无源之水。出云的峰

缪斯的点金术

峦基于脚下的泥土山石，大江的浩荡渊于源头的百川奔赴。十七世纪英国玄学派诗人约翰·邓恩曾说："谁也不是孤岛一座，并非完整自足；人人都是欧洲的一小块，是大陆的一部分。"这一比喻，让人联想到文学的继承与发展，传统与现代，以及彼此的依存与影响。上述元曲家种种远偷及骤栝的点金之术，我们也可以从一个侧面，看到腹笥（学力）与创造（才力）的亲密关系与美好姻缘，以及它对当代诗词与新诗的创作之诸多启示。

后　记

岁云暮矣。现在不仅时令已到深冬，一年将尽，而且我的人生之旅的驿车，也早已驰过杜甫《曲江二首》中所说的"人生七十古来稀"那个站口。因为要给自己的"诗文化散文三部曲"写一篇后记，那就不是如年轻时的豪气满怀地前瞻，而是晚霞在天时的蓦然回首了。

犹记在小小少年时，由于家严李伏波先生是诗词家和书法家，在他的楚音湘调的吟诵声中，在我似懂非懂的线装古典诗词集里，我自幼耳濡目染，竟萌生了先是对诗词后是对新诗的爱好。一九五六年考入北京师范大学中文系，负笈京华，眼界大开耳界也大开，尚未及弱冠之年的我，便决心继承古代诗论家的余绪，立下做一名新时代的诗论家的宏图大愿。发愤攻读并执笔为文，当时的《诗刊》名望与台阶甚高，今日《上海文学》的前身《文艺月报》也是一方重镇，我入学时代即于其上发表诗歌论文，如今看来虽不免青涩，但却是我个人值得珍重和怀想的啼声初试。

大学毕业后的几年，在艰难困苦的环境和日子里，得到当时的名诗人与革命前辈郭小川"有志者事竟成，望你努力"书信的鼓励，我一本初衷，不改素志，白天枵腹从公，晚上仍在读写的天地里肃肃宵征，于《湖南文学》《四川文学》《长江文学》《解放军文学》等刊物发表了一系列诗评诗论文章，直到文化大革命的暴风雨袭来才被迫停笔。流光容易把人抛，及至一九七六年，星移斗转，我已届"不惑之年"。朝阳照我，夕照留我，深宵不寐的灯光伴我，让展卷的书页计算白昼有多长，让不倦的健笔测量夜晚有多深，日夜兼程，我痴心梦想去挽回虚掷已久的青春岁月。二十年中，我写出并出版了五十余万言的《诗美学》，以及《诗卷长留天地间——论郭小川的诗》《诗学漫笔》《写给缪斯的情书——台港与海外新诗欣赏》《楚诗词艺术欣赏》等十种诗学著作，文坛前辈冯牧先生和资深评论家阎纲、刘锡诚共同署名主编的"中国当代文学评论丛书"，我的"文学评论选"也有幸忝列其中，而中国社科院文学研究所与少数民族文学研究所编撰的《中华文学通史》（江苏文艺出版社 2011 年修订版），在"当代卷"中也曾将我与另一位诗评家谢冕辟专节论述。

二十世纪九十年代中期，由于种种原因，原因之一应该是对逻辑思维的倦怠，我改弦更张，对诗论评挥一挥衣袖，转而致力于表现对象为古典诗歌的散文创作，先在海南大学后在同济大学执教的喻大翔教授曾撰文评论,将其定义为"诗文化散文",此语一言抉要,也深得我心。中国优秀的古典诗歌,是中华民族的骄傲,是传统文化的经典,是诗歌美学的宝库,是当代新诗和传统诗词创作足为范式的高标,是现代中国人永恒的精神家园,也是我个人从童稚之年到耄耋之年始终不渝的至爱。如同青青子衿时决心于诗论评写作,时至花甲,我又决心发挥学者与作家兼具之长,以散文而非学术研究、以形象思维而非逻辑思维的方式,尽量亲临和再现作品的现场,去展示和表现中国古典诗歌从内蕴到艺术的种种美质,以及它们的当下意义与现代价值,与此同时,也力图抒发和表达数十年来我和它们携手同行的感悟、认识和发现。

古典诗词是仪态万方的美人,为大致对得起她的天生丽质,我以前的诗词欣赏和新诗论评的文章著作就注意讲求文采,而作为另类的散文或云散文的另类,当然更要力求写成所谓的美文了。又一个二十年,除了心有所属时的其它论著,我的笔下出产了《唐诗之旅》《宋词之旅》《元曲之旅》《绝句之旅》《清诗之旅》等五本专题诗文化散文著作,先后在长江文艺出版社和中国青年出版社出版并不断再版,得到了许多读者的厚爱、众多作者的高评、不少朋友的鼎助,而由郭英德、郭预衡两位资深教授主编,刘锡庆、张国龙教授任分册主编的《中国散文通史》(安徽教育出版社2013年版),其"当代卷"也辟有专节对其论说。

因编审、出版家彭明榜先生引荐,中国工人出版社垂青,我在整合修改旧著的基础上推陈出新，奉上《唐诗天地》《宋词世界》与《元曲山河》，由中国工人出版社印行新书。新书当有新的景观，除书名颇具气象，也可以和唐诗宋词元曲相匹配之外，文化学者、散文评论家古耜先生百忙中慨然赐序，胜义纷呈，奖誉有加。我趁此机缘对三书也作了前所未有的逐字逐句的细校，改正错字，修正讹误，对文字作必要的修饰和补充，增补了几篇新写的文章，而责编宋杨女士、姚宁女士、李骁先生和严春先生也以高度的敬业精神，函电交驰，劳心劳力，切磋琢磨，力争拙著从内蕴到外观臻于完善甚至完美。秀才人情纸半张，我谨于此向出版社和古耜先生以及各位责编道一声谢谢！

元代诗人叶颙《乙酉新正》诗说："天地风霜尽，乾坤气象和。历添新岁月，春满旧山河！"人生易老，华夏长春，让我携拙著一起向广大读者贺岁，共同迎接疫瘴消尽、春暖花开的新年！

作者
2022 年岁末于长沙